ROSS MACKENZIE

Das Wunderreich von Nirgendwo

ROSS MACKENZIE

Das Wunderreich von Nirgendwo

Aus dem Englischen von Anne Brauner

Verlag Freies Geistesleben

Die Übersetzung dieses Buches wurde mit freundlicher Unterstützung des Publishing Scotland's translation fund ermöglicht.

Publishing
Scotland
Foillseachadh Alba

Die Originalausgabe mit dem Titel *The Nowhere Emporium* ist 2015 im Verlag Floris Books, 21 Robertson Avenue, Edinburgh, erschienen.

1. Auflage 2017

auch als eBook erhältlich

Verlag Freies Geistesleben
Landhausstraße 82, 70190 Stuttgart
www.geistesleben.com

ISBN 978-3-7725-2799-9

Umschlagillustration: Manuel Sumberac
Layout: Bianca Bonfert
Satz: Bernd Burkart;
www.form-und-produktion.de
Druck: GGP Media GmbH, Pößneck
Printed in Germany

Inhalt

Für Aileen, Selina und Mollie, meine Sunshine-Girls,
die jeden Tag heller erscheinen lassen.
Und für Lucy Nicholson.

Der Laden, der wie aus dem Nichts auftauchte

Prolog

Der Laden erschien wie aus dem Nichts zur Zeit der Dämmerung an einem kühlen Novembermorgen.

Die Nachricht verbreitete sich im Dorf wie ein Lauffeuer, und am Mittag brodelte es in der Gerüchteküche.

«Gestern lagen noch vier Geschäfte nebeneinander. Heute sind es fünf!»

«Hast du gehört? Der Laden liegt zwischen dem Metzger und dem Eisenhändler ... »

«Das Mauerwerk ist schwarz wie die Nacht, aber im Licht glitzert es ganz komisch!»

Als es Abend geworden war, scharte sich eine neugierige Menge um das geheimnisvolle Gebäude. Die Wartenden drängelten, um besser sehen zu können, tauschten sonderbare und wundervolle Theorien über die Herkunft des Geschäftes aus und überlegten, was es dort wohl zu kaufen gäbe. Währenddessen versuchten sie, einen Blick durch die verdunkelten Fensterscheiben zu werfen.

Das Geschäft war tatsächlich aus pechschwarzen Steinen erbaut, die im Schein der Gaslaternen glänzten und funkelten. Ein goldenes Gitter, das so fein und verschlungen geschmiedet war, als hätte eine wundersame Spinne ihr Netz gewoben, versperrte den Zugang. Über den Fenstern stand in verschnörkelten Buchstaben geschrieben:

Das
Wunderreich
von
Nirgendwo

Als sich am Eingang plötzlich etwas rührte, ging ein aufgeregtes Raunen durch die Menge. Dann wurde es wieder still, und diese Stille war so tief und schwer, dass sie wie Nebel in der Luft hing.

Schwungvoll wurde die Ladentür geöffnet. Das feine goldene Gitter zerfiel zu Staub, der im Winde verwehte.

Auf einmal waberten hundert verschiedene Gerüche durch die Luft: Es duftete nach gerösteter Kokosnuss und Brot im Ofen; nach salziger Meeresbrise und frisch gefallenem Regen; nach Lagerfeuer und schmelzendem Eis.

Dann flatterte eine Taube aus dem dunklen Laden hoch in den Himmel; ihre weißen Flügel leuchteten vor dem schwarzen Hintergrund. Verzückt beobachteten die Zuschauer, wie die Taube immer höher stieg und in der Nacht verschwand. Alle holten scharf Luft, als der dunkle Himmel in Licht und Farbe explodierte, die sich zu einer Botschaft aus herrlichem Feuerwerk vereinten. In Funken und Blitzen stand geschrieben:

DAS WUNDERREICH VON NIRGENDWO
IST NUN GEÖFFNET.
BRINGEN SIE FANTASIE MIT.

Die Nachricht blieb so lang am Himmel stehen, bis alle sie gelesen hatten. Dann fielen die Worte in einem goldenen Lichterregen hinunter, bis die Menschen fröhlich juchzend versuchten, die Funken aufzufangen.

Alle, die sich vor dem Wunderladen versammelt hatten, waren wie verzaubert, denn ein solches Schauspiel hatten sie noch nie erlebt. Im Gänsemarsch gingen sie zu dem Geschäft, berührten das glänzende schwarze Gestein und betrachteten staunend ihre Fingerspitzen. Dann traten sie ein, voller Neugier auf das, was sie erwartete.

Zwei Tage später, als der Laden bereits wieder verschwunden war, kam ein Fremder in die Stadt. Er war höflich und bezahlte für seine Unterkunft mit knisternden Geldscheinen. Doch er hatte etwas an sich – möglicherweise, weil er ungewöhnlich groß war, oder lag es doch an dem gierigen Blick seiner blauen Augen? –, das die Dorfbewohner in Unruhe versetzte.

Er fragte unermüdlich nach einem Geschäft aus schwarzem Mauerwerk.

Doch der hochgewachsene Fremde fand keinen einzigen Menschen, der sich an den Wunderladen erinnern konnte.

Am nächsten Tag war er ebenfalls verschwunden und jegliche Spur dieser ungewöhnlichen Ereignisse schwand aus der örtlichen Geschichte.

Diejenigen, die das Geschäft betreten hatten, konnten sich nicht im Mindesten daran erinnern, was sie drinnen gesehen hatten. Sie hatten sogar den Eintrittspreis vergessen – das winzige bisschen ihrer selbst, das sie für einen Blick auf die versteckten Wunder und Geheimnisse des Zauberladens bezahlt hatten.

Bringen Sie Fantasie mit, hatte der Schriftzug am Himmel verlangt.

Eine Zufalls-bekanntschaft

1. Kapitel

Glasgow, Gegenwart

«Achtung! Lassen Sie mich durch!»

«Hey!»

«Pass doch auf, Junge!»

«Tschuldigung!»

Daniel Holmes raste durch die vielen Menschen, die an diesem Samstag in Glasgow einkaufen gingen. Er drängelte, schlängelte und boxte sich durch. Seine Lunge brannte und seine Beine taten weh, doch er blieb nicht stehen. Er musste weiterrennen, weil Spud Harper und seine Bande hinter ihm her waren. Und im Kinderheim wusste jeder, dass man nicht langsamer werden durfte, wenn Spud Harper es auf einen abgesehen hatte.

Daniel bog an einem Metzger links ab und wäre beinahe in einer blutroten Pfütze ausgerutscht. Alte Häuser mit Modegeschäften, Restaurants und Cafés säumten die schmale Straße. Von oben beobachteten aus Stein gehauene Engel und Wasserspeier das Geschehen.

Daniel sah sich hektisch um. Wo sollte er hin? Wie weit war es wohl bis zum Busbahnhof? Er stellte sich vor, wie er in einen Bus sprang, der ans Meer fuhr, von wo er auf einem Boot forttuckern und Glasgow und das St.-Catherine's hinter sich lassen konnte. Hauptsache, er war irgendwo, wo es keinen Spud Harper gab.

«Jammerst du nicht nach deinem Vater?», schrie Spud hinter ihm in der Menge. «Letzte Nacht hast du im Schlaf wieder wie ein Baby geschrien. Alle haben dich gehört!

‹Daddy! Daddy! Du darfst nicht sterben, Daddy!› Ha ha! Keine Angst, Kleiner, wenn wir mit dir fertig sind, hast du endlich Grund zum Heulen!»

Spud und seine Bande waren größer als Daniel – sie waren auch schneller und stärker. Früher oder später würden sie ihn einholen. Er hetzte über die Straße in den nächstbesten Laden und knallte die Tür hinter sich zu. Keuchend hielt er sich die Seiten und beobachtete die Straße durch die verdunkelte Scheibe in der Tür, während er selbst von außen nicht zu sehen war. Als Spud und seine Leute vorbeirannten, riefen sie:

«Wo ist er hin? Wo ist der kleine Schisser?»

«Er muss hier irgendwo sein!»

Daniel ließ die Schultern sinken, schloss die Augen und holte tief Luft. Es roch nach einer Mischung aus Möbelpolitur, Staub und geschmolzener Schokolade. Erst als er die Augen wieder öffnete, merkte er, wo er gelandet war.

Der Laden war die reinste Wunderhöhle. Wohin er auch sah, am liebsten hätte er alles angefasst und mitgenommen. Im Schein eines prasselnden Feuers glänzten Gegenstände aus Gold, Silber und Kristallglas. Fein geschnitzte Standuhren und in Holz gefasste Spiegel standen und hingen in verschiedenen Größen und Ausführungen an den Wänden. In einem Aquarium flitzten winzige Fische wie Kupferstreifen durchs Wasser. Es gab Porzellanpuppen und Holzsoldaten, verrostete Schwerter und ausgestopfte Tiere, deckenhohe Bücherstapel und Edelsteine, die in ihrer Tiefe silbern erglühten. In einer Ecke thronte ein ausgestopfter Eisbär wie ein Wachtposten. Selbst die

Staubkörner leuchteten in einem Streifen Sonnenlicht wie Sterne.

«Wie bist du hereingekommen? Wir haben geschlossen!»

Daniel zuckte zusammen. In der hintersten Ecke stand ein mächtiger Schreibtisch, dessen Füße zu Adlerklauen geschnitzt waren und an dem ein kleiner, gut aussehender Mann saß. Er trug einen verstaubten Anzug und die wild zerzausten braunen Locken fielen ihm in die Stirn. Seine Hand schwebte mit einem Füllfederhalter über einem zerlesenen alten Buch, und als er Daniel musterte, hatten seine Augen die Farbe von Gewitterwolken.

«Tut mir leid», sagte Daniel. «Ich wollte nicht stören. Aber ich bin auf der Flucht.» Das Buch auf dem Schreibtisch zog ihn magisch an, zumal es auf dem körnigen dunklen Holz bebte, als wäre etwas in den Seiten verborgen, das unbedingt hinauswollte.

Der Mann im Anzug runzelte die Stirn und sah von Daniel zu dem Buch und wieder zurück. Dann schlug er das Buch zu, legte es in eine Schublade, schloss sie ab und ging an Daniel vorbei zur Tür.

«Hier, siehst du?» Er zeigte auf das Schild an der Tür, auf dem GESCHLOSSEN stand. «Geschlossen.» Er drückte die Klinke herunter und öffnete die Tür. «Ich hätte schwören können, dass ich abgeschlossen habe.» Er wandte sich wieder Daniel zu und musterte ihn mit zusammengekniffenen Augen. «Wer verfolgt dich denn?»

«Große Jungs. Aus meinem Kinderheim.»

Der Mann zog die Augenbrauen hoch.

«Du bist Waise?»

Daniel nickte.

Das Feuer loderte knisternd auf.

«Was ist mit deinen Eltern passiert?», fragte der Mann.

Seltsam, dass ihn ein Fremder danach fragte, doch da er nicht wollte, dass der Mann ihn hinauswarf, antwortete Daniel.

«Mein Dad war Fischer. Ist auf See geblieben. Meine Mum hat ihn nur um wenige Jahre überlebt.»

Der Ladeninhaber schien mit der Antwort zufrieden.

«Und wieso sind die großen Jungs hinter dir her?», fragte er weiter. «Es muss doch einen Grund geben.»

Daniel verschränkte die Arme. «Die sind hart drauf, das ist der Grund. Spud und seine Leute meinen, dass sie im Heim das Sagen haben. Sie bestehlen die anderen Kinder – nehmen ihnen Dinge weg, die ihnen wichtig sind, Erinnerungen an ihre Eltern und so. Und keiner wehrt sich. Ich konnte es irgendwann nicht mehr ertragen und bin der Bande gefolgt. So habe ich herausgefunden, wo sie die Beute versteckten, und habe allen Kindern ihre Sachen zurückgegeben. Dann habe ich den anderen erklärt, dass Spud und seine Bande einpacken können, wenn alle zusammenhalten. Das hat ihm gar nicht gefallen.»

Der kleine Mann in dem staubigen Anzug schob die Unterlippe vor und nickte mit einem verstohlenen Lächeln. «Ah. Mobbing, verstehe. – Wie heißt du?»

«Daniel. Daniel Holmes.»

«Soso, Daniel Holmes, zufällig weiß ich, wie sich das Leben im Schatten eines Tyrannen anfühlt. Da haben wir etwas gemeinsam.»

«Echt?»

«Hmm, hmm. Weißt du was? Du kannst hier warten, bis Spud und seine Jungs wieder weg sind.»

«Danke, Sir.»

«Kein Problem», sagte der Mann im Anzug. «Und wenn du mich jetzt bitte entschuldigst, ich habe zu tun.»

Er wandte sich ab und ging zu einem tiefroten Samtvorhang im hinteren Teil des Ladens. Er hob die Hand, hielt dann aber inne.

«Was ist dein Lieblingstier, Daniel?»

«Mein Lieblingstier?» Daniel dachte nach. «Das klingt jetzt vielleicht ein bisschen seltsam», sagte er, «aber ich mag Elstern. Angeblich gibt es keine schlaueren Vögel.»

«Ach ja?», erwiderte der Mann. «Ist das wahr?»

«Das habe ich jedenfalls gehört.»

«Sehr gut», sagte der Ladenbesitzer leise schmunzelnd. «Jetzt muss ich aber wirklich weitermachen.»

«Wiedersehen», sagte Daniel. «Hey, vielleicht komme ich noch mal wieder und kaufe etwas.»

Ein Lächeln huschte über das Gesicht des Mannes. «Sei dir da nicht so sicher. Wir haben nur sehr wenige Stammkunden.»

Mit diesen Worten verschwand er hinter dem Vorhang.

Als Daniel durch das sepiabraune Fenster schaute, sah die Welt wie ein altmodisches Foto aus. Es hatte angefangen zu regnen und Glasgow versank in dicken grauen Tropfen. Auf der Straße bildeten sich die ersten Pfützen.

Spud Harper und seine Bande waren längst weg, doch Daniel wollte sich noch einmal ausführlich umsehen. Er ging zu einem Tisch mit Zinnsoldaten und nahm zwei Figuren in die Hand. Dann inszenierte er einen imaginären Kampf zwischen Spud Harper und sich selbst.

Sein Zinnsoldat wollte Spud gerade vom Tisch fegen, als er ein zartes Flattern hörte. Daniel legte die Figuren hin und richtete den Blick auf den roten Vorhang weiter hinten. Beim nächsten Flattern kräuselte sich der Vorhang.

Plötzlich schäumte der rote Samt und unter lautem Flügelschlag schossen zwei silberne Vögel hinter dem Vorhang hervor. Daniel duckte sich schnell, und die Vögel flogen quer durch den Laden zu einem Bücherstapel, auf dem sie sich niederließen.

Es waren Elstern. Doch solche Elstern hatte Daniel noch nie gesehen.

Sie waren aus hellem, glänzendem Silber.

Jede Feder war so fein wie flaumiges Eis, in dem sich die Flammen des Kohlefeuers spiegelten. Die Silberelstern betrachteten Daniel mit funkelnden Rubinaugen und neigten den Kopf.

«Wie? Was?», flüsterte er und schlich langsam auf sie zu, um sie nicht zu verscheuchen. Als er vor ihnen stand, streckte er die Hand aus. «Seid ihr echt?»

Als er über das kühle Silber eines Flügels strich, kreischte der Vogel beleidigt und flog, gefolgt von seinem Zwilling, zurück zu dem roten Vorhang. Doch als sie an dem üppigen roten Stoff angelangt waren, flogen sie nicht weiter hindurch, sondern zerplatzten mit einem hellen Blitz in einem Schauer winziger Rubine.

Daniel bekam den Mund nicht mehr zu.

«Was ist da draußen los?», hörte er den Ladenbesitzer von der anderen Seite des Vorhangs rufen. «Was war das für ein Geräusch? Wehe, es ist etwas kaputtgegangen!»

Da Daniel auf einmal verunsichert war und nicht mehr richtig wusste, was er gesehen hatte und wo er eigentlich gelandet war, lief er zur Tür. Als er in den Regen hinausrannte, klingelte leise ein Glöckchen.

Im nächsten Moment kam der Mann in dem alten verstaubten Anzug durch den Vorhang und ließ den Blick durch das Geschäft schweifen. Er bückte sich, hob die Elsternrubine auf und drehte sie zwischen Daumen und Zeigefinger. Dann schloss er die Hand zur Faust, und als er sie wieder öffnete, saßen die Elstern auf seiner Hand. Ihr silberner Glanz erstrahlte im Raum.

Der Mann ließ die Vögel frei und sah zu, wie sie im Kreis flogen, ehe sie sich wieder auf dem Bücherstapel niederließen. Dann lächelte er breit und listig und verschwand erneut hinter dem Vorhang.

Der Stamm-kunde

2. Kapitel

Daniel kehrte schon am nächsten Tag zu dem Laden zurück. Er konnte einfach nicht anders.

Nach einigem Nachdenken hatte er sich ein wenig dafür geschämt, dass er in Panik davongelaufen war. Mittlerweile war er der Ansicht, dass es sich um einen Trick oder eine Illusion gehandelt hatte, was sonst? Aber nun wollte er unbedingt wissen, wie der Ladeninhaber es angestellt hatte, die Elstern so echt wirken zu lassen.

Beim Frühstück strengte er sich an, Spud Harper nicht zu beachten, der während der gesamten Mahlzeit vom anderen Ende des Speisesaals drohend gestikulierte. In dem Gedränge nach dem Frühstück unterzutauchen war kein Kunststück; Daniel flitzte zwischen den Kindern durch zur Küche, deren Hintertür stets offen stand, um die Essensdünste entweichen zu lassen.

Die Welt badete im Sonntagssonnenschein, und der Himmel war unendlich blau. Daniel ging den Weg vom Vortag zurück, vorbei am Metzger, wo es nach Sägemehl und rohem Fleisch roch. Als er wieder in der Straße mit den Wasserspeiern war, fürchtete er einen Augenblick lang, er hätte sich das alles nur eingebildet. Doch das schwarze Mauerwerk glänzte in der Sonne, und ein goldenes Schild prangte über dem gewölbten Eingangstor.

Das
Wunderreich
von
Nirgendwo

Das Schild mit der Aufschrift GESCHLOSSEN hing noch immer in der Tür, und Daniel starrte es an, während er mit sich haderte, ob er eintreten sollte. Obwohl er genau wusste, dass er den Laden meiden sollte, konnte er einfach nicht widerstehen. Mit zitternden Händen griff er nach der Klinke; die Tür war nicht abgeschlossen und warme Luft hüllte ihn ein, als er eintrat. Drinnen sah es genauso aus wie am Vortag, doch der Inhaber und die silbernen Vögel waren nirgends zu entdecken. Daniel untersuchte den Bücherstapel, auf dem die Elstern gesessen hatten, und ging dann vorsichtig zu dem roten Samtvorhang, vor dem die Vögel in Rubine zerplatzt waren. Das Licht war schlecht, und er musste auf die Knie gehen, wenn er am Boden etwas sehen wollte.

Absolut keine Spur von Rubinen ...

Der Samtvorhang bewegte sich, und Daniel starrte auf ein Paar graue Lederschuhe. Als er den Kopf hob, sah er direkt in gewittergraue Augen, die ihn nicht losließen, nicht einmal für den Bruchteil einer Sekunde.

Keiner sagte etwas.

Der Ladenbesitzer runzelte die Stirn und rieb sich die Schläfen. Dann öffnete und schloss er mehrmals den Mund, ohne jedoch etwas zu sagen. Schließlich drehte er sich blinzelnd um und verschwand wieder hinter dem Vorhang. Allerdings steckte er gleich darauf wieder den Kopf in den Laden, um nachzusehen, ob Daniel noch da war, und stellte sich dann ganz nah vor ihn. Er beugte sich zu ihm hinunter, sodass sie sich in die Augen sahen. Der Mann roch wie die Seiten in einem alten Buch.

«Was kann ich für dich tun?», fragte er gelassen, doch sein Blick ließ vermuten, dass sich in seinem Kopf ein Donnerwetter zusammenbraute.

«Äh ...», sagte Daniel. «Ich wollte mich nur noch einmal umsehen. Darf ich?»

Der Mann verrenkte sich den Hals, bis sein Gesicht noch näher vor Daniels schwebte. Mit zusammengekniffenen Augen flüsterte er: «Du kannst dich an das Geschäft erinnern?»

«*Ja, klar,* ich war doch gestern erst hier ...»

Der Mann packte sein Handgelenk und zerrte ihn zu seinem Schreibtisch. «Setz dich», sagte er und drückte Daniel auf einen Holzstuhl, während er sich an den Sekretär setzte und die Handflächen aneinanderlegte. «Woran kannst du dich erinnern?», fragte er. «Ich will es ganz genau wissen.»

«An ... an alles: an die Bücher und die Spiegel und die Standuhren ... daran, dass wir miteinander gesprochen haben ... an die Silberelstern ...»

Der Mann unterbrach ihn mit erhobenem Zeigefinger. Er ließ den Blick hektisch durch den Laden schweifen.

«Wie ist das möglich?», fragte er.

«Es tut mir leid», sagte Daniel verwirrt. «Habe ich etwas ausgelassen? Wie ist *was* möglich?»

Der Mann sprang auf.

«Aus welchem Kinderheim kommst du?», fragte er.

«St. Catherine's», antwortete Daniel. «Es liegt nur ein paar Straßen weiter.»

Der Mann nickte. «Ist dir schon mal etwas Sonderbares passiert? Flackernde Lichter, explodierende Spiegel, irgendetwas in dieser Richtung?»

«Nein! Wieso?»

«Nur so.» Der Mann winkte lässig ab. Doch dann zog er Daniel vom Stuhl und drängte ihn zur Tür. «Also, Daniel Holmes ... wir haben geschlossen, wie man an dem Türschild lesen kann. Deshalb solltest du jetzt gehen.»

«Aber ...»

Daniel wurde auf die Straße geschubst – höchst verblüfft von diesem Erlebnis. Der Ladeninhaber musterte ihn noch kurz durch die Schaufensterscheibe und zog sich zurück.

Mit den Händen in den Taschen schlenderte Daniel die Straße entlang und kickte einen Stein vor sich her. Hätte er sich im richtigen Augenblick umgedreht, so hätte er vielleicht gemerkt, dass die Tür zum Wunderreich von Nirgendwo einen Spaltbreit geöffnet wurde und eine aschgraue Hand zwei silberne Vögel in die Luft warf. Möglicherweise wäre ihm auch aufgefallen, dass diese Vögel von Dach zu Dach flogen und auf steinernen Engeln landeten, um ihn auf dem Heimweg ins St. Catherine's auf Schritt und Tritt zu beobachten.

Aus dem Hinterhalt

3. Kapitel

Spud Harper hatte die unangenehme Eigenschaft, *niemals* aufzugeben. Wenn er einen Groll gegen jemanden hegte, und sei er noch so gering, trug er ihn so lange mit sich herum, bis die Sache erledigt war. Bis. Die. Sache. Erledigt. War. Das wusste Daniel genau wie alle anderen. Obwohl er Spud ein Schnippchen geschlagen hatte, indem er ins Wunderreich von Nirgendwo geflüchtet war, passte er seitdem besonders gut auf.

In den folgenden Tagen blieb er die ganze Zeit im St. Catherine's. Sobald er allein in einem Gang oder auf dem Spielplatz war, fürchtete er, dass Spud über ihn herfallen könnte. Das geschah nicht, jedenfalls nicht so.

Der Montag verging. Nichts passierte.

Und der Dienstag.

Der Mittwoch verlief genauso.

Je mehr Zeit verging, umso klarer schien, dass Spuds Rache fürchterlich ausfallen würde.

Donnerstag.

Am letzten Donnerstag im Monat gab es am St. Catherine's stets Feueralarm, und zwar sofort nach dem Mittagessen – man konnte die Uhr danach stellen. Als Daniels Klasse sich nach der Pause wieder setzte, forderte ihr Lehrer, Mr Pimm, sie gar nicht erst auf, die Bücher aufzuschlagen. Und pünktlich gellten wenige Minuten später die schrillen Sirenen. Die Schüler gingen im Gänsemarsch hinaus und verließen mit den anderen Klassen, die sie im Flur trafen, das Schulgebäude.

Daniel sank das Herz in die Hose, als neben ihm ein

großer Junge auftauchte und Smitty, der Größte aus Spuds Bande, ihn von oben herab anlächelte.

«Kein Wort, Kleiner, sonst setzt es was.»

Er packte Daniels Arme, während die Lehrer darauf achteten, alle Schüler nach draußen zu bringen, und schleppte ihn durch den Gang zur Turnhalle.

Smitty zerrte Daniel in die Mitte der Halle, wo Spud ihn bereits erwartete und ihm sein Sommersprossengesicht entgegenreckte.

«Du denkst wohl, ich hätte dich vergessen, was?», sagte er. «Hast du wirklich geglaubt, ich würde dich einfach so davonkommen lassen?»

Daniel schwieg und sah Spud hasserfüllt an.

«Ich sag dir, wie es jetzt läuft», sagte Spud. «Du klaust das ganze Zeug wieder zurück, das ich den anderen mühsam abgeknöpft habe. Wenn nicht, gibt's für jedes Teil, das fehlt, eins in die Fresse. Hier kommst du nicht weg, höchstens durch die Hintertür auf der Bühne ...»

Daniel trat Smitty hart auf den Fuß. Der große Kerl heulte auf und lockerte den Griff seiner Arme, sodass Daniel sich losreißen und nach hinten rennen konnte.

«Hey! Komm sofort zurück!»

Daniel raste die Stufen zur Bühne hinauf und tauchte unter dem Vorhang durch. Die ganze Zeit hörte er Spuds schwere Schritte hinter sich. Der war ihm dicht auf den Fersen, verfolgte ihn über die Bühne und eine Treppe hinunter bis in einen engen Gang.

«Diesmal entkommst du mir nicht, Danny-Boy», brüllte Spud. «Jetzt bist du fällig!»

Daniel lief so schnell, dass seine Füße kaum den Boden berührten, und sprintete durch den Notausgang auf den Parkplatz hinter dem St. Catherine's und weiter durch das Tor auf die angrenzenden Straßen. Dort drängte er sich durch die Büroangestellten, die wegen der Sonne ihre Mittagspause ins Freie verlegt hatten.

Nachdem er sich umgeblickt hatte, legte er noch einen Gang zu und raste zwischen zwei Bürogebäuden hindurch. Wie eine Pistolenkugel schoss er auf der anderen Seite wieder hinaus.

«Daniel!», schrie Spud. «Stehen bleiben. Gleich bist du ...»

Der Rest des Satzes wurde von einer Hupe übertönt, und Daniel begriff in einem dieser seltsamen Augenblicke, in denen plötzlich alles ganz langsam geschieht, dass er auf die Straße gelaufen war.

Er hörte Reifen quietschen und sah das Auto auf sich zurasen. Als der Fahrer ihn entsetzt durch die Windschutzscheibe anschaute, war Daniel klar, dass er nicht mehr rechtzeitig stehen bleiben oder auf die andere Straßenseite gelangen konnte. Er würde hier und jetzt auf dieser Straße sterben.

Aus dem Augenwinkel sah er einen silbernen Blitz.

Jemand drückte auf den Knopf, und die Welt drehte sich wieder. Alles erwachte kreischend zum Leben, und ehe das Auto ihn überfuhr, wurde er von etwas anderem umgeworfen. Nach der harten Landung richtete er seinen leicht verschwommenen Blick zum wolkenlosen Himmel.

Jemand in grauem Anzug beugte sich über ihn, doch er konnte nichts verstehen, die Stimme war viel zu weit weg.

Daniel wollte am liebsten schlafen; und schon versank seine Welt in der Dunkelheit.

Das Ungeheuer

4. Kapitel

Edinburgh, im Dezember 1878

Um Punkt fünf Minuten vor Mitternacht klopfte jemand an die Tür des Castlefoot-Heims für Waisenknaben.

Zunächst reagierte niemand. Der Besucher wartete geduldig und schnipste die Schneeflocken von seinem Mantel, doch nach einer Weile schlug er noch drei Mal laut mit der silbernen Spitze seines Gehstocks an die Tür.

Eine weitere Minute verging, bevor hastige Schritte und ein klimpernder Schlüsselbund zu hören waren; die schweren Riegel wurden zur Seite geschoben.

Der gedrungene Mann, der die Tür öffnete, war im Nachthemd. Da er zur Fettleibigkeit neigte, konnte man nur an seinem gestutzten Bart erkennen, wo das Kinn in den Hals überging.

«Womit kann ich dienen?», fragte er und sah den Besucher stirnrunzelnd über seine Brille hinweg an.

Der Mann im Mantel fragte zurück: «Sind Sie der Vorsteher dieser Waisenanstalt?»

«In der Tat», antwortete der Heimleiter. «Und wer sind Sie, bitte?»

Der Besucher, der eine Stufe unter ihm gestanden hatte, trat an die Tür, sodass sie auf gleicher Höhe waren. Er war überdurchschnittlich groß – über einsachtzig – und hatte breite Schultern und ein kantiges Kinn. Sein kurz geschnittenes silbernes Haar und sein Spitzbart glänzten im warmen Schein der Straßenlaternen. Die eisblauen Augen strahlten kühl.

«Ich bin wegen des Jungen hier», sagte er kaum hörbar.

Nach kurzem Zögern riss der Vorsteher die Augen auf.

«Ja», erwiderte er. «Bitte kommen Sie doch herein. Das Wetter ist ungemütlich, wärmen Sie sich auf.»

Der große Mann nickte knapp und betrat das Waisenhaus. Draußen im Schnee konnte es nicht kälter sein.

«Darf ich Ihnen etwas zu trinken anbieten, Mister ...»

«Sharpe. Vindictus Sharpe. Nein danke, ich möchte so schnell wie möglich den Jungen sehen.»

«Ich bitte um Verzeihung, Mr Sharpe», sagte der Heimleiter, «aber Sie hätten sich wirklich einen besseren Zeitpunkt aussuchen können.»

«Das Spital legt Wert darauf, dass der Junge möglichst unbemerkt bleibt», entgegnete der große Besucher. «Solche Fälle erregen Aufsehen. Es sei denn, es ist Ihr ausdrücklicher Wunsch, dass alle Welt von der ... Befindlichkeit des Jungen erfährt?»

Der Heimleiter schüttelte den Kopf. «Aber nein, so ist es gut!»

«In Ordnung», sagte Vindictus Sharpe. «Der Junge ... war von Geburt an in dieser Anstalt?»

Der Vorsteher nickte. «Mehr oder weniger.»

«Und kam es in regelmäßigen Abständen ... zu diesen Vorfällen?»

Wieder nickte der Vorsteher, der verändert schien, seit es um den Jungen ging. Er machte einen erschrockenen, fast gequälten Eindruck.

«Glauben Sie, dass Sie etwas dagegen tun können?», fragte er und rang die Hände.

Mr Sharpe zog eine Augenbraue hoch. «Kann ich mit ihm reden?», fragte er.

Der Heimleiter holte eine Lampe, führte Vindictus Sharpe durch die Eingangshalle zu einem Hausmeisterverschlag und nahm einen großen Schlüssel von einem Haken an der Wand. Dann gingen sie durch einen langen Gang mit imposanten Porträts früherer Vorsteher und Wohltäter des Heims.

«Geben Sie gut acht», mahnte der Vorsteher, als sie eine dunkle Wendeltreppe hinunterstiegen. Unten ging es in einem neuen Gang weiter, der nur von einer einsamen Gaslampe erleuchtet wurde. Es roch nach Schmutz und Moder sowie flüchtig nach Desinfektionsmitteln.

«Sie halten ihn hier unten?», fragte Mr Sharpe.

Als der Heimleiter sich zu ihm umdrehte, war sein Gesicht eine weiße Maske der Scham. «Wir haben keine andere Wahl», behauptete er und fügte entschuldigend hinzu: «Wir geben ihm genug zu essen und lassen ihn einmal die Woche an die frische Luft. In dieser Stadt gibt es viele Kinder, denen es schlechter ergeht.»

Mr Sharpe würdigte ihn keiner Antwort.

Am Ende des Gangs lag eine Tür. Der Heimleiter steckte den verrosteten Schlüssel ins Schlüsselloch und drehte ihn hin und her, bis das Schloss endlich nachgab. Als er die Klinke herunterdrücken wollte, legte Mr Sharpe seine behandschuhte Hand auf seine.

«Ich denke, von hier an übernehme ich die Angelegenheit», sagte er.

Der Vorsteher sah ihn betroffen an. «Allein? Sind Sie sicher?»

«Sie können gern hier warten», erwiderte Vindictus Sharpe. «Aber wenn ich mir ein Bild von dem Jungen machen soll, muss ich unter vier Augen mit ihm reden.»

Trotz der Kälte musste sich der Heimleiter einen Schweißtropfen von der Nasenspitze wischen.

«Nun gut», sagte er. «Wenn es denn wirklich nötig ist. Aber ich bleibe vor der Tür stehen, für den Fall, dass Sie mich brauchen sollten.»

Es zuckte um die Mundwinkel des Besuchers. Vielleicht war das ein Lächeln, doch er wandte sich bereits der Tür zu, ehe der Vorsteher seine Miene deuten konnte. Dann drückte er die Klinke herunter und öffnete vorsichtig die Tür.

Der Raum war klein und rechteckig und nur spärlich mit einem schmalen gusseisernen Bett und einem Bücherregal aus Holz möbliert, in dem zahlreiche, unterschiedlich dicke und große Bücher standen.

Ein Junge mit einem zotteligen Haarschopf saß am Fußende des Bettes. Er mochte zehn Jahre alt sein und war beinahe zum Skelett abgemagert. Auf den ersten Blick wirkte er recht unscheinbar auf seinen Besucher, dem nur seine Augen auffielen, weil sie an das wütende Grau eines Gewitterhimmels am Meer erinnerten.

Mr Sharpe schloss die Tür vor dem neugierigen Heimvorsteher und wandte sich dann wieder dem Kind zu.

«Bringen Sie mich fort?», fragte der Junge.

Der Mann wischte ein Stäubchen von dem silbernen Stockgriff. «Kommt drauf an», antwortete er und zeigte auf das Bücherregal. «Du liest wohl gern?»

Der Junge nickte. «Sehr gern. Die Worte führen mich in meinen Gedanken an andere Orte, weit weg von hier.»

Vindictus Sharpe warf einen genaueren Blick auf die Bücher. Er entdeckte Kindergeschichten wie *Alice im Wunderland* oder *Die Schatzinsel,* aber auch andere Bücher, die für Kinder weniger geeignet waren.

«Das hast du auch alles gelesen?», fragte er und tippte mit dem Stock auf Shakespeares Gesamtwerk.

Wieder nickte der Junge.

Vindictus Sharpe neigte den Kopf. «Ich bin beeindruckt. Sag mir eins: Du weißt, dass der Vorsteher Angst vor dir hat?»

Das Grau in den Augen des Jungen wurde intensiver und dunkler. «Alle haben Angst vor mir. Das sollten sie auch.»

«Ach ja, und warum?», fragte Mr Sharpe.

Der Junge musterte ihn kühl. «Weil ich etwas kann, das sie nicht können», sagte er. «Ich kann etwas, das sonst niemand kann.» Er zeigte mit dem Kopf zur Tür. «Für die bin ich ein Ungeheuer.»

Vindictus Sharpe verzog keine Miene.

«Lass mich mal sehen», sagte er.

Der Junge warf einen Blick auf das Bücherregal, und sofort fing es an zu wackeln. Bücher fielen auf den Boden, und dann sauste ein in grünes Leder gebundenes Buch aus dem Regal, als wäre es geworfen worden. Dieses Buch landete nicht auf dem Boden, sondern schlug sich wie von selbst auf und flatterte wie ein komischer Vogel über Mr Sharpes Kopf im Kreis.

Nach einer halben Minute fiel es dumpf auf den Steinboden.

Mr Sharpe war immer noch die Ruhe in Person, aber der Junge merkte, dass er ihn auf eine andere Art ansah.

«Alles in Ordnung?», rief der Heimleiter aus dem Kellergang. Weder der Junge noch sein Besucher würdigten ihn einer Antwort.

«Warum haben Sie keine Angst vor mir?», fragte der Junge.

Als Mr Sharpe nicht antwortete, fiel dem Jungen erst auf, wie strahlend blau seine Augen waren.

Ohne Vorwarnung stiegen die restlichen Bücher aus dem Regal in die Höhe und kreisten schwungvoll durch den kleinen Raum. Sie stießen nie zusammen, obwohl es sehr viele waren.

Erstaunt riss der Junge Mund und Augen auf, während er unverwandt zuschaute, bis Mr Sharpe zum Bücherregal blickte. Innerhalb weniger Sekunden standen die Bücher wieder an ihrem ursprünglichen Platz.

Vindictus Sharpe strich eine Falte in einem seiner Lederhandschuhe glatt. Dann sah er mit seinen blauen Augen in die grauen des Jungen.

«Ich habe keine Angst vor dir», sagte er, «weil ich auch so ein Ungeheuer bin.»

Früh am nächsten Morgen stattete ein Arzt aus dem städtischen Spital dem Waisenhaus einen Besuch ab. Man hatte ihn gebeten, einen Blick auf einen der Jungen zu werfen – ein Kind, das in unerklärliche und teilweise gewalttätige Geschehnisse verwickelt gewesen war. Als der Heimleiter ihn die enge Treppe hinunter in den dunklen Gang führte und die Tür aufschloss, konnte er ihm nicht erklären, wo der Junge geblieben war und warum mehrere Bücher aus dem Regal fehlten.

Sofort wurden alle Türen des Waisenhauses abgeschlossen, das gründlich durchsucht wurde. Doch von dem Kind fehlte jede Spur – es war einfach verschwunden.

Der Vorsteher erinnerte sich nicht daran, dass er die Tür auch in der vergangenen Nacht aufgeschlossen hatte. Er hatte Vindictus Sharpe in seinem feinen Anzug ebenso vergessen wie die Tatsache, dass er ihn zu dem Jungen geführt hatte. Selbstverständlich hatte er auch keine Erinnerung daran, wie er ihm geholfen hatte, die Habseligkeiten des Jungen zusammenzupacken, oder daran, dass er die beiden höchstpersönlich zur Tür gebracht hatte.

In dieser Nacht und in allen darauffolgenden Nächten träumte der Heimleiter, wie ein Mann mit einem Jungen im Schneegestöber davonging. Er konnte noch so schnell rennen, er holte sie nie ein.

Hinter den Türen

5. Kapitel

Daniel öffnete die Augen einen Spaltbreit und verzog das Gesicht, als sein Zimmer von Sonnenschein durchflutet wurde. Während er sich hinsetzte und die Augen rieb, fügten sich die verschwommenen Bilder in seinem Kopf langsam zu einem Ganzen.

Er lag in einem kleinen, bequemen Bett in einer gemütlichen Dachkammer. Es gab zwei Türen, eine stand auf. Durch die offene Tür konnte Daniel Vogelgezwitscher und plätscherndes Wasser hören. Er rutschte zur Bettkante und schwang die Beine unter der dicken Daunendecke hervor auf den Boden. Seine nackten Füße sanken in den flauschigen Teppich.

Plötzlich hatte er wieder alles vor Augen: wie er durch Glasgow rannte, Spud dicht auf seinen Fersen, wie sehr er erschrocken war, als das Auto auf ihn zuraste, und wie schlimm er hingefallen war.

Er stand auf und ging auf wackeligen Beinen zu einem kleinen Spiegel, der zwischen den beiden Türen an der Wand hing. Er hätte Kratzer und Schrammen erwartet, doch sein Spiegelbild hatte nicht den Anschein, dass er irgendwie verletzt sein könnte. Eine schreckliche Angst stieg in ihm auf. Und wenn das Auto ihn doch überfahren hatte?

Bin ich tot?

Daniel hatte keine Zeit, dieser Frage nachzugehen, da sich am Fenster etwas bewegte – ein Mädchen starrte ihn durch die Scheibe an.

Als sie zur Tür ging, wich Daniel erschrocken zurück, bis sie auf der Schwelle stand und sich die langen wilden

Locken aus der Stirn strich. Sie hatte die Arme verschränkt und musterte ihn mit ihren grauen Augen.

«Na, hast du ein Nickerchen gemacht?», fragte sie. «Hattest du es hübsch gemütlich?» Sie sah sich um und schüttelte den Kopf. «Unglaublich. Das Zimmer ist schöner als meins!»

«Wer bist du?», fragte Daniel. «Und wo bin ich? Bin ich … tot?»

Das Mädchen kniff die Augen zusammen und ging weiter in das Zimmer hinein.

«Tot? Was redest du denn da? Warum solltest du *tot* sein?»

Daniel blinzelte. «Aber … aber ich stand mitten auf einer viel befahrenen Straße! Ein Auto fuhr direkt auf mich zu … »

Das Mädchen tippte mit dem Fuß auf den Boden. «Dann hat er dich wohl gerettet. Ich frage mich nur, warum. Wie heißt du eigentlich?»

«Daniel», sagte Daniel. «Wen meinst du? Wer hat mich gerettet?»

Doch das Mädchen öffnete bereits die blaue Tür, die bisher geschlossen gewesen war.

«Das ist alles sehr merkwürdig», sagte sie. «Hier kommt nie jemand hin.» Sie betrachtete ihn mit schmalen Augen. «Jedenfalls niemand, der echt ist. Bleib hier. Ich höre mal, was hier los ist.»

Bevor Daniel nach ihrem Namen fragen konnte, schlüpfte sie durch die blaue Tür. Er hätte auch gern erfahren, warum sie ihn so interessant fand und was es zu bedeuten hatte, dass niemand *Echtes* jemals herkam.

Daniel klopfte sich auf die Brust. Er fühlte sich echt genug an. Jedenfalls fühlte er sich auf keinen Fall tot an. Andererseits: Woher sollte er wissen, wie sich das anfühlte? Er schaute auf die Tür, hinter der das Mädchen verschwunden war, und wollte die Klinke herunterdrücken. Doch die Tür war abgeschlossen. Also ging Daniel zu der zweiten, offenen Tür mit der Aussicht auf eine Hügelkuppe. Vor ihm erstreckten sich unter einem klaren blauen Himmel wie ein Flickenteppich Felder vor einem angrenzenden Wald. Die Luft war warm und es duftete nach Honig.

Über eine schmale Holztreppe gelangte er auf eine Wiese mit hüfthohem Gras. Jetzt begriff er, dass er in einem hölzernen Wohnwagen geschlafen hatte – wie sie das fahrende Volk in seiner Vorstellung bewohnte, oder Zirkusleute in früheren Zeiten. Der Wohnwagen war in einem dunklen, schimmernden Blau gestrichen, das mit goldenen Schnörkeln verziert war. Dann fiel ihm etwas auf: Wenn das hier alles echt war, wie konnte das Mädchen dann durch eine Tür *im Inneren* des Wagens verschwinden?

Daniel hatte Durst; seine Zunge klebte am Gaumen. Er ging zu dem Bach, bückte sich und trank etwas Wasser. Es war eiskalt und klar, wahrscheinlich das Beste, was er je getrunken hatte.

«Ah! Wieder wach, wie ich sehe!»

Von der Stimme überrumpelt, spuckte Daniel

Wasser, drehte sich um und fiel über seine eigenen Füße ins Gras, als er einen Blick auf einen verstaubten grauen Anzug erhaschte.

«Oh, wie anmutig!», sagte der Mann im Anzug. «Gleich kommt jemand vom Königlichen Ballett, um dich anzuwerben.»

Daniel rappelte sich auf und rieb sich den Ellbogen. Er hatte den Eigentümer des Wunderreichs von Nirgendwo sofort erkannt. «Sie! Wie kommen *Sie* denn hierher? Beziehungsweise, wie bin *ich* hierhergekommen? Ist das alles ein Traum?»

Der Mann in dem staubigen Anzug kratzte sich an der Nase. Seine zerzausten Haare wehten im Wind. «Wir träumen alle, Daniel Holmes, jeder auf seine Weise. Komm doch bitte mit.» Mit diesen Worten ging er zu der kleinen Holztreppe und betrat den Wohnwagen.

Daniel folgte ihm eilig.

«Moment! Wo ist das Mädchen?», fragte er, sobald sie drinnen waren.

«Das Mädchen?», sagte der Mann. «Denk nicht mehr an sie, du hast Wichtigeres zu tun.» Er öffnete die blaue Tür und wies in das schattige Dunkel dahinter. «Hier lang. Es gibt für alles eine Erklärung.»

Daniel ging zögernd zur Tür und warf einen Blick hindurch.

«Das stimmt doch nicht», sagte er. «Das kann einfach nicht stimmen.»

Hinter der blauen Tür lag, wie der Innenhof einer Burg, eine rechteckige Eingangshalle, die unendlich weit in die Höhe ragte. Über die Wände zogen sich, wie ein dichtes Netz, Hunderte – nein Tausende – von Treppen, die auf vielerlei Weise miteinander verbunden und vom Schein zahlreicher Fackeln erleuchtet waren.

Der Mann betrat die Halle. «Jetzt guck nicht so», sagte er. «Hier kann dir nichts passieren. Ich habe die Gänge gestern erst durchsucht und die letzten entsprungenen Löwen eingefangen.»

Er ging schnellen Schrittes weiter.

Daniel wusste nicht, was er tun sollte. Er beobachtete den Mann und riss dann die Augen auf. «Löwen?», rief er. «Halt, warten Sie! Warten Sie auf mich!»

Ein Handel mit Lucien Silver

6. Kapitel

«Möchtest du eine Tasse Tee?»

Der Mann im grauen Anzug saß wieder an seinem Schreibtisch und rührte in einer Porzellantasse.

«Nein», sagte Daniel. Er blickte in den dünnen Strudel, der durch das Rühren entstand, und versuchte, forscher aufzutreten, als ihm zumute war. «Kein Tee, vielen Dank. Sagen Sie mir bitte einfach, wie das alles sein kann.»

Er war dem Mann durch den Eingang über zig Treppen bis zu einer weiteren Tür gefolgt – und das war die mit dem dunkelroten Samtvorhang gewesen. Nachdem er hindurchgegangen war, hatte er sich im Wunderreich wiedergefunden.

Der geheimnisvolle Mann trank seinen Tee und stellte die Tasse dann auf die Untertasse zurück.

«Ich kann dir leider keine Brücke bauen, um es dir schonend beizubringen», sagte er. «Jetzt kommt es also: Daniel Holmes, du müsstest eigentlich tot sein.» Mit diesen Worten stand er auf und lief durch seinen Laden, die Hände hatte er auf dem Rücken verschränkt. «Ich will es dir erklären. Mein Name ist Lucien Silver. Ich bin ... ein Wanderer und das Wunderreich von Nirgendwo ist mein Transportmittel. Es tanzt durch die Zeit und bringt mich von Stadt zu Stadt, von Dorf zu Dorf – und das auf der ganzen Welt.»

«Durch die Zeit?», fragte Daniel. «Wie Doc Brown?»

Mr Silver sah ihn verständnislos an. «Wer?»

«Doc Brown», erklärte Daniel. «Sie kennen doch Marty McFly. *Zurück in die Zukunft?* Das ist ein alter Film, den ich im Kinderheim gesehen habe. Doc und Marty haben eine Zeitmaschine.»

Mr Silver zuckte die Achseln. «Ich komme nur selten dazu, ins Kino zu gehen», sagte er. Seine grauen Augen funkelten im Schein des Feuers. «Und mein Wunderreich von Nirgendwo ist keine reine Zeitmaschine.» Er zeigte auf den roten Vorhang. «Hinter diesem Vorhang, jenseits der vielen Treppen, an denen wir gerade vorbeigegangen sind, liegen meine Wunder. Stell dir das Wunderreich von Nirgendwo als einen Baum vor. Die Halle mit den Treppen wäre der Stamm, von dem viele Gänge abgehen, hunderte, und in denen befinden sich die Wunder. Überall, wohin ich auch gehe, ziehen sie die Besucher magisch an, und gegen eine kleine Gebühr erlaube ich ihnen, durch den Vorhang zu treten und zu erleben, wie man durch den endlosen Sternenhimmel fliegt oder wie der Sonnenuntergang schmeckt. Auf diese Weise gehen sie an die Grenze ihrer Vorstellungskraft. Ich gestatte ihnen, meinen Wundern einen Besuch abzustatten.

Selbstverständlich dürfen sich meine Kunden nicht daran erinnern, was sie im Wunderreich von Nirgendwo gesehen haben. Jedenfalls jetzt nicht mehr. Vor vielen Jahren, als ich das Geschäft eröffnet habe, konnten sie sich an alles erinnern. Doch bald waren wir dem Ansturm nicht mehr gewachsen. Jetzt gehen sie mit einem vagen Glücksgefühl nach Hause, oft sogar in dem Gedanken, ihr Leben hätte sich für immer verändert. Doch an den Laden können sie sich nicht erinnern. Es ist, als hätte es ihn nie gegeben.»

Er runzelte die Stirn, als würde ihn eine unsichtbare Bürde niederdrücken. «Als du weggelaufen bist, raus auf die Straße, wärest du beinahe gestorben.»

Daniel wollte etwas sagen, doch seine Kehle war wie zugeschnürt.

«Wenn das stimmt, wenn ich beinahe gestorben wäre, wieso bin ich dann hier? Wieso bin ich lebend da rausgekommen?», brachte er schließlich hervor.

«Weil ich mich eingemischt habe», antwortete Mr Silver. «Ich habe dich gerettet, Daniel. Ob das richtig war, weiß ich nicht. Die Entscheidung ist mir nicht leichtgefallen. Doch an dem Tag, als du ins Wunderreich von Nirgendwo zurückgekehrt bist – als mir klar wurde, dass du dich an alles erinnern konntest, was am Vortag passiert war –, habe ich begriffen, dass du etwas Besonderes bist. Es musste einen Grund geben, warum du mir aufgefallen bist.»

«Was für einen Grund?»

«Das weiß ich noch nicht», erwiderte Mr Silver und trommelte mit den Fingern auf sein Kinn. «Aber ich biete dir die Chance fürs Leben, mein Junge – die Chance für hundert Leben. Komm mit. Lerne das Wunderreich von Nirgendwo kennen und beweise mir, dass es richtig war, mich einzumischen. Betrachte die Welt auf eine Weise, die allen anderen verwehrt bleibt. Und, was meinst du?»

Daniel schwieg. Er sah durch die Schaufensterscheiben auf die Innenstadt von Glasgow, die in dichtem Nebel versank.

«Du musst noch überzeugt werden», sagte Mr Silver. «Sehen heißt glauben, wie es so schön heißt.»

Er ging zur Ladentür und streckte die Hand nach einem komplizierten eisernen Gerät aus, das an der Wand hing.

In Daniels Augen sah es wie ein Mittelding aus einer Uhr und einem Kompass aus. Es wies zahlreiche Skalen und Ziffernblätter auf, die wiederum in kleinere Ziffernblätter übergingen. Nachdem Mr Silver sich mit beiden Händen an dem Gerät zu schaffen gemacht hatte, ging er augenscheinlich zufrieden zum Kamin und nahm eine Handvoll Kohlen aus einem Kübel, der daneben stand. Als er sie ins Feuer warf, loderte es brüllend auf und leuchtete so hell, dass Daniel die Hand vor die Augen legen musste. Für den Bruchteil einer Sekunde glühten die Flammen dunkelrot, das Feuer explodierte und eine Rußwolke quoll in den Laden.

Während Daniel sich den Staub aus der Lunge hustete, strahlte heller Sonnenschein durch den Rauch, und als sich der Ruß gelegt hatte, öffnete Mr Silver schwungvoll die Tür.

«Mach dir selbst ein Bild», sagte er.

Daniel ging hinaus und spürte eine warme Brise im Gesicht. Selbstverständlich war er davon ausgegangen, dass vor ihm eine Straße in Glasgow läge, auf der die Menschen mit schweren Einkaufstaschen in alle Richtungen eilten.

Doch er sah etwas ganz anderes.

Daniel wagte sich einen Zentimeter weit auf einen breiten Bürgersteig. Es war warm, der Himmel leuchtete in den verschiedensten Rot- und Violetttönen. Hinter dem Bürgersteig, wo eigentlich eine Straße hätte verlaufen sollen, lag ein Kanal mit hohen, schmalen Gebäuden, die mit Säulen und Türmchen und bunten Fensterläden versehen waren.

«Was ist denn mit Glasgow passiert?», fragte Daniel und wich in das Geschäft zurück, als eine alte Frau mit einem schweren Korb stehen blieb und ihn misstrauisch ansah.

Mr Silver schloss die Tür und vergewisserte sich, dass das Türschild mit der Aufschrift GESCHLOSSEN nach außen zeigte.

«Wir sind weitergezogen», erklärte er, als wäre es das Normalste auf der Welt. «Das ist Venedig. Wir sind jetzt in Venedig.» Er warf einen Blick auf das Gerät an der Wand. «Im Jahr 1854. Ich glaube, es ist Juli.»

Daniel verrenkte sich den Hals, um durch die Fenster möglichst viel zu sehen. Er wischte über die Scheibe, die von seinem Atem beschlagen war, und rang nach Worten.

«Das kann nicht sein!»

«Und doch sind wir hier», sagte Mr Silver.

Daniel musste sich setzen. «Wir sind also ... wir sind also ... wir haben gerade ... das ist ... wirklich wahr?»

«Allerdings», erwiderte Mr Silver.

«Aber. Ich meine, wie geht das? Wie ... *genau?*» Daniel machte große Augen. «Das ist Magie, stimmt's? Was anderes kann es nicht sein! Wie sollten wir sonst auf einer Wiese aus einem Wohnwagen kommen, der sich noch dazu *in* einem Laden befindet? Anders kann das ja nicht echt sein, anders kann es nicht wirklich geschehen.»

Mr Silver lächelte. «Eins nach dem anderen, Mr Holmes. Eins nach dem anderen.»

«Und Sie möchten, dass ich mitkomme? Um die ganze Welt?»

Mr Silver schwieg.

«Und wo ist der Haken?», fragte Daniel und sah ihn argwöhnisch an.

«Der Haken, Daniel Holmes, liegt darin, dass du arbeiten musst, um dir deinen Platz zu verdienen. Ich biete dir keine Ferien an, sondern eine Chance. Eine Herausforderung. Du sollst mir beweisen, dass ich richtig daran getan habe, dich mitzunehmen, dass du, wie ich vermute, etwas Besonderes bist. Wenn dir das gelingt, wirst du im Wunderreich von Nirgendwo ein neues Zuhause finden.»

«Und wenn ich es nicht schaffe?», fragte Daniel. «Werfen Sie mich dann raus? Irgendwo auf der Welt, hundert Jahre vor meiner eigenen Geburt?»

«Auf keinen Fall», antwortete Mr Silver. «Wenn du nicht ins Wunderreich von Nirgendwo gehörst, kehrst du schlicht und einfach in deine eigene Zeit zurück. In dein altes Leben.» Er streckte die Hand aus. «Und, schlägst du ein?»

Daniel sortierte in Gedanken die Tatsachen: Als Waisenknabe fristete er ein elendes Leben; er hatte keine Freunde; eine böse Bande wollte ihm das Leben zur Hölle machen; er war am Ende.

Und nun war er eingeladen, all dem zu entrinnen und in einem Zauberladen auf Zeitreise zu gehen – mit einem Mann, der entweder ein Genie oder ein Wahnsinniger war, vielleicht sogar beides. Er hatte die Chance, ein anderer zu werden, und wenn es nur für kurze Zeit war. Und als dieser andere würde er sich vielleicht weniger einsam fühlen.

«Ich bin dabei», sagte er.

Premierenabend

7. Kapitel

Als Daniel sich am nächsten Morgen anzog, blickte er aus seinem Wagen auf die strahlende Sonne, die tief am Morgenhimmel stand. Er traute seinen Augen nicht. Soweit sein Verständnis reichte, lagen der Wohnwagen und die Wiese draußen irgendwie *in* einem Raum *innerhalb* des Geschäfts. Wie funktionierte das alles? Wie hatte Mr Silver das Äußere nach innen gebracht? Musste er es sich wie ein Filmset vorstellen? Als Illusion? Wenn er ein Vogel wäre, der über dem Wohnwagen am Himmel flog, könnte er nur in eine bestimmte Höhe vordringen, wo er dann an eine Mauer stieße?

Daniel hörte das vertraute Geräusch schlagender Flügel, und schon schwebten Mr Silvers funkelnde Elstern durch die offene Tür. Sie flatterten im Kreis um seinen Kopf, landeten auf seinen Schultern, stampften mit den Füßchen auf und pickten an seinen Hals. Dabei ruckten sie mit den Köpfen und schlugen träge mit den Flügeln.

Mach dich bereit! Verlier keine Zeit!, wollten sie ihm damit anscheinend sagen.

Daniel zog sich rasch fertig an. Die Elstern jagten ihn aus der Tür, durch die Treppenhalle und hinter den Vorhang.

Mr Silver wartete an seinem Schreibtisch vorne im Geschäft.

«Der einzige Nachteil am Flammenreisen», sagte er, offenbar in der Erwartung, dass Daniel verstand, was er meinte, «ist die Schweinerei.» Als er über die Tischplatte strich, klebte eine dicke Rußschicht an seiner Fingerkuppe. «Deine offizielle Aufgabe im Wunderreich besteht zumindest am Anfang darin, dafür zu sorgen, dass der vordere Teil des Geschäfts vorzeigbar ist. Wenn wir heute Abend die Zuschauer hereinlassen, soll es hier blitzen vor Sauberkeit.»

Daniel ließ den Blick über den rußgeschwärzten Raum schweifen. «Und wann machen wir auf?»

Mr Silver hob den Zeigefinger und schüttelte den Ruß ab. «Unsere Tore öffnen sich bei Sonnenuntergang und schließen in der Morgendämmerung.»

Also machte Daniel sich aufgeregt und pflichtbewusst an die Arbeit, das Ladeninnere zu putzen und vom Ruß zu befreien. Es war sehr schmutzig. Wie lange war es wohl her, seit Mr Silver hier für Ordnung gesorgt hatte? Daniel sortierte Bücherstapel und polierte die schönen schwarzen und silbernen Schachfiguren. Immer, wenn er sich kurz abwandte, stellten sich die Figuren auf dem Brett um, als spielten zwei unsichtbare Gegner gegeneinander.

Die mühselige Arbeit ließ den Tag wie im Flug vergehen, bis abends die Dämmerung hereinbrach. Plötzlich merkte Daniel, dass sich draußen eine neugierige Menge versammelt hatte. Er schaute verstohlen aus dem Fenster.

«Wieso sind sie denn nicht eher gekommen?», fragte er. «Wir sind doch schon zwei Tage hier.»

Mr Silver, der an seinem Schreibtisch saß und etwas in sein zerknautschtes altes Buch schrieb, hob kaum den Blick.

«Die meisten haben uns jetzt erst bemerkt», antwortete er.

Daniel sah ihn mit schmalen Augen an.

«Das heißt, Sie wollten es so, oder?»

Mr Silver lächelte nur.

Schließlich schlug er das Buch wieder zu, schloss es in der Schublade ein und zog seinen Mantel an.

«Die Vorstellung beginnt», sagte er und strich sich in dem vergeblichen Versuch, die wilden Locken zu bändigen, übers Haar.

Die Tür zum Wunderreich öffnete sich unter lautem Knarren. Stille strömte in das Geschäft, gewichtig und elektrisierend. Daniel hielt den Atem an und lauschte dem Trommelschlag seines Herzens.

Mr Silver streckte die rechte Hand aus und wischte mit der linken darüber. Wo gerade noch nichts gewesen war, saß auf einmal eine Taube auf Mr Silvers Hand. Ihre weißen Federn leuchteten im Feuerschein und Daniel roch hundert verschiedene Düfte: Schokolade und brennendes Holz, Pfeifenrauch und Zimt. Mr Silvers graue Augen glühten, als er die Taube in die Luft warf und zusah, wie sie in der Dunkelheit davonflog.

«Willkommen zur Premiere, Daniel Holmes.»

Ein Blitz zuckte hell über den dunklen Himmel.

Dann strömten die Gäste herbei.

Sie machten große Augen angesichts der Schätze, die sie im Wunderreich zu sehen bekamen. Erwachsene Männer und Frauen wurden wieder zu Kindern, begierig, ja jeden silbernen Kelch zu berühren und anzuschauen.

Wenn sie den Vorhang bemerkten, zog Mr Silver den Stoff mit einer schwungvollen Verbeugung zur Seite und lud sie ein, die dahinter liegenden Wunder zu besuchen.

Fasziniert sah Daniel zu, wie sie hindurchgingen. In ihm kribbelte die Neugier.

«Das ist doch eigentlich ein Geschäft», sagte er zu Mr Silver. «Wieso kauft dann niemand etwas?»

Mr Silver wackelte mit dem Zeigefinger.

«Da täuschst du dich, Daniel. Komm mal mit.»

Kaum war er durch den Vorhang getreten, wusste Daniel mit Sicherheit, dass etwas Magisches mit ihm geschehen war. Die Eingangshalle mit den vielen Treppen, die stets still im Dunkeln gelegen hatte, war warm und hell zum Leben erwacht. Das sanfte Flackern der Fackeln leuchtete leidenschaftlicher und spiegelte sich tanzend an den glitzernden Wänden. Es duftete nach Karamell und Gewürzen.

In den Gängen standen Schausteller und Händler, Männer und Frauen, unten und oben an den Treppenabsätzen. Alle waren einheitlich in Schwarz und schimmerndes Gold gekleidet. Sie verschenkten Zuckerwatte, Liebesäpfel und warme Schokoladenküchlein, während andere Zaubertricks vorführten, jonglierten oder Schwerter schluckten. Und jeder war etwas ganz Besonderes.

«Wo kommen die denn her?», fragte Daniel, als sie an einem Mann mit nackter Brust vorbeikamen, der einen Feuerstoß ausatmete. Die Flammen verdichteten sich zu dem Bild eines angreifenden Tigers, verwandelten sich in einen Elefanten und zum guten Schluss in einen Drachen.

«Von drinnen», antwortete Mr Silver.

Im Vorbeigehen trafen sie auf mehrere Zuschauer, die einander aufgeregt von Räumen erzählten, in denen sie

Unglaubliches gesehen hatten: Meere und Wüsten und Fenster zu den Sternen. Ein kleines Mädchen zog seine Mutter am Mantelärmel. «Mama, ich habe einen Drachen gesehen!», sagte es. «Einen echten Drachen mit Feueratem und einem schwarzen Schuppenschwanz!»

«Ich verstehe, was sie sagen!», rief Daniel, der kurzzeitig vergessen hatte, dass er sich im Ausland befand und die Menschen hier kein Englisch sprachen.

«Selbstverständlich», sagte Mr Silver. «Was soll ich denn mit einem Gehilfen anfangen, der nicht mit meinen Kunden sprechen kann? Du verstehst und sprichst nun jede Sprache, die dir vielleicht von Nutzen sein könnte.»

Daniel wollte auf der Hut bleiben und alles misstrauisch beäugen – vor allem aus der Erfahrung heraus, dass nichts, was ihm lieb war, lang andauerte. Doch die Verwunderung nagte schon an seinem Panzer.

«Gibt es noch mehr Geschäfte dieser Art?», fragte er. «Ist da draußen noch mehr Magie?»

«Nichts kann sich mit meinem Wunderreich messen», antwortete Mr Silver. «Magie gibt es natürlich, jede Menge davon – doch vor allem am Rand der Dinge, aus dem Augenwinkel und im Hinterkopf. Unsere Welt ist randvoll mit außergewöhnlichen Dingen, Daniel. Aus verschiedenen Gründen sehen die Menschen nur das, was sie sehen wollen. Sie fürchten sich vor allem, was sich nicht mit einer wissenschaftlichen Formel oder einem Aufsatz im Fachbuch erklären lässt. Deshalb schenken sie dem Unbekannten keine Beachtung. Doch für jene unter uns, die ihre Augen aufhalten, die sich trauen, sich zu wundern, ist alles kostbar und wertvoll.»

Sie bogen um eine scharfe Kurve und gingen durch einen schwarz gemauerten Tunnel zu einer Tür, die sich in einem Gang aus schwarzem Schiefer befand. In der Mitte der Tür prangte ein goldenes Schild, das mit verschnörkelter Schrift ankündigte:

Mr Silver steckte die Hand in die Manteltasche und holte einen roten Schal und Handschuhe heraus, die er sorgfältig anlegte. Dann öffnete er die Tür.

Der kalte Hauch des Winters strich über Daniels Wangen. Er atmete die Luft tief ein, die nach einem Dezembermorgen roch.

Mr Silvers Schritte knirschten, als er eintrat, und Daniel folgte ihm aus dem trübe beleuchteten Gang in strahlenden Sonnenschein. Er stand auf einem gefrorenen Teich mitten in einem dichten Wald. Um ihn herum glitzerte von der Krone des höchsten Baumes bis zum Waldboden alles im Raureif.

In der Mitte des Teichs stand ein eher unauffälliger Brunnen mit drei steinernen Ebenen, über die ein dünnes silbernes Rinnsal floss.

Mr Silver lächelte, als er Daniels Miene sah.

«Du fragst dich, ob meine Kunden nun eigentlich etwas kaufen? Das kann ich dir guten Gewissens bestätigen. Ich verkaufe ihnen das Staunen. Ich handele mit Verwunderung.» Er beugte sich vor, kratzte eine Handvoll Eis von dem gefrorenen Teich und zerrieb es zwischen seinen behandschuhten Fingern. «Aber meine Kunden zahlen für ihre Erlebnisse im Wunderreich nicht mit Münzen oder Geldscheinen. Nein. Mein Preis liegt bei einem winzigen Teil ihrer Fantasie.»

Daniel wich einen Schritt zurück.

«Oh, das ist ganz leicht, wenn man weiß, wie», sagte Mr Silver. «Die Kunden dürfen ohne Einschränkung überall herumgehen, staunen und vom Wunder gerührt sein.» Er zeigte auf die silberne Flüssigkeit, die über den Brunnen lief. «Das Wunderreich zwackt ein wenig von ihrer Begeisterung ab, von ihrer Vorstellungskraft – natürlich nie so viel, dass der Kunde es vermissen würde – und verwandelt es in diese Lösung, die du hier vor dir siehst. Mit diesem Treibstoff wird alles in Gang gehalten, das ist der Lebenssaft des Wunderreichs. Die Magie wurzelt in der Magie.»

«Wissen sie das?», fragte Daniel. Ihm war mulmig im Magen, wenn er sich vorstellte, dass den ahnungslosen Kunden ihre Fantasie genommen wurde. «Sagen Sie den Leuten, was Sie ihnen antun?»

Mr Silver schüttelte den Kopf. Einen kurzen Moment lang wirkte er alt und zerbrechlich, wie er da in Frost und Eis stand.

«Es war nicht immer so. Früher, als ich ein junger Mann war, reichte meine eigene Fantasie aus. Aber ich werde älter und ich muss das Wunderreich am Laufen halten. Außerdem kommt niemand zu Schaden – versprochen! Fantasie ist etwas Lebendiges, sie wächst im Kopf wie ein Baum. Das Wunderreich knipst nur ein paar Zweige davon ab. Das Wenige, was ich nehme, wächst mit der Zeit wieder nach.» Er sah Daniel scharf an. «Wenn sich für dich dadurch alles verändert und du doch lieber absagen willst, kannst du es tun. Ich bringe dich in deine eigene Zeit zurück. Du musst es nur sagen.»

Daniel betrachtete den Brunnen und die silberne Vorstellungskraft, die über das Gestein floss.

Er hatte große Zweifel und unendlich viele Fragen und er misstraute Mr Silvers Macht. Gleichzeitig dachte er darüber nach, was es bedeuten würde, sein früheres Leben weiterzuführen – in den regennassen Straßen von Glasgow, einsam und unbedeutend. Er sah in Mr Silvers ernste graue Augen.

«Ich will nicht zurück», sagte er. «Ich will bleiben und die Welt sehen. Und ich möchte mehr über Magie erfahren und Geheimnisse aufdecken. Ich möchte etwas Besonderes sein.»

Ein Lächeln umspielte Mr Silvers Lippen und er neigte den Kopf vor Daniel. «Dein Wunsch ist mir Befehl.»

In den Baumkronen bewegte sich etwas, und ein blendender silberner Blitz sauste in den blauen Himmel.

«Wie haben Sie das gemacht?», fragte Daniel. «Wie machen Sie das alles?»

«Morgen», erwiderte Mr Silver. «Morgen fangen wir mit dem Unterricht an. Ab dann finden wir allmählich heraus, ob du dich dazu eignest, Teil des Wunderreichs von Nirgendwo zu werden. Morgen erwartet dich eine erste Prüfung!»

«Was für eine Prüfung?»

Doch er bekam keine Antwort.

Daniel stand allein in der Welt aus Eis. Nur eine lange Fußspur im Schnee bewies, dass Mr Silver überhaupt im Wald gewesen war.

Ein neuer Plan

8. Kapitel

Edinburgh, Januar 1883

Als die Kutsche vor einer Reihe von Stadthäusern vorfuhr, rutschten die Räder auf der verschneiten Straße. Die beiden schweißnassen schwarzen Pferde dampften, und der Kutscher sprang vom Bock, um die Tür zu öffnen.

Zwei Fahrgäste stiegen aus und blieben auf dem eisigen Boden stehen.

Vindictus Sharpe kam als Erster zum Vorschein. Seine auffallend blauen Augen und sein gepflegtes Silberhaar mitsamt Kinnbart glänzten im Licht der schneeweißen Stadt, während er die vertraute Silhouette Edinburghs von der Altstadt bis zur Burg betrachtete. Dicht neben Mr Sharpe stand ein junger Mann, der vielleicht fünfzehn Jahre zählen mochte. Er war klein und schlank und trug einen verstaubten grauen Nadelstreifenanzug. Sein welliges Haar fiel ihm in das Gesicht, das auf dem bestem Wege war, attraktiv zu werden.

Vindictus Sharpe bezahlte den Kutscher, ohne ihm Trinkgeld zu geben, und führte seinen jungen Begleiter zu einer glatten Steintreppe. Oben klopfte er mit dem silbernen Griff seines Stocks drei Mal an die Tür des Stadthauses.

Sie wurde beinahe augenblicklich geöffnet.

«Womit kann ich dienen?», fragte der Butler.

«Wir möchten Ms Birdie Sandford besuchen», antwortete Mr Sharpe. «Sie erwartet uns nicht, aber ich bin sicher, dass sie sich die Gelegenheit nicht entgehen lassen wird, einen alten Freund zu treffen.»

Der Butler musterte das ungleiche Paar. «Und wen darf ich melden?»

«Vindictus Sharpe. Der Name wird ihr etwas sagen, wir standen eine Zeitlang gemeinsam auf der Bühne.»

Der Butler nickte. «In Ordnung. Bitte warten Sie hier.»

Er schloss die Tür. Es begann leise zu schneien. Der Mann und der Junge schwiegen.

Kurz darauf wurde die Tür von einer kleinen alten Frau geöffnet, die ihr silbernes Haar zu einem ausufernden Ungetüm frisiert trug. Durch ihre dicken Brillengläser betrachtete sie Mr Sharpe von oben bis unten.

«Vindictus Sharpe? Wie lange ist das jetzt her? Zwanzig Jahre? Du liebe Güte! Du bist keinen Tag älter geworden.»

Mr Sharpe neigte den Kopf. «Du aber auch nicht, Birdie.»

«Ich hatte dich für einen besseren Lügner gehalten», sagte sie mit einer wegwerfenden Geste. «Kommt doch herein aus all dem Schnee.»

Sie folgten ihr in das weitläufige, prunkvolle Haus, in dem es nach einem blumigen Parfüm duftete. Die alte Frau geleitete sie in ein großes Wohnzimmer im ersten Stockwerk, wo der Butler sie schon erwartete. Er schenkte Birdie einen Brandy, Mr Sharpe einen Whisky und dem jungen Mann eine Tasse heißen Tee ein, bevor er den Raum verließ und die Flügeltür hinter sich zuzog.

Birdie trank einen kleinen Schluck und sog die Luft scharf durch die Zähne, als der Schnaps in ihrer Kehle brannte.

«Sparen wir uns das höfliche Getue», sagte sie. «Du findest es ebenso lästig wie ich, das weiß ich. Kommen wir also auf den Punkt: Ich vermute, dass du nach so vielen Jahren wieder aufgetaucht bist, um mir einen geschäftlichen Vorschlag zu unterbreiten.»

Mr Sharpe beugte sich vor und trank einen Schluck aus seinem Glas. «So verhält es sich tatsächlich. Weißt du noch, warum ich mir eine Pause von den Auftritten in unseren magischen Darbietungen gegönnt habe?»

Birdie nippte an ihrem Brandy. «Selbstverständlich», sagte sie. «Du wolltest dich am Unterrichten versuchen, was mir aufstieß, weil du Kinder so gar nicht leiden konntest. Hältst du deine Tochter immer noch in dieser Schule gefangen?»

Mr Sharpe tat die Frage mit einer Handbewegung ab.

«Es ist nicht so, als würde ich mich nur daran versuchen. Vor zwanzig Jahren stattete mir ein altes Weib einen Besuch in meiner Garderobe ab und behauptete, eines Tages würde ich einen Schüler finden, mit dem ich die Magie so weit treiben könnte, wie es nie zuvor geschehen war.»

Birdie zeigte mit ihrem Gehstock aus Mahagoni auf den jungen Mann. «Der Junge ist gut?»

Mr Sharpe lachte. «Gut? Er hat das Potenzial, ein Großer zu werden – fast so großartig wie ich. Ich bin davon überzeugt, dass wir auf der ganzen Welt für ausverkaufte Theater sorgen könnten. Darum bin ich gekommen. Wenn ich den Jungen darin unterweise, die Welt zu verändern, wäre es doch das Mindeste, damit auch ein wenig Geld zu verdienen, meinst du nicht auch?»

Birdie wandte sich dem jungen Mann zu, der den Blick auf seine Schuhe gesenkt hielt. «Hast du Interesse daran, die Bühne zu erobern, mein Junge?»

«Ja, Ma'am. Mr Sharpe hat mich gut vorbereitet.»

«Wie wäre es, wenn du mir etwas vorführst?»

Der Junge warf Mr Sharpe einen fragenden Blick zu, weil dieser ihm eingeschärft hatte, niemals, unter keinen Umständen, in der Öffentlichkeit zu seiner Gabe zu stehen. Er wollte seinen Lehrer auf keinen Fall gegen sich aufbringen; der hatte ihn so oft verhauen, bis er wusste, wo sein Platz war. Auch makellose Manieren hatte er ihm eingeprügelt.

«Unter diesen Umständen spricht nichts dagegen», sagte Mr Sharpe. «Birdie ist sich unserer Gabe bewusst. Sie hat hervorragende Verbindungen in der Welt der Unterhaltung und hat es mir zu verdanken, dass sie damit eine Menge Geld verdient hat.»

«Mir selbst aber auch», konterte Birdie mit einem dünnen Lächeln. «Zeig mir, was du kannst, mein Junge.»

Nach einem tiefen Atemzug konzentrierte sich der junge Magier auf den Dampf, der sich aus der Teetasse in seinen Händen nach oben kräuselte. Auf der Stelle nahm der Dampf deutlich mehr Fahrt auf, sammelte sich in weichen Kringeln zu Füßen des Jungen und strebte aufwärts. Zunächst fügte er sich zu dem groben Umriss eines Mannes, bis sich der Dampf verfeinerte und die scharfen Ränder zu einem weich gezeichneten Kunstwerk glättete. Dann stand das Abbild des Butlers mitten im Raum. Der dampfende Butler schritt schweigend zu

Birdie, verbeugte sich und gab ihr einen Handkuss. Daraufhin drehte er mit jagenden Rockschößen eine Pirouette und verschwand. Seine nebelhafte Silhouette löste sich nur langsam in Nichts auf.

Birdie blickte mit offenem Mund in die Luft, wo eben noch der Dampf gestanden hatte. Schließlich drehte sie sich zu Vindictus Sharpe um und strahlte ihn an.

«Was schwebt dir denn vor?»

Das Buch der Wunder

9. Kapitel

Der Albtraum war immer gleich: Daniel war in einem sinkenden Fischerboot gefangen. Er hörte seinen Vater rufen, während er in der Dunkelheit herumtastete, doch er konnte ihn nicht finden, konnte ihm nicht helfen. Er wachte in dem Augenblick auf, als er verzweifelt nach Luft schnappte, weil die eisigen Fluten über ihm zusammenschlugen.

Eine silberne Elster saß neben ihm auf dem Kopfkissen. Ihr Zwilling hüpfte am Fußende entlang. Die Elster hatte einen kleinen schwarzen Briefumschlag auf Daniels Bettzeug geworfen und stupste den Umschlag an, bis sich die scharfe Papierkante an seine Nase drückte. Darin befand sich eine schwarze Briefkarte mit einer Botschaft, die mit goldener Tinte geschrieben war.

Deine erste Unterrichtsstunde soll
in einer Stunde beginnen.
Folge den Elstern.

Mr S

Daniel, der nach dem Traum noch immer zitterte, wendete die Karte in seinen Händen. Was für ein Unterricht ihn da wohl erwartete?

Im Wohnwagen fand er einen Kleiderschrank mit schwarzen Hosen und Pullovern, frisch gebügelten weißen Hemden und goldenen Krawatten – seine Uniform im Wunderreich.

«Dann mal los», sagte er zu den Elstern, nachdem er sich angezogen hatte. Die Vögel flogen durch Daniels Zimmertür in die große Treppenhalle. Sie stiegen im Wunderreich empor und führten ihn über das Wirrwarr der Stufen, indem sie im Sturzflug, im Kreis und in langsamen Schleifen den Weg wiesen. Während Daniel den Vögeln von einem Treppenhaus ins nächste folgte, höher und immer höher, entdeckte er viele Gänge aus glänzendem schwarzem Mauerwerk. Zahllose Türen lagen in diesen Gängen, doch was war dahinter? *Wunder*, hatte Mr Silver es genannt.

Irgendwann bemerkte Daniel eine Bewegung im Schatten und begriff, dass das Mädchen, das er im Wohnwagen gesehen hatte, ihn beobachtete. Er ging auf sie zu und hob die Hand, doch sie huschte wie ein aufgeschreckter Fuchs in die Dunkelheit zurück, bis er sie nicht mehr sah. Er musste sich bei Mr Silver nach ihr erkundigen. Vielleicht nach dem Unterricht.

Eine Elster pickte an seinem Ohr, wie um ihm mitzuteilen, dass diese Unterbrechung nicht gern gesehen war. Es ging weiter, bis schließlich einer der beiden Vögel vor einer breiten Tür landete. Daniel öffnete sie.

Die Wände des rechteckigen Raums waren reihenweise mit Bücherregalen verstellt. Er kniff die Augen zusammen und stellte bei näherer Betrachtung fest, dass es gar keine Bücherregale waren, sondern nur Bücher. Die Wände bestanden aus Büchern. Dann begriff er plötzlich, dass jeder Gegenstand in diesem Zimmer, von den Sesseln über die Tische bis zu der Lampe, aus Büchern hergestellt war – aus den Umschlägen oder herausgerissenen Seiten. Der Boden aus Büchern, die Decke aus Büchern, und sogar das wunderbare Feuer, das im Kamin brannte, bestand einzig und allein aus Büchern.

«Schön, dass du es einrichten konntest.»

Zwei Sessel standen in dem Raum, auf denen niemand gesessen hatte, als Daniel hereingekommen war. Er war sich dessen vollkommen sicher. Jetzt hatte Mr Silver irgendwie dort Platz genommen und nickte ihm zu, sich ihm gegenüberzusetzen.

«Fangen wir am Anfang an», sagte Mr Silver, ohne Zeit zu verschwenden. «Als Erstes geht es um die Grundlagen. Ich handele mit Staunen und Verwunderung. Ich verkaufe Flucht und Fantasie. Ich schenke meinen Kunden einen betörenden Blick auf alles, was in dieser Welt möglich ist. Und obwohl sie sich nicht mehr an den Laden erinnern können, sobald sie ihn verlassen haben, wird ihnen leichter ums Herz sein und die Welt wird ihnen an den Rändern hell und neu und glänzend erscheinen. Im Gegenzug nimmt sich das Wunderreich einen Hauch ihrer Vorstellungskraft und betreibt damit diesen Ort. Gleichzeitig kann ich auf diese Weise neue Wunder erschaffen und an mein nächstes Ziel reisen, wo alles von vorn beginnt.» Als Mr Silver sich durch sein wirres braunes Haar strich, glitt ein flüchtiger Schatten des Alters über sein Gesicht.

«Mithilfe der Magie kann man unglaubliche Dinge vollbringen, Daniel. Nehmen wir zum Beispiel die Zeit. Wenn man genug weiß, kann man mit der Zeit auf eine Weise umgehen, die du nicht für möglich hältst. Ich habe früher für einen Mann gearbeitet, der nicht älter wurde. Er ist in der ganzen Zeit unserer Bekanntschaft um keinen einzigen Tag gealtert.» Mr Silver schüttelte den Kopf und seine

Augen nahmen eine dunklere Schattierung an. «Er ist immer noch irgendwo da draußen und sieht wahrscheinlich genauso aus wie bei unserer letzten Begegnung. Ich konnte meinerseits einige Jahre, nachdem sich unsere Wege getrennt hatten, die Uhr anhalten, obwohl ich mich einer anderen Methode bediene. Für seine fehlten mir die Nerven.» Daniel überlegte, was der Mann, der nie älter wurde, getan hatte. Doch Mr Silvers wegwerfende Geste sollte diese Erinnerung vielleicht verscheuchen.

«Jedenfalls bin ich älter, als ich aussehe, und spüre doch allmählich die Bürde des Wunderreichs auf meinen Schultern. Aus diesem Grund habe ich mich für einen Gehilfen entschieden.» Er nickte Daniel zu. «Weißt du noch, womit ich gerade beschäftigt war, als du das Geschäft zum ersten Mal betreten hast?»

«Ich glaube», sagte Daniel und kniff die Augen zusammen, während er die Erinnerung heraufbeschwor, «Sie haben etwas geschrieben. An Ihrem Schreibtisch.»

Mr Silver steckte die Hand in die Manteltasche, holte das abgegriffene alte Buch heraus und legte es auf seinen Schoß. «Ich habe etwas in dieses Buch geschrieben», sagte Mr Silver. Als er darin blätterte, wehten ihm die wilden Locken in die Augen. «Und in was für ein Buch! Es ist der Schlüssel zu diesem Ort. Das Geheimnis hinter dem Wunderreich. Mein *Buch der Wunder.*»

Daniel starrte auf den gesprungenen Einband, auf dem man den Titel schon gar nicht mehr lesen konnte, obwohl die goldene Schrift stellenweise noch erkennbar war. Daniel schaffte es, die Buchstaben L, S, W, U und D zu entziffern. Er beugte sich vor. Lag es an seiner überbordenden Fantasie oder ging tatsächlich ein Sog von dem Buch aus, der ihn anlockte?

Mr Silver fuhr fort: «Für jeden Raum, der jemals im Wunderreich erscheinen wird, ist eine Seite in diesem Buch vorgesehen. Wenn mir eine Idee für ein neues Wunder in den Sinn kommt und ich gründlich darüber nachgedacht und es für passend befunden habe, schreibe ich es auf. Die Buchseiten sind verzaubert und untrennbar mit dem Laden verbunden. Wenn ich den letzten Buchstaben niedergeschrieben habe, erscheint ein Wunder irgendwo in diesen Gängen.»

«Und die Türen, die ich auf dem Weg gesehen habe?», fragte Daniel. «All diese Wunder? Jedem ist eine Seite in diesem Buch gewidmet?»

Mr Silver blätterte, hielt an einer bestimmten Seite an und legte das Buch aufgeschlagen auf den Tisch. Die Schrift in pechschwarzer Tinte war klein und ordentlich, mit vielen Schwüngen und Schnörkeln. Daneben prangte eine Zeichnung in fließenden schwarzen Linien, die unter Daniels Blick zum Leben zu erwachen schien.

«Ich weiß, was das ist!» Er beugte sich noch weiter vor. «Mein Wohnwagen!»

Als Mr Silver flüchtig lächelte, wurden die Augenfältchen tiefer.

«Richtig», sagte er. «Gehe ich recht in der Annahme, dass du dich dort wohlfühlst? Wenn ich irgendetwas ändern soll ... «

«Es ist perfekt», sagte Daniel. Seine Finger streckten

sich gierig und er geriet in einen Rausch der Aufregung, als er fragte: «Darf ich mir das Buch einmal ansehen?»

Zögern.

Dann reichte Mr Silver ihm das Buch.

Es war schwerer, als Daniel gedacht hätte. Andererseits fühlte es sich vertraut an, als hätte er es schon einmal in der Hand gehalten. Er blätterte Seite um Seite um und merkte sich viele Räume, die er unbedingt erkunden wollte. Er entdeckte einen unterirdischen Goldsee und eine Höhle mit blauem Wasser, in der eine Meerjungfrau etwas von einem vergrabenen Schatz murmelte. Daniel sah einen Weg durch einen Zauberwald und die Höhle in einem Berggipfel, in der ein Drache in Rüstung hauste, oder eine Steppe, in der Löwen heimisch waren. Auf anderen uralten Seiten war die Tinte so verblichen, dass man die Worte nicht mehr richtig lesen konnte. Ein Abschnitt dieser Art weckte seine Aufmerksamkeit, und als er die Worte eindringlich betrachtete, sagte ihm seine Intuition, dass es hier um etwas Gigantisches, Dunkles aus längst vergangenen Zeiten ging.

«Das ist die Bibliothek der Seelen», sagte Mr Silver. «Ich liebe Geschichten. Ich sammle sie, und es gibt keine großartigere Geschichte als die des Lebens. Auf den endlosen Regalen enthält die Bibliothek der Seelen die Geschichte aller, die je gelebt haben, sowie die Geschichte all derer, die jemals leben werden.»

Über die Maßen verblüfft, versuchte sich Daniel einen Raum vorzustellen, der groß genug wäre, um so viele Bücher zu beherbergen, doch Mr Silver holte ihn in die

Gegenwart zurück, als er scharf einatmete und nach Luft schnappte. Dann beugte er sich vor und legte die Hand auf die Brust.

«Was haben Sie denn?»

Mr Silver kniff die Augen zu und holte tief Luft. Dann atmete er langsam aus, öffnete die Augen und blinzelte. «Es geht mir gut.»

Daniel blickte immer noch auf Mr Silvers Hand, die er weiterhin auf die Brust drückte.

«Nun, da du einen Blick in das *Buch der Wunder* werfen durftest», sagte Mr Silver, als wäre nichts geschehen, «wird es Zeit für die erste Prüfung.» Er drehte die Handfläche nach oben und wollte Daniel einen goldenen Füllfederhalter reichen. Daniel starrte ihn nur an.

«Das verstehe ich nicht.»

«Du sollst dich an einem eigenen Wunder versuchen. Schreib eins in dieses Buch.»

«Ich? Ich soll aus dem Nichts einen Raum erschaffen? Sie machen sich über mich lustig!»

«Das tue ich mitnichten. So können wir am schnellsten herausfinden, ob du begabt bist.»

Daniel zappelte auf seinem Stuhl. Er hätte nicht gedacht, dass die erste Prüfung gleich so schwer werden würde. Dann nahm er den Füllfederhalter entgegen.

«Und wenn nichts passiert?», fragte er. «Setzen Sie mich dann vor die Tür?» Nachdem er das Buch in der Hand gehalten und einen Blick auf die Wunder darin hatte werfen dürfen, hatte er das Gefühl, dass sein altes Leben sehr weit weg war. Als hätte er in Schwarz-Weiß gelebt und als pulsierte die Welt auf einmal in bunten Farben und böte ihm aufregende neue Möglichkeiten. Er war nicht bereit, zum grauen Einerlei zurückzukehren.

Mr Silver dachte über seine Frage nach. «Falls das geschieht, können wir uns immer noch Gedanken darüber machen.» Mit einer Geste tat er, als ob er schriebe. «Fang an.»

Daniel fand eine leere Seite. Seine Hände waren schweißnass.

«Was soll ich denn schreiben?»

«Das liegt bei dir», antwortete Mr Silver. «Allerdings rate ich, mit etwas Kleinem anzufangen, also mit einem einzigen Raum, nicht zu kompliziert.»

Daniel dachte lange nach. Dann tauchte plötzlich wie aus dem Nichts ein Bild vor seinen Augen auf, etwas Tröstliches aus seiner Kindheit, und die Idee nahm immer mehr Gestalt an. Als er so sicher war, wie es nur ging, begann er, in Mr Silvers Buch zu schreiben.

Als er fertig war, hatte er die Seite mit seiner besten Handschrift vollgeschrieben, und seine Finger kribbelten.

Mr Silver forderte das Buch zurück.

«Glauben Sie, dass es funktioniert?» Daniels Herz schlug schneller.

Mr Silver schüttelte sich das wirre Haar aus der Stirn und ging zur Tür.

«Das werden wir gleich sehen.»

Da das Wunderreich geschlossen war, lagen die Gänge verlassen im Dunkeln. Während er Mr Silver folgte und ihm dicht auf den Fersen blieb, fühlte es sich an, als könnte er die Wände atmen hören. Er erschauerte.

Als hätte er seine Gedanken gelesen, sagte Mr Silver: «Die Gänge sind absolut sicher, hier kannst du immer auf Entdeckungsreise gehen. Das empfehle ich dir sogar ganz ausdrücklich. Alles, was du hier siehst, untersteht meiner Kontrolle. Du kannst nicht zu Schaden kommen. In den vielen Jahren, in denen ich Besucher im Wunderreich willkommen heiße, hat sich niemand auch nur einen blauen Fleck geholt.»

«Ich dachte eher daran, dass man sich verirren könnte», erwiderte Daniel. «Ich würde am liebsten bis in alle Ewigkeit hier durchgehen.»

«Du wirst dich schnell zurechtfinden», sagte Mr Silver. «Es wird dir in Fleisch und Blut übergehen, überall entlangzustreifen. Und noch etwas: Falls du aus irgendeinem unerfindlichen Grund doch einmal in Schwierigkeiten geraten solltest, eilt dir das Wunderreich zu Hilfe. Du musst nur darum bitten.»

Schließlich ging Mr Silver langsamer und neigte den Kopf, als lauschte er einem weit entfernten Geräusch. Nach vier zögerlichen Schritten zu der nächsten schwarz glänzenden Tür legte er das Ohr daran. Dann trat er wieder zurück und ließ den Blick von der Tür zu Daniel und wieder zurück schweifen.

«Die ist neu», sagte er. «Und von mir ist sie nicht.» Er sah Daniel an, als wäre er ein Wesen aus dem All. «Öffne sie.»

Bebend schlich Daniel näher an die Tür heran. Selbst nach alldem, was er in den letzten Tagen gesehen hatte, ging es ihm nicht in den Kopf, dass ein neuer Raum erschienen sein sollte, nur weil er etwas in ein altes Buch geschrieben hatte. Gleichzeitig ergriff ihn ein wunderbarer Stolz. Doch würde es reichen? Konnte er damit die Prüfung bestehen?

Seine schweißnasse Hand glitt über die Klinke, die zu seiner Freude klickend nachgab, und die Tür ging auf.

Das Zimmer war rund, ziemlich dunkel und kalt. In der Mitte stand eine steinerne Säule mit Hunderten, ja Tausenden von offenen Fächern. In jedem Fach stand eine Glaskugel, und um die Säule wand sich eine Wendeltreppe bis oben in die endlose Dunkelheit.

Mr Silver schaute sich mit offenem Mund um.

Als Daniel die Säule berührte, hätte er sich nicht gewundert, wenn seine Hand durch sie hindurch geglitten wäre, weil sie eine Illusion war. Doch seine Finger strichen über kalten, rauen Stein.

«Sie ist echt!», flüsterte er. «Sie ist wirklich da, genau wie ich es mir vorgestellt habe, als ich in das Buch geschrieben habe!»

Mr Silver nahm eine Glaskugel von der Säule und ließ sie auf seiner Hand kreiseln. Schneeflocken wehten innen gegen das Glas.

«Schneekugeln», sagte er. «Wieso Schneekugeln?»

Daniel stieg bereits auf der steinernen Wendeltreppe empor und betrachtete die zahllosen schimmernden Glaskugeln. Einige waren kleiner als Murmeln, andere größer als sein Kopf. Bis auf die Schneeflocken waren sie leer.

«Meine Mutter hat sie gesammelt», sagte Daniel. «Das ist eins der wenigen Dinge, an die ich mich von der Zeit vor dem Tod meines Vaters erinnern kann. Aus der Zeit, bevor sie rund um die Uhr traurig war. Als kleiner Junge saß ich immer auf ihrem Knie, und sie erzählte mir, jede dieser Kugeln bewahre ein Geheimnis. Und das soll dieser Raum sein: ein Ort, an dem man Geheimnisse verwahren kann. Die Kugeln sind leer, weil sie darauf warten, gefüllt zu werden. Wenn man sein Geheimnis in eine Kugel flüstert, ist es dort sicher.»

Mr Silver berührte mit den Fingerspitzen mehrere Schneekugeln und betrachtete sie mit einem vergnügten Zwinkern in seinen grauen Augen.

«Es eignet sich perfekt für das Wunderreich», sagte er. Lächelnd hob er den Blick zur Säule der Geheimnisse. «Darf ich die Ehre haben, als Erster ein Geheimnis zu hinterlassen?»

Daniel platzte vor Stolz.

«Bitte sehr», sagte er. Da es etwas sehr Persönliches war, ein Geheimnis einzuschließen, wandte er sich ab, als Mr Silver die Treppe hochging, um die beste Schneekugel auszuwählen.

Als er zurückkam, fragte Daniel: «Und, hat es geklappt?»

Keine Antwort.

«Ich fühle mich leichter», sagte Mr Silver schließlich.

«Das heißt dann wohl, dass es funktioniert hat. Habe ich die Prüfung also bestanden?»

Die Frage schien Mr Silver Spaß zu bereiten. «Du bist begabt», antwortete er.

Daniel konnte sich ein stolzes Lächeln nicht verkneifen. Er fühlte sich bedeutend und schäumte vor Freude beinahe über.

Mr Silver setzte eine sehr ernste Miene auf, als er fortfuhr: «Das *Buch der Wunder* besitzt eine ungeheure Macht, Daniel. Es ist mit mir verbunden, verschlungen mit meiner Seele – so sehr, dass wir fast ein und dasselbe sind. Deine Verbindung zu dem Buch ist etwas Neues, womit ich nicht gerechnet habe. Falls du aus einem verrückten Zufall auf das Buch stößt, wenn du allein bist, verlange ich von dir, dass du ohne mich kein einziges Wort hineinschreibst. Du hast keine Erfahrung, du bist noch grün hinter den Ohren, deshalb könnte niemand vorhersagen, was dabei herauskäme. Es könnte regelrecht gefährlich werden. Hast du verstanden?»

«Ich darf nichts in das Buch schreiben, wenn Sie nicht da sind», sagte Daniel.

Mr Silver nahm lächelnd zwei Stufen auf einmal, bis er unten stand.

«Von jetzt an schreibst du jeden Morgen nach Geschäftsschluss eine Seite in das Buch. Wenn du dich weiterhin so geschickt anstellst, kann ich dir sicher sehr viel beibringen. Zu einem gewissen Zeitpunkt werde ich dir eine weitere Prüfung auferlegen, die du dann nicht kommen sehen wirst.»

Mit diesen Worten verschwand er und ließ Daniel mit seinen Geheimnissen allein.

Das Mädchen an der Tür

10. Kapitel

Mr Silver hielt Wort – er erlaubte Daniel, jeden Abend eine Seite in das *Buch der Wunder* zu schreiben –, und schon bald schäumte Daniels Fantasie vor Ideen und Möglichkeiten über. Er träumte von neuen Wundern, während er den Laden auf Vordermann brachte und den Kunden durch das Labyrinth der Gänge folgte. Er sah ihnen zu und lernte auf Schritt und Tritt. Daniel war fest entschlossen, Mr Silver zu beweisen, dass sein erster Versuch keine Eintagsfliege war. Seine Verbindung zu dem Buch blieb stark, und Mr Silver wirkte beeindruckt und entzückt von jedem neuen Wunder – obwohl er seine Freude zu verbergen versuchte und nur selten mehr dazu sagte als «Es geht».

Außerdem entwickelte Daniel eine neue Vorgehensweise, um seine furchterregenden Träume auszuhalten. Wenn er nun aus einem Albtraum erwachte, stand er auf, ging zum Schaufenster des Geschäfts und schaute zu den Sternen über Venedig auf. Es tröstete ihn, wie still die Stadt dalag und wie schön sich der Nachthimmel entfaltete.

Als er eines Nachts durch den roten Samtvorhang trat, wehte eine kühle Brise von den Kanälen herüber. Die Ladentür stand bereits offen.

Daniel erkannte das Mädchen an der Tür auf der Stelle, war sie doch die erste Person, die er nach seinem Aufwachen im Wunderreich gesehen hatte. Sie stand mit wehenden Locken auf der Schwelle und blickte auf die Stadt über dem Wasser, ohne Daniel zu bemerken.

Neugierig betrachtete er sie. Sie klammerte sich so fest an den Türrahmen, dass ihre Knöchel weiß waren. Sie zitterte am ganzen Körper, als sie einen Fuß hob und den

Laden verlassen wollte. Sie schnappte nach Luft und keuchte, als kämpfte sie gegen eine starke Macht an. Schließlich zog sie den Fuß zurück, sank an den Türrahmen und begann zu schluchzen. Sie schlug die Hände vors Gesicht.

Daniel trat von einem Bein aufs andere. Mit Mädchen konnte er nicht umgehen und mit weinenden Mädchen hatte er erst recht keine Erfahrung.

«Geht's dir gut?», fragte er, weil ihm nichts anderes einfallen wollte.

Das Mädchen zuckte zusammen, als es seine Stimme hörte, und warf ihm einen scharfen Blick zu, der einen Ballon hätte platzen lassen können.

«Sehe ich so aus?», fragte sie und rieb sich die Augen.

«Äh ... » Daniel suchte nach Worten. «Kann ich dir irgendwie helfen?»

Das Mädchen schüttelte den Kopf. «Du? Bestimmt nicht.» Schniefend kniff sie die Augen zusammen. «Was machst du hier eigentlich ... spionierst du mir nach?»

«Oh nein ... als ob!», sagte Daniel. «Ich habe nicht spioniert.» Dann fiel ihm etwas ein. «Und überhaupt, das sagt die Richtige; als ich am ersten Morgen wach geworden bin, hast du durch ein Fenster in mein Zimmer geguckt!»

«Das war etwas anderes.» Das Mädchen zuckte die Achseln. «Ich bin hier zu Hause und wollte mich nur vergewissern, dass du kein Mörder bist oder so.»

«Wieso bist du danach nie mehr gekommen?», fragte Daniel.

Wieder hob sie die Schultern. «Papa hat gesagt, ich soll mich von dir fernhalten. Er meint, ich hätte einen schlechten Einfluss auf dich, und er wollte nicht, dass du abgelenkt wirst.»

«Papa? Mr Silver? Er ist dein Vater?»

«Jep. Ich heiße Ellie.» Sie lächelte verschmitzt. «Ich bin eine einzige Enttäuschung. Also, Papa liebt mich über alles, das weiß ich, aber er wollte, dass ich in seine Fußstapfen trete.» Sie senkte die Stimme, um ihren Vater nachzuahmen. «‹Das Geschäft übernehmen. Es in der Familie halten.› Aber in mir steckt kein Fitzelchen Magie. Ich bin zu nichts zu gebrauchen. Deshalb war ständig die Rede davon, dass er sich einen Gehilfen suchen müsste.» Sie runzelte die Stirn. «Aber ich hätte nie gedacht, dass er es wirklich tun würde. Er hat noch nie jemanden hinter die Kulissen blicken lassen. Und nun bist du hier.» Sie musterte ihn von oben bis unten. «Wie kann man nur so dünn sein? Du siehst aus, als könnte dich ein Windstoß umpusten.»

Daniel klopfte sich auf den Bauch. «So dünn nun auch wieder nicht», murmelte er.

«Und was hat er dir nun zu tun gegeben?»

«Putzen, größtenteils», antwortete Daniel.

Ellie rümpfte die Nase. «Du bist nur sein Handlanger? Hört sich nicht so spaßig an. Hast du schon viele von Papas Wundern gesehen? Den Knochenzirkus? Den Wasserfall? Und was ist mit dem Springbrunnen? Oh, ich liebe den Springbrunnen! Schon komisch, dass all das hübsche Wasser eigentlich nur Einbildung ist, nicht wahr? Das Wunderreich nimmt sie von seinen Kunden und benutzt sie ... wie Benzin in einem Auto, könnte man sagen. Papa ist sehr klug.»

«Ja, ich habe schon ein paar Wunder gesehen», erwiderte Daniel, ohne zu erwähnen, dass er selbst bereits eigene wundersame Räume erschaffen hatte. Damit würde er Ellie seiner Meinung nach schwerlich beeindrucken können. Er würde wie das Schoßhündchen seines Lehrers wirken.

«Früher», sagte Ellie, «hat Papa das Ganze natürlich allein in Gang gehalten. Aber er wird nun einmal älter. Also, nicht älter im eigentlichen Sinne, denn die Zeit wirkt sich im Wunderreich sonderbar aus. Papa ist in all den Jahren nicht gealtert.» Ihre Augen glänzten. «Durch die Wunder ist das Leben hier recht erträglich. Komm, ich zeige dir meinen Lieblingsraum.» Sie wollte ihn am Arm zu dem roten Vorhang ziehen.

«Ich dachte, Mr Silver hätte angeordnet, dass du dich von mir fernhältst.»

«Wenn man es genau nimmt, bist du zu mir gekommen. Ich verstoße also nicht gegen die Regeln. Außerdem weiß er selbst, dass wir uns letzten Endes doch kennenlernen.»

Nachdem sie durch den Vorhang getreten waren, liefen sie durch mehrere Treppenhäuser immer weiter nach oben.

«Weißt du, was komisch ist?», fragte Daniel.

Ellie warf ihm einen Blick von der Seite zu. «Du?»

«Von mir abgesehen», sagte Daniel. «Ich habe so ein Gefühl, als wüsste ich, wohin wir gehen. Als ob ich genau wüsste, wie ich im Wunderreich überall hinkomme.»

«Jep. Der Laden geht einem unter die Haut.»

Ellies Lieblingstür lag in luftiger Höhe des Wunderreichs in einem Gang, dessen polierter Boden aus schwarzen Glasplatten bestand.

«Gibst du mir wenigstens einen kleinen Tipp, was mich erwartet?», bat Daniel.

«Dann würde ich dir ja die Überraschung verderben! Auf keinen Fall. Es gehört zu der Magie dazu, dass man nicht weiß, was kommt. Wahrscheinlich ist es eine Art Prüfung.»

«Ich habe die Nase voll von Prüfungen», sagte Daniel. Doch dann dachte er, dass Ellie ihn hier möglicherweise vor die zweite Prüfung stellte, die Mr Silver angekündigt hatte – diejenige, die er nicht würde kommen sehen.

«Es wird dir gefallen, das verspreche ich dir.»

Ellie blieb stehen und zeigte auf den Torbogen vor ihnen. Daniel ging vor und betrachtete ein goldenes Schild, in das folgendes Wort eingraviert war:

Vertrauenssprung

In dem Raum dahinter war es stockdunkel und Daniel wich zögernd einen Schritt zurück.

«Zier dich nicht so», sagte Ellie und drehte eine Locke um ihren Finger. «Ehrlich, wenn wir zwei uns gut verstehen sollen, musst du dich daran gewöhnen, dass es lustig wird.»

«Lustig finde ich gut», erwiderte Daniel und schlich erneut zur Tür. Dann zeigte er in die Dunkelheit. «Ich bin mir nur nicht sicher, ob das lustig wird.»

«Ich gehe vor», sagte Ellie. «Ich habe es schon tausendmal gemacht. Bist du bereit?»

Ehe Daniel noch etwas sagen konnte, schlang Ellie die Arme fest um seinen Bauch und zog ihn über die Schwelle.

Er fiel. Er fiel so schnell, der Wind riss an seinem Gesicht, seinen Augen und Ohren, sodass er keine Luft mehr bekam. Ellie hielt ihn nicht mehr fest. Daniel kniff die Augen zu und rechnete jeden Moment damit, auf dem Boden aufzuschlagen.

Das passierte nicht.

Als er die Augen öffnete, erwachte die Umgebung zum Leben.

In der Schwärze explodierten funkelnde Lichtpunkte und beleuchteten den Himmel. Einige waren in bekannten Konstellationen angeordnet, während andere wie dahingeworfene Diamanten verstreut waren.

Daniel merkte, dass er keine Angst mehr hatte.

Und dass er nicht mehr fiel.

Daraufhin jubelte er begeistert, weil die kühle Nachtluft sein Haar zerzauste. Er flog, flog frei wie ein Vogel durch den nächtlichen Himmel.

«Hab ich's dir nicht gesagt!», rief Ellie, als sie an ihm vorbeizog.

Sie verloren jegliches Zeitgefühl, flogen durch flaumige Wolken und Schnee, der am kristallklaren Himmel fiel, bis Ellie schließlich zu Daniel sagte: «Jetzt zum Mond! Um die Wette!»

Das ließ Daniel sich nicht zweimal sagen. Die Sterne verschwanden und der Mond verrutschte, krümmte und verwandelte sich in die vertraute Wölbung der Tür.

Aus dem Himmel kehrten sie auf den festen Boden des Wunderreichs zurück.

«Und?», fragte Ellie und hüpfte auf und nieder. «Wie fandest du das?»

Ihr Überschwang brachte ihn zum Lächeln.

«Magisch», antwortete er.

«Selbstverständlich ist es magisch», sagte sie. «In Magie ist Papa am besten.»

Daniel warf noch einen Blick zurück auf die Tür des Vertrauenssprungs, als Ellie ihn fortgeleitete.

«Wie kann ein Mensch das alles schaffen?»

«Hmm?»

«Mr Silver. Es gibt Hunderte dieser Türen, Tausende gar. Woher nimmt er die Zeit dafür?»

Ellie grinste.

«Wie gesagt, die Zeit bewirkt hier sonderbare Dinge. Papa ist schon eine Weile dabei.»

«Willst du damit sagen, dass er alt ist? Älter als er aussieht?»

«Viel älter sogar. Er ist wirklich sehr sehr alt.»

Ein Treppenhaus wackelte grollend, als sie die Stufen hinaufgingen.

«Und noch was», sagte Daniel. «Wenn das Geschäft geöffnet ist, steht an jeder Ecke ein Feuerspucker oder ein

Jongleur. Wo sind die jetzt alle geblieben? Wo gehen sie hin, wenn wir schließen?»

«Komm mit», sagte Ellie. «Ich zeige es dir.»

Nach fünf Minuten standen sie vor einer weiteren Tür mit dem Schild:

Sie traten ein und gingen durch eine gläserne Drehtür in eine prächtige Halle mit Säulen aus schwarzem Marmor und einem geschwungenen Treppenaufgang. Der schwarze Teppichboden war dick und weich. Am anderen Ende stand ein Empfangstresen zwischen zwei goldenen Aufzügen.

Daniel hatte noch nie ein Hotel von innen gesehen, aber er kannte Hotels aus Filmen und Zeitschriften, und dieses sah mindestens so edel aus wie jene, in denen die Hollywoodstars gerne abstiegen.

«Das ist das *Hotel Nirgendwo*», sagte Ellie. «Hier hat jeder Mitarbeiter sein eigenes Zimmer.»

«Nicht schlecht», sagte Daniel. «Aber warum habe ich dann noch nie jemanden getroffen, der im Laden ein- oder ausgeht? Verlassen sie denn nie das Geschäft?»

Ellie strich sich mit einer Geste, die an ihren Vater erinnerte, die Locken aus dem Gesicht. «Hat Papa dir denn gar nichts erzählt? Die Schausteller können hier nicht weg. Sie kommen höchstens bis zum roten Vorhang. Das ist eine Art Grenze zur Wirklichkeit. Dort draußen existieren sie nicht, deshalb ist das Wunderreich *ihre* Welt.»

«Aber woher kommen sie?», fragte Daniel. Dann hob er einen Finger, weil ihm die Antwort selbst einfiel. «Mr Silver hat sie in sein Buch geschrieben, nicht wahr? Sie entstehen aus den Seiten, genau wie die Wunder ... » Er verstummte, als Ellie die Augen aufriss.

«Du weißt von Papas Buch?»

«Äh ... ja, er hat es mir gezeigt.»

«Dann muss er dich sehr gern haben. Von dem Buch hat er mir erst erzählt, als ich neun war! Und da ich nicht die Gabe habe, etwas hineinzuschreiben, darf ich es nicht einmal anfassen. Er denkt, ich würde es verlieren oder so etwas.»

Daniel beschloss, das Thema zu wechseln. «Und wo wohnst du?», fragte er.

«Hier. Ich habe auch ein Zimmer im Hotel. Früher habe ich mit Papa zusammengewohnt, aber ... nun ja, hin und wieder kommt es zu Reibereien. Er ist ein guter Mensch. Ich liebe ihn, ganz bestimmt. Aber er ist vom Wunderreich besessen. Hier im Hotel gefällt es mir, da kann ich für mich sein.»

«Seid ihr allein, nur du und dein Dad?», fragte Daniel.

«Jep.»

«Wo ist denn deine Mutter?»

«Wer weiß das schon?», antwortete Ellie. «Papa sagt, ich war ungefähr eine Woche alt, als sie mich auf der

Schwelle des Wunderreichs abgelegt hat. Sie ist nie zurückgekommen. Kein einziges Mal.»

Daniel schüttelte den Kopf. «Weißt du viel über sie?»

«Eigentlich nicht. Ich habe natürlich Fragen gestellt. Papa meint, ich sehe ihr ähnlich. Aber ich weiß nicht, warum sie mich hier gelassen hat oder warum sie mich nicht haben wollte. Irgendwann habe ich aufgehört zu fragen, weil Papa nicht darüber reden möchte und ich ihn nicht traurig machen will.» Sie schwieg einen Augenblick lang und starrte ins Leere. Dann blinzelte sie und fragte ihrerseits: «Und was ist mit dir? Wo sind deine Eltern?»

«Ich bin Waise», erklärte Daniel. «Dad war Fischer und starb auf See, als ich vier war. Mum ist nie darüber hinweggekommen. Wir sind nach Glasgow gezogen, und zwei Jahre später ist sie auch gestorben. Ich kann mich nicht mehr gut an sie erinnern, ich meine, daran, wie ihre Stimmen klangen oder wie ihre Sachen gerochen haben ... es ist, wie wenn man aufwacht und sich an einen Traum erinnern möchte. Er ist noch da, aber nur eine Sekunde lang, dann ist alles weg.»

Ellie schenkte ihm ein trauriges Lächeln.

«Hier ist es wirklich sehr schön», sagte Daniel und zeigte in die Eingangshalle. «Aber für die Mitarbeiter ist es sicher merkwürdig, dass es außerhalb des Wunderreichs eine ganz andere Welt gibt, die sie nicht zu sehen bekommen. Das würde mich wahnsinnig machen!»

Ellie wurde blass. «Man vermisst nichts, was man nie gehabt hat. Sagt Papa jedenfalls.» Auch ihre Stimme hatte sich verändert.

«Aber kannst du dir das vorstellen?», beharrte Daniel. «All die tollen Orte nicht zu sehen, an denen das Wunderreich von Nirgendwo zu Besuch ist? Wir haben Glück, wir können New York erleben und Kairo oder Paris ... können Könige und Königinnen und Regierungen kommen und gehen sehen. Wir werden all das anschauen, Ellie ... die Geschichte, die geschrieben ...»

Einen Augenblick lang fürchtete Daniel, sie würde ihm eine Ohrfeige geben. Doch Ellie schloss die Augen und sagte: «Mir geht es nicht gut. Ich muss an die Luft.»

Dann stand sie auf und rannte durch die Lobby zur Drehtür.

Verwirrt und betroffen sah Daniel ihr kurz nach, er wusste nicht, was er getan hatte oder hätte tun sollen. Schließlich lief er ihr nach, bis die Drehtür ihn in den dunklen, funkelnden Gängen des Wunderreichs ausspuckte, wo er plötzlich gegen etwas stieß, das ihn wie ein Zug überrollte. Er prallte hart auf dem Boden auf und blickte zu dem besorgten Gesicht eines kahlen Riesen mit einem Stiernacken empor. Noch weiter oben entdeckte er eine unglaublich große Frau mit dunkelbrauner Haut, die das offenbar lustig fand – und die eine lebendige gelbe Schlange um den Hals trug.

«Steh nicht einfach da, Caleb. Hilf dem Jungen hoch.»

Der Mann streckte eine riesige Pranke aus, in der Daniels Hand glatt verschwand, und half ihm auf die Beine.

«Tut mir leid», sagte Daniel, «ich hätte besser aufpassen sollen.»

«Wohin so eilig?», fragte Caleb. Der kahle Riese trug eine weite schwarze Hose und ein aufgeknöpftes schwarzes Wams mit goldenen Paspeln, das einen Bierbauch und eine schwarz behaarte Brust offenbarte. Der Mann hielt in seinen Händen, die so groß waren wie Bratpfannen, einen abgewetzten alten Teddybär, der keine Augen mehr hatte.

«Ich kenne Sie», sagte Daniel. «Sie sind der Feuerspucker, nicht wahr? Der Flammen in Tiere verwandelt, oder?»

«Caleb, zu deinen Diensten», erwiderte der Riese. Er reckte einen dicken Daumen und zeigte auf die unglaublich große Frau. «Das ist Anja.»

Anja nickte.

Caleb hielt den Plüschbär hoch. «Und das ist Mr Bobo.»

Daniel starrte ihn an. Caleb zog erwartungsvoll die Augenbrauen hoch.

«Äh ... hallo, Mr Bobo.»

Caleb lächelte. «Ich habe ihn vor vielen Jahren gefunden, er lag in einem Gang auf dem Boden. Ein Kind aus der wirklichen Welt muss ihn verloren haben», sagte er und wiegte den Teddy wie ein Baby in seinen Armen, stolz und verzückt, weil er etwas aus der Welt jenseits des Wunderreichs besaß.

«Caleb sammelt Dinge, die die Kunden verloren haben», sagte Anja. «Über die Jahre hat er eine hübsche Kollektion zusammengestellt.»

Caleb kramte in seinen Hosentaschen, streckte Daniel die Hand hin und öffnete sie. In seiner Hand lag ein halb gelutschtes Zitroneneis, das mit grauem Flaum überzogen war. «Das habe ich vor ein, zwei Monaten gefunden. Möchtest du es haben? Vielleicht erinnert es dich an dein Zuhause.»

«Nein, danke», sagte Daniel und gab sich Mühe, seinen Ekel zu verbergen. «Nett von dir.»

«Wir wissen übrigens alles über dich», sagte Anja. «Lucien Silver hat einen Gehilfen! Das ist hier *das* Gesprächsthema. Wenn du mich fragst, ist es höchste Zeit, dass er sich Hilfe holt. Hast du dich schon eingelebt?»

«Ja, ganz gut, glaube ich», antwortete Daniel. Er verdrehte den Hals, um in den Gang hinter ihnen zu schauen. «Ist Ellie hier vorbeigekommen?»

Anja runzelte die Stirn. «Wir haben sie nicht gesehen. Ist irgendetwas los?»

Daniel schilderte, wie Ellie davongestürmt war.

Caleb schob die Unterlippe vor und nickte. «Ah. Dann ist alles klar.»

«Wieso? Was denn?»

«Ich schätze mal», sagte Anja und strich ihre krausen Locken zurecht, «dass Ellie sauer geworden ist, weil du dich über deine Freiheit ausgelassen hast, die Welt außerhalb der Mauern des Wunderreichs zu erforschen.»

Daniel schürzte die Lippen. «Aber wieso sollte sie sich darüber aufregen?»

Caleb legte ihm eine schwere Hand auf die Schulter. «Weil sie mit den Mitarbeitern im selben Boot sitzt», erklärte er. «Sie kann das Wunderreich nicht verlassen.»

«Was? Wieso das denn?»

«In allen Einzelheiten wissen wir das auch nicht», sagte Anja. «Schließlich ist es privat. Ellie spricht nicht gern darüber, aber sie ist sehr einsam. Wirklich, Daniel, du bist der erste Mensch von außerhalb des Wunderreichs, der mit Ellie seit ... ach, was weiß ich wie lange, gesprochen hat.»

«Echt? Aber was ist mit den Kunden? Mit denen redet sie doch sicher, oder?»

Caleb schüttelte seinen großen Kopf. «Nein. Sie können sie weder hören noch sehen. Etwas in der Magie dieses Ortes macht Ellie unsichtbar für alle, die nicht zum Wunderreich von Nirgendwo gehören. Für die meisten Menschen auf der Welt ist Ellie Silver nur ein Geist.»

Der glühende Dolch

11. Kapitel

Am nächsten Morgen bot sich Daniel eine ganz andere Aussicht als die, an die er sich gewöhnt hatte. Da waren keine Kanäle mehr, keine bunten Fensterläden. Stattdessen blickte er auf eine schmale Straße mit Kopfsteinpflaster, dicht an dicht mit armseligen Häusern und Läden gesäumt, die hundert verschiedene Waren feilboten. Mr Silver verkündete, sie seien nun in Paris, und lud Daniel ein, mit ihm durch die Straßen zu bummeln. Daniel, der das Geschäft seit seiner Ankunft nicht verlassen hatte, überlegte nicht lange.

Als sie sich durch die Menschenmenge in den Seitenstraßen zwängten, schnitt er das Thema Ellie an.

«Ich habe ihr befohlen, sich von dir fernzuhalten, bis du dich eingelebt hast», sagte Mr Silver mit einem resignierten Seufzer. «War sie frech zu dir? Sie kann ganz schön grob werden.»

«Nein, war sie nicht. Ich mag sie gern. Sie hat mich herumgeführt und mir ihr Lieblingswunder gezeigt.»

Mr Silver sah Daniel von der Seite an. «Sie hat eins, das sie am liebsten mag?»

«Jep. Den Vertrauenssprung.»

Während sie spazieren gingen, fiel Daniel auf, dass Mr Silver eindeutig zu verbergen versuchte, dass er humpelte. Sein rechtes Bein wirkte steif und er biss die Zähne zusammen, wenn er das Gewicht darauf verlagerte.

«Ich hoffe, die Frage stört Sie nicht ... aber stimmt es, dass Ellie den Laden nicht verlassen kann?»

Mit dieser Frage hatte Mr Silver offenbar nicht gerechnet.

«Ihr Zustand lässt es nicht zu hinauszugehen», antwortete er ohne nähere Erläuterung.

«Welcher Zustand?», bohrte Daniel weiter. «Ist sie krank? Was würde denn passieren, wenn sie rausgeht?»

Mr Silver zog eine Grimasse und rieb sein Bein. «Ellie ist im Wunderreich in Sicherheit, mehr musst du nicht wissen.»

«Und stimmt es auch, dass die Kunden sie nicht sehen können?»

Mr Silver warf ihm einen erzürnten Blick zu. «Ja.»

«Und das hängt auch mit ihrem Zustand zusammen?»

Mr Silver nickte und verzog erneut das Gesicht. «Das reicht», sagte er. «Wir sind nicht hier, um über Ellie zu reden.»

«Selbstverständlich nicht», sagte Daniel, der wusste, dass er ihn nicht weiter bedrängen durfte. «Wozu sind wir hier?»

«Wir suchen etwas», antwortete Mr Silver. «Ich erkenne es, wenn ich es sehe.»

«Haben Sie etwas am Bein?»

«Nein.»

Sie gingen weiter. Daniel begriff rasch, dass es sich nicht um einen entspannten Spaziergang zu den Sehenswürdigkeiten von Paris handelte. Sie hielten sich an die kleinen Seitenstraßen und Gassen im zwielichtigsten Teil der Stadt, wo sie mehrere Geschäfte betraten, die allesamt mit der schwer fassbaren und undurchsichtigen Welt der Magie verbunden waren. Ein Ladenbesitzer behauptete, im Besitz eines Zauberteppichs zu sein, in einer Bude wurde das Blut vieler verschiedener Tiere verkauft, und eine alte Frau bot Zaubertränke und magische Pülverchen in einer Wohnung an, in der es von Ratten nur so wimmelte. Doch keiner dieser Läden schien das zu verkaufen, worauf Mr Silver aus war, und jede Enttäuschung sorgte für weiteren Stimmungsverfall.

«Diese Orte haben Sie gemeint, nicht wahr?», brach Daniel das Schweigen, als sie in das nächste gewundene Sträßchen einbogen. «Magische Orte, die normale Menschen nicht sehen können ... oder wollen?»

Mr Silver nickte zustimmend. Er hinkte weniger auffällig, doch Daniel sah ihm an, dass er immer noch Schmerzen hatte.

«Was genau suchen wir?»

«Einen Schatz.»

Daniel vermutete, dass Mr Silver krank war. Suchte er vielleicht nach einer bestimmten Medizin?

Am Ende der Gasse stand eine Apotheke, die so schief war, als wäre sie von einem Wesen dort abgestellt worden, das urplötzlich verschwunden war. Im Schaufenster waren zahlreiche verstaubte Flaschen und Krüge um ein menschliches Skelett angeordnet. Daniel hoffte, dass es nicht echt war.

In der Apotheke waberte ein silberner Nebel, der ihm in der Kehle stecken blieb. Es roch durchdringend nach Metall. Mr Silver kaufte mehrere Dinge, zum Beispiel ein Glas mit schwarzem Pulver und eine sonderbar geformte Flasche mit einer roten Flüssigkeit. Doch wieder schien er das geheimnisvolle Etwas nicht gefunden zu haben, wonach er so dringend suchte, und als sie endlich gingen, hatte er sehr schlechte Laune.

Daniel huschte schweigend hinter ihm her. Er wagte es nicht zu sprechen. Wenn Mr Silver so verstimmt war, schien die Luft um ihn zu knistern wie kurz vor einem Sturm.

Sie waren bereits ein Stück durch eine weitere Gasse gegangen, eine Abkürzung, die von den anderen Straßen nirgends einzusehen war, als Mr Silver abrupt stehen blieb und Daniel an der Schulter festhielt. Ein paar Schritte weiter versperrte ihnen ein Mann in einem zerlumpten schwarzen Mantel den Weg. Er hielt einen Dolch mit einer langen, gebogenen Klinge in der Hand, die so aussah, als hätte sie schon manch blutige Wunde geschlagen.

«Rückt Geld und Wertsachen heraus», sagte er.

«Wir haben kein Geld.» Mr Silvers Stimme war leise und ruhig, doch sie hatte einen scharfen, gefährlichen Unterton.

Der Straßenräuber lächelte.

«Sie tragen so ’nen feinen Anzug, und ich soll glauben, Sie hätten keine Knete? Ich bin zwar ein Dieb, aber doof bin ich nicht.» Er streckte die freie Hand aus und winkte Mr Silver, seine Brieftasche abzugeben.

«Stecken Sie den Dolch weg», sagte Mr Silver. «Ich mag keine Messer.»

Der Räuber schnaubte.

«Tja, ich bedaure, Eure Lordschaft zu belästigen», sagte er, «aber der Dolch ist schließlich nicht dazu da, Euer Wohlfinden zu steigern, oder?» Er trat einen Schritt vor und hob den Dolch, sodass die Klinge auf Mr Silvers Gesicht zeigte. «Letzte Chance.»

Mr Silver rührte sich nicht vom Fleck. Er blinzelte nicht einmal.

Plötzlich blickte der Straßenräuber von Mr Silver zu der Hand, in der er den Dolch hielt.

«Was ... was ist hier los?» Ihm stand der Schweiß auf der Stirn, er perlte von seiner Nase. Der Räuber fing an zu zittern und wand sich stöhnend. «Was ... machen Sie ... da?», stieß er durch die Zähne.

In diesem Augenblick bemerkte Daniel, dass die Klinge in der Hand des Räubers so rot glühte wie die Kohlen im Feuer des Wunderreichs.

«Ich kann nicht loslassen!», schrie der Räuber. Er fiel auf die Knie. «Hilfe! Bitte!» Er brach vor Schmerz zusammen.

Mr Silver schaute mit ausdrucksloser Miene ein Weilchen zu. Dann machte er eine winzige Bewegung und der Griff des Straßenräubers um den rot glühenden Dolch lockerte sich. Wimmernd hielt er sich die Hand.

Mr Silver schnipste ein Stäubchen von seinem Ärmel. Dann stieg er über den Räuber hinweg und forderte Daniel mit einer Geste auf, ihm zu folgen.

«Ich habe Sie gewarnt», sagte er, ohne sich umzusehen. «Ich mag keine Messer.»

Spannungen

12. Kapitel

Edinburgh, August 1885

In dem verdunkelten Theater drehte sich der Dolch in vollkommenen Kreisbewegungen, seine Klinge glänzte im Scheinwerferlicht.

Auf der anderen Seite der Bühne schwebte Vindictus Sharpes Lehrbursche ungefähr einen Meter über dem Boden. Er war an ein funkelndes rundes Brett gefesselt. Die Zuschauer hielten den Atem an, als der Dolch nur wenige Zentimeter von seinem linken Auge entfernt tief ins Holz drang. Der junge Mann hingegen blinzelte nicht einmal.

Als das Publikum applaudierte, hob Vindictus Sharpe, der als der beste Magier weltweit galt, die Hand und bat um Ruhe. Mit verbundenen Augen tastete er auf dem Tisch zu seiner Rechten nach dem Griff eines weiteren Dolchs.

Stille.

Mr Sharpe hob den Dolch in Schulterhöhe und sandte ihn mit einem kurzen Schnippen des Handgelenks durch die Luft.

Erneut machte der Lehrling einen ruhigen Eindruck. Mit seinen gewittergrauen Augen beobachtete er hochkonzentriert die Klinge, die auf ihn zusauste. Diesmal traf sie über seinem Kopf auf das Brett, so knapp, dass sie ihm etwas von seinem wilden schwarzen Haarschopf abschnitt. Die Zuschauer schienen alle gleichzeitig Luft zu holen. Einige konnten gar nicht hinsehen, als Mr Sharpe den letzten Dolch in die Hand nahm und sich darauf vorbereitete, ihn mit seiner schwächeren linken Hand zu werfen.

Wieder zuckte sein Handgelenk, wieder flog der Dolch wie verschwommen durch die eisige Stille.

Eine Zuschauerin schrie, als der Lehrling die Klinge mit den Zähnen auffing.

Einen grauenhaften Augenblick lang geschah gar nichts.

Dann legte der Bursche den Kopf in den Nacken und spuckte den Dolch hoch in die Luft. Während er in die Höhe flog, explodierte die Klinge in tausend Stücke, die erblühten, zuckten und ruckten, bis zwei Dutzend Rote Admirale über die Bühne flatterten.

Das Publikum tobte. Die Zuschauer standen auf wie eine Eins. Sie pfiffen und jubelten.

Mr Sharpe befreite seinen Gehilfen von den Fesseln. Der junge Mann verbeugte sich knapp und verschwand hinter dem Bühnenvorhang. Er eilte durch die verdunkelten Kulissen in die relative Ruhe der Garderobe, die er sich mit Mr Sharpe teilte.

Er setzte sich auf einen Korbstuhl, nahm die Krawatte ab und betrachtete sein Spiegelbild über dem Schminktisch. Selbst hier unten, im tiefsten Inneren des Theaters, konnte man den tosenden Jubel des Publikums noch hören. Er konnte sich gut vorstellen, dass Mr Sharpe wie ein riesiger Pfau über die Bühne stolzierte und den Applaus aufsaugte, nach dem er dermaßen gierte.

Es klopfte.

«Wer ist da?»

«Birdie.»

Ein Lächeln zuckte über das Gesicht des jungen Mannes. Er sprang auf und nahm einen Strauß schlaffer weißer Rosen aus einer Vase auf dem Schminktisch. Er bewegte die Hand über den Blumen. Auf der Stelle strömten Farbwolken in die Blütenblätter und quollen auf wie Tinte in Wasser. Im Nu hielt er einen Rosenstrauß in der Hand, der wie frisch gepflückt aussah, außer dass es das Dunkelblau und das Silbergrau der Blüten in Wirklichkeit gar nicht gab.

«Herein!»

Als Birdie in einem wallenden schwarzgoldenen Gewand die Garderobe betrat, stürmte er zu ihr, gab ihr einen Handkuss und drückte ihr die Blumen in die Hand.

«Du hast dir Manieren angeeignet», sagte sie und zog die faltigen Mundwinkel hoch. «Offenbar willst du etwas von mir.»

Er bot ihr einen Drink an, den sie dankbar annahm. Dann setzten sie sich zusammen auf ein bequemes Sofa.

«Die Show ist ein rauschender Erfolg.» Sie zeigte in die ungefähre Richtung der Bühne. «Edinburgh liegt uns zu Füßen.»

Der junge Mann sagte nichts dazu, sondern kratzte sich an der Nasenspitze.

Birdie runzelte die Stirn. «Woran denkst du, Junge?»

«Ich weiß nicht, ob ich es Ihnen sagen soll. Ich darf nicht vergessen, wo mein Platz ist.»

«Du zweifelst an unserem Auftritt», sagte Birdie.

Der Junge zögerte lange mit der Antwort. Dann holte er tief Luft. «Zweifel trifft es nicht ganz. Eher ... ich verstehe nicht genau, was wir eigentlich machen. Jeden Abend stehe ich auf dieser Bühne, sehe in die Gesichter der Zuschauer, die glauben, unsere Show würde nur aus Tricks und Täuschung bestehen. Sie glauben, wir tun nur so.»

Birdie dachte darüber nach.

«Und was würdest du stattdessen tun?», fragte sie ruhig und freundlich. «Ihnen erzählen, dass es sich um echte Magie handelt?»

«Natürlich nicht. Ich möchte nur ... ach, keine Ahnung. Etwas ... Größeres. Ich möchte ihre Sicht auf die Welt verändern.»

Birdie sah ihn streng an, doch das Funkeln in ihren Augen konnte sie nicht verhehlen.

«Und wie soll das genau aussehen, dieses ‹etwas Größere›?»

Der Lehrling zögerte erneut, doch dann holte er ein schwarzes, in Leder gebundenes Buch aus seiner mit Seide gefütterten Anzugtasche. Es war so groß wie ein Tagebuch.

«Ich habe Ideen», sagte er und schwenkte das Buch durch die Luft. «Würden Sie für mich einen Blick darauf werfen, Birdie? Ich erwarte keine Versprechungen, aber wenn Ihnen der eine oder andere Entwurf gefällt, könnten Sie vielleicht mit ihm sprechen. Auf Sie würde er hören ...»

Er brach ab. Vindictus Sharpe stand wie ein großer Bär mit zornigen blauen Augen an der Tür. Auf eine Handbewegung von ihm riss sich das Buch los und sauste von dem jungen Mann durch die Garderobe in seine ausgestreckte Hand.

Der Junge wand sich, als sein Lehrer die Seiten umblätterte.

«Du hast viel Zeit auf diese Ideen verwandt, nicht wahr?»

Ein Funken Hoffnung regte sich in der Brust des Gehilfen. Er nickte. «Ja, Sir.»

«Und du glaubst, du würdest diese Ideen erfolgreich in die Tat umsetzen können?»

Er nickte wieder.

Sharpe fing an zu lachen. Doch es war kein gut gelauntes Lachen und freundlich war es auch nicht. Dieses Lachen sollte verletzen. «Dann machst du dir etwas vor», sagte er und warf das Buch auf den Boden.

«Vindictus! Ist das nötig?», schalt ihn Birdie.

«Ich dulde die Arroganz dieses Jugendlichen nicht, der sich mit seinen Ideen über seinen Stand erhebt!», zischte Mr Sharpe. Er schlenderte zum Schminktisch und schenkte sich einen steifen Drink ein, den er auf Ex herunterkippte. Dann breitete er die Arme aus und wies in den Raum hinein. «Du glaubst, du bist besser als das hier?»

«Nein, Sir», sagte der Lehrling. «Auf keinen Fall. Ich will nicht undankbar erscheinen ...»

«Dann halt den Mund. Konzentriere deine Energie auf das, was ich dir beizubringen versuche – und womit du ein wohlhabender junger Mann wirst, wenn ich mich nicht irre.»

«Aber ...»

Mr Sharpe schleuderte das Glas mit einer Wucht, dass sein Lehrling kaum Zeit hatte zu reagieren. In letzter Sekunde schoss sein Arm nach oben und das Glas änderte den Kurs, machte einen Bogen um seinen Kopf und zerbarst an der Wand.

«Jetzt reicht's!», sagte Birdie. Sie erhob zwar nicht die Stimme, aber ihr strenger Ton reichte aus, um auch Mr Sharpes Aufmerksamkeit zu erregen. Er wandte sich ab und setzte sich an den Schminktisch, um sich ein weiteres Glas einzuschenken.

Birdie legte dem Lehrling eine Hand auf die Schulter. «Ich glaube, du gehst am besten ins Hotel und lässt Vindictus ein wenig Zeit, bis sein Zorn verraucht ist. Er stand heute Abend unter starkem Druck. Eine Premiere steckt keiner so leicht weg, nicht wahr?»

Der junge Mann rang sich ein verhaltenes Lächeln ab. «Wie Sie wünschen. Dann sehen wir uns morgen hier wieder. Gute Nacht.»

Er gab Birdie einen Kuss auf die Wange und ging ohne einen weiteren Blick zu Mr Sharpe hinaus. Er war dermaßen aus der Fassung, dass er nicht einmal daran dachte, sein Buch aufzuheben.

Als sie sicher war, dass der Junge gegangen war, nahm Birdie das Buch, setzte sich wieder auf das gemütliche Sofa und blätterte darin.

«Jag ihn aber nicht davon», sagte sie, ohne aufzublicken. «Er ist etwas Besonderes. Man kann fast jeden Gassenjungen von der Straße holen und ihm beibringen, wie man einen Lumpen in einen hübschen Schal verwandelt. Aber ein solches Talent findet man selten, wie du mir über die Jahre immer wieder versichert hast. Seine Ideen sind außergewöhnlich.»

Mr Sharpe warf ihr im Spiegel einen bösen Blick zu.

«Er ist nicht so begabt, wie er glaubt. Er muss noch hart

arbeiten und daran muss man ihn hin und wieder erinnern.»

«Und wie? Indem man ihm beinahe mit einem Glas den Schädel einschlägt? Ich sehe genau, worum es hier geht, Vindictus. Die Fähigkeiten des Jungen machen dir Angst, weil du ihn als Bedrohung empfindest.»

Mr Sharpe ging darauf nicht ein, sondern stand auf und füllte sein Glas zum dritten Mal.

Birdie erhob sich ebenfalls, stützte sich schwer auf ihren Stock und humpelte zur Tür.

«Gute Nacht, Vindictus. Ich hoffe, dich morgen besser gestimmt zu sehen. Noch ein Wort zur Warnung: Der Junge ist zu begabt, um nichts daraus zu machen. Wenn du nicht mit ihm arbeiten kannst, werde ich jemand anderen finden.»

Sie ging ohne ein weiteres Wort und ließ sich durch die vornehmen, mit rotem Teppich ausgelegten Gänge des Theaters zu ihrer Kutsche bringen. Als die Pferde mit ihr durch die warme Nacht von Edinburgh trabten, drehte Birdie das Buch in ihren alten Händen und las immer wieder die Schrift auf dem Umschlag:

DIE WUNDER VON LUCIEN SILVER

Die goldene Regel

13. Kapitel

Daniel folgte Mr Silver durch die Straßen von Paris. Er war sich nicht ganz sicher, was Mr Silver mit dem Straßenräuber in der kleinen Gasse gemacht hatte – außer, dass es nichts Gutes gewesen war. Mr Silvers Blick riet ihm davon ab nachzufragen. Wenigstens heute.

Als sie im Wunderreich von Nirgendwo ankamen, wurde Daniel bei Ellies Anblick sofort besser gelaunt. Sie hatte die Füße auf Mr Silvers Schreibtisch gelegt und blätterte in einer vergilbten Zeitung, die aussah, als wäre sie hundert Jahre alt. Als sie den Kopf hob, blickte sie von ihrem Vater zu Daniel und zurück; ihre Miene verhärtete sich und sie wurde rot.

«Na, hattet ihr Spaß?», sagte sie.

«Nein, das kann man nicht sagen», antwortete Mr Silver. Er schmiegte sich in seinen Sessel und holte eine Flasche Whisky und ein Glas aus einem Fach in seinem Schreibtisch. Er schenkte sich ein wenig ein und trank einen Schluck.

Ellie zerwuselte seine Locken. «Papa ... », sagte sie mit klebrig-süßem Stimmchen, «du weißt doch, dass ich bald Geburtstag habe? Ich möchte mit dir darüber sprechen.»

Mr Silver hatte die Augen geschlossen. Er massierte seinen Kopf.

«Kann das nicht warten?»

«Aber es ist mein Geburtstag», erwiderte Ellie zähneknirschend.

Mr Silver schlug ein Auge auf.

«Dein Geburtstag?»

Sie verschränkte die Arme. «Sage ich das nicht schon

die ganze Zeit? Nächsten Monat ist es so weit, erinnerst du dich? Ich habe gewisse Vorstellungen, wie der Ball dieses Jahr ausfallen soll.»

Mr Silver holte das *Buch der Wunder* aus der Tasche und verstaute es im Schreibtisch. «Ellie, dieser Vormittag war fürchterlich. Können wir bitte morgen darüber reden?»

Ellie ließ die Arme fallen. «Morgen, immer morgen! Oder der Tag danach. Oder nächste Woche. Jedenfalls immer später. Aber mit deinem neuen Freund bist du dauernd unterwegs.» Sie zeigte auf Daniel. «Ich muss den ganzen Tag hierbleiben. Und dann nimmst du dir nicht einmal fünf Minuten, um über meinen Geburtstag zu sprechen. Ich bin dir nicht wichtig, war ich noch nie!» Sie stürmte zum Vorhang und verschwand.

Im nächsten Augenblick steckte sie den Kopf noch einmal in den Laden und sagte: «Ich hasse dich.»

Dann war sie weg.

Mr Silver rappelte sich auf und warf ein Tintenfass um. Er folgte Ellie so rasch, dass der Vorhang Falten warf und die schwarze Tinte seinen Schreibtisch tränkte.

Daniel wusste nicht, was er tun sollte. Er war sich noch nie so sicher gewesen, dass Ellie ihn hasste. Und er konnte sie verstehen. Er war ins Wunderreich geholt worden, um das zu tun, was Ellie selbst nicht konnte: alles über die Magie und die Wunder und den Rest zu erlernen.

Er schnappte sich eine alte Zeitung und wischte damit die vergossene Tinte von Mr Silvers Schreibtisch auf. Dabei fiel ihm etwas ins Auge. Eine Schublade stand einen winzigen Spalt offen. Daniel beugte sich vor, um sie zu schließen, doch ein Lichtschein aus der Schublade ließ ihn innehalten. Ohne zu wissen, wieso, zog er die Schublade auf und wurde plötzlich ganz nervös.

In der Schublade lag Mr Silvers *Buch der Wunder.*

Bei dem ganzen Wirbel mit Ellie hatte Mr Silver vergessen, die Schublade abzuschließen.

Daniel starrte das Buch an und spürte eine gewisse Vorfreude. Seitdem er sein erstes Wunder hineingeschrieben hatte, dachte er über etwas nach. Er glaubte, dass alles möglich war, dass es keinerlei Grenzen dafür gab, was ein Bleistiftstrich innerhalb dieser Mauern erschaffen konnte. Und wenn das stimmte, wenn nichts unmöglich war, warum sollte er dann nicht auch seine Eltern wiedersehen können?

Er hatte Mr Silvers Warnung noch im Ohr: *«Falls du aus einem verrückten Zufall auf das Buch stößt, wenn du allein bist, verlange ich von dir, dass du ohne mich kein einziges Wort hineinschreibst.»*

Daniel wollte sich abwenden, die Schublade schließen und das Ganze vergessen, doch er konnte die Vorstellung nicht abschütteln. Er sehnte sich schmerzlich danach, das Buch in der Hand zu halten, etwas auf seine Seiten zu schreiben, eine Tür zu öffnen und die Gesichter seiner Eltern zu sehen – Gesichter, an die er sich kaum noch erinnern konnte. Er spürte geradezu, wie sie die Arme um ihn schlangen.

Und überhaupt, hatte er nicht seit vielen Tagen eigene Wunder erschaffen, eins perfekter als das andere? Es konnte doch wirklich nicht schaden, noch eins hinzuzufügen.

Nach einem letzten Blick zum Vorhang holte Daniel rasch das Buch aus der Schublade. Er legte es mit großer Sorgfalt auf die Schreibtischplatte und blätterte bis zu einer unbeschriebenen Seite. Dann nahm er einen von Mr Silvers Füllfederhaltern, tunkte die Feder in den Rest der vergossenen Tinte und senkte die glänzende Spitze auf das Blatt, während er kaum zu wünschen und zu hoffen wagte.

Der Federkiel berührte das Papier und Daniel begann zu schreiben.

Zehn Minuten später rauschte Daniel durch das Wunderreich zu seinem neuen Wunder. Er eilte eine enge Treppe hinauf und bog scharf um die Ecke in einen Gang mit einer niedrigen Decke.

Einen Augenblick lang verschlug es ihm den Atem.

Die neue Tür lag direkt vor ihm. Doch alles war ganz und gar verkehrt. Hinter der Tür schlug und boxte etwas Riesiges und Wütendes daran und wollte hinaus. Kehlige Schreie zerrissen die Luft, während die Tür bebte und ächzte.

Und wie schrecklich das alles auch war, wie sehr es Daniel verwirrte und ängstigte, so war doch das wilde Wesen hinter der Tür nicht das Schlimmste. Nein. Das Allerschlimmste war, dass Mr Silver mit verschränkten Armen neben der Tür stand und mit seinen gewittergrauen Augen wütend in den Gang blickte. In den Händen hielt er das *Buch der Wunder.*

«Was hast du getan?», fragte er. Seine Stimme war ruhig und leise, und das beunruhigte Daniel mehr, als wenn er ihn angeschrien hätte.

Die Tür rappelte. Das Wesen dahinter brüllte. In diesem Augenblick wünschte sich Daniel, ganz woanders zu sein – seinetwegen sogar wieder in den Straßen von Glasgow mit Spud und seiner Bande auf den Fersen.

«Ich ... ich wollte meine Eltern sehen», sagte er, verwundert, dass er überhaupt noch sprechen konnte. «Jeden Tag sind sie ein bisschen weiter weg, jeden Tag fällt es mir schwerer, mich an sie zu erinnern. Wenn ich sie mir vorstelle, sind sie an den Rändern verschwommen. Deshalb habe ich in das Buch ein Zimmer geschrieben, in dem sie noch leben.»

Als Mr Silver die Schultern nach vorn sacken ließ, wirkte er alt und gebeugt. Doch dann richtete er sich auf und war wieder er selbst. Etwas donnerte mit der Wucht eines Zuges gegen die Tür. Daniel sprang rückwärts.

«Magie kann die Toten nicht zurückbringen, Daniel», sagte Mr Silver und blätterte sein Buch durch. Er hielt an der Seite an, auf die Daniel dieses Wunder geschrieben hatte. Noch ein Schrei, der Gang bebte. «Bestimmte Grenzen dürfen nicht überschritten werden, und eine davon ist jene zwischen den Lebenden und den Toten; wenn wir uns da einmischen, schaffen wir Risse, durch die unvorstellbare Schrecken entkommen, Albträume, die seit einer Ewigkeit eingesperrt waren.» Er zeigte auf die Tür.

«Kann es herauskommen?»

«Wenn das so wäre, hätten wir alle große Probleme», antwortete Mr Silver. Als er die Seite herausriss, verrutschte das Mauerwerk rund um die Tür; die Steine glitten an ihren Platz, bis die Tür unter ihnen begraben und die Wand glatt und sauber war. Dann streckte Mr Silver die Hand aus und das Blatt fing Feuer. Daniel sah zu, wie es sich kräuselte und schwarz färbte und zu einem schwebenden Aschehauch verkohlte.

Mr Silver hielt Daniel seinen Zeigefinger vor die Nase.

«Wenn du mir gesagt hättest, dass du deine Eltern wiedersehen willst», sagte er, «hätte ich vielleicht ein Bild aus deinem Gedächtnis heraufbeschwören können – ein Echo aus der Vergangenheit. Doch sie wären nicht lebendig gewesen. Die Toten liegen außerhalb der Reichweite der Magie. Verstehst du das?»

Daniel nickte.

«Du bist durch die zweite Prüfung gefallen», sagte Mr Silver und steckte das Buch ein.

«Prüfung?», fragte Daniel. Und dann begriff er: Mr Silver hatte die Schublade absichtlich nicht abgeschlossen, um ihm Zugang zu dem Buch zu gewähren. Wie hatte er so dumm sein können, der Versuchung so leicht nachzugeben? Er wünschte, er könnte das wieder ungeschehen machen. Jetzt war alles vorbei.

«Werfen Sie mich raus?», fragte er leise.

Schweigen.

Mr Silver starrte Daniel an, als würde er durch ihn hindurchsehen.

«Was du getan hast, war gefährlich», antwortete er schließlich. «Und wenn ich nun nicht aufgepasst hätte? Wenn ein Kunde gekommen und die Tür geöffnet hätte? Verstehst du, was du getan hast? Du hast mir nicht nur den Gehorsam verweigert, sondern dir das Buch auch noch selbstsüchtig und übereilt zunutze gemacht.»

Daniel fühlte sich klein und beschämt – wie ein Dieb.

«Es tut mir schrecklich leid», sagte er. Erstaunt stellte er fest, dass ihm die Tränen kamen. Echte Tränen. Er holte Luft und unterdrückte sie. «Wenn Sie mich nach Glasgow zurückschicken wollen, habe ich dafür Verständnis. Es ist allein meine Schuld. Ich habe alles ruiniert. Aber ich verspreche Ihnen, dass ich meine Lektion gelernt habe.»

Mr Silver musste lange husten. Er lehnte sich an die Wand, bis der pfeifende Husten aufhörte.

«Ich gebe dir eine letzte Chance», sagte er und hob den Finger, um Daniels Dankesbezeugungen abzuwehren. «Aber du musst bestraft werden. Du stehst mit dem *Buch der Wunder* in Verbindung. Das ist offensichtlich, und ich werde diese Verbindung nicht zerstören. Aber ich verbiete dir, auch nur ein einziges Wort hineinzuschreiben, bevor ich das Gefühl habe, dass du so weit bist. Ein weiterer Fehltritt und du bist weg.»

Daniel wäre am liebsten auf und ab gehüpft, doch er ließ sich seine Erleichterung und seine Begeisterung nicht anmerken.

«Danke, Mr Silver», sagte er. «Ich werde Sie bestimmt nicht enttäuschen.»

Als Mr Silver eine Augenbraue hochzog, wirkten die Runzeln um seine Augen noch tiefer.

«Das will ich auch hoffen.»

Waffenruhe

14. Kapitel

Seit dem Zusammenstoß mit dem Straßenräuber war Mr Silver nicht mehr derselbe. Abgesehen davon, dass er den Unterricht abgebrochen hatte (den Daniel sehr vermisste), behandelte er ihn nett genug. Dennoch bestand kein Zweifel daran, dass etwas nicht stimmte. Er humpelte noch immer und sein allgemeiner Gesundheitszustand schien sich täglich zu verschlechtern. Irgendwie sah er älter aus, müde und schwach, und manchmal saß er nur da und starrte ins Leere, während der Tee kalt wurde und Kunden kamen und gingen. Er schuf keine neuen Wunder mehr. Daniel machte sich Sorgen um ihn und um das Wunderreich.

In den folgenden Wochen zog Mr Silver mit dem Laden häufig um und besuchte beispielsweise Berlin in den 1930er Jahren, als Hitler von einer Woge der Finsternis getragen wurde. Sie waren in London zur Zeit der Krönung von Königin Victoria und landeten schließlich, wenige Monate nach dem Ende des Spanischen Bürgerkrieges, in den Straßen von Barcelona. In all diesen Orten und Zeiten streifte Mr Silver auf der Suche nach magischen Geschäften, die seinen seltenen Schatz führen könnten, durch die abgelegenen Gassen. Doch er kehrte jedes Mal erbost und mit leeren Händen zurück.

Eines Morgens in Barcelona ging Daniel hinaus, um Kohlen für das Feuer zu besorgen. Nach seiner Rückkehr in den Laden putzte er in Vorbereitung auf die Abenddämmerung. Er lauschte beim Arbeiten dem Ticken der Wanduhren, summte vor sich hin und trommelte auf die Tische und Bücher.

«Mit dieser Stimme gehörst du auf die Bühne.»

Daniel, der gerade die Adlerfüße von Mr Silvers Schreibtisch polierte, sprang auf und stieß sich an der Tischkante.

Ellie stand mit verschränkten Armen vor dem Samtvorhang. Er hatte sie seit Paris nicht gesehen. Er wusste, dass sie ihn nicht leiden konnte – und warum sollte er sie gern haben? Sie wirkte stur und verärgert, aber irgendwie fand er sie auch faszinierend.

«Wo warst du die ganze Zeit?», fragte er.

Ellie zuckte die Achseln. «Hier und da.»

«Ich habe Ausschau nach dir gehalten», sagte Daniel. «Ich ... also, ich wollte dir etwas sagen: dass es mir leid tut.»

Ellie legte den Kopf schief. «Es tut dir leid?»

«Aye», sagte Daniel. «Ich meine ... ich kann es verstehen, wenn du mich verabscheust. Kommt so ein Junge aus Glasgow daher und kriegt einen Job. Arbeitet mit deinem Dad zusammen. Aber Ellie, ich habe keine Ahnung, was ich genau mache! Es tut mir leid, dass ich nicht über dich Bescheid wusste, dass du auch hier eingesperrt bist, meine ich. Es tut mir einfach nur ... «

«Leid?», fragte Ellie.

Daniel nickte.

«Daniel Holmes», sagte sie und lockerte die Arme, «auch wenn es vielleicht manchmal so aussieht, versichere ich dir, dass nichts davon – wenn ich weglaufe, einen Wutanfall bekomme und sauer werde – mit dir zu tun hat. Na ja, jedenfalls nicht viel.»

«Nicht?»

«Nein. Also, Papa und ich, wir haben ... zwischen uns läuft nicht immer alles glatt. Ich habe ihn wirklich schrecklich lieb, aber manchmal werde ich furchtbar wütend auf ihn. Es fühlt sich einfach immer so an, als stünde ich auf seiner Liste ganz unten, auch wenn ich weiß, dass es so nicht stimmt. Und du ... du hast ihn nur noch mehr abgelenkt.»

«Das war keine Absicht», sagte Daniel. «Ich habe nicht darum gebeten herzukommen.»

«Das weiß ich», sagte Ellie. «Ich weiß. Darum geht es ja wohl. Keiner von uns beiden hat darum gebeten. Und doch sind wir hier.»

«Stimmt es wirklich, dass du den Laden niemals verlassen kannst?», fragte Daniel.

Ellie strich sich über das Kinn. «Ja.»

«Und für die Kunden bist du unsichtbar?»

«Ja.»

«Liegt es an einer, keine Ahnung, magischen Krankheit oder so etwas?»

Ellie lachte. «Es ist kompliziert.»

«Tja, ich kann dich sehen», sagte Daniel. «Du kannst mit noch jemandem reden. Ich meine, wenn du möchtest.»

Als Ellie ihn eindringlich anschaute, lächelte sie ein ganz klein wenig. «Soll ich dir etwas Cooles zeigen?»

Die Sonne ging unter und das Wunderreich öffnete seine Pforten für das Publikum.

«Was machen wir jetzt?», flüsterte Daniel. Sie waren unbemerkt einem Kunden, einem Mann mit einer flachen Mütze, durch das Wunderreich gefolgt und hatten ihn dabei beobachtet, wie er sich mehrere Wunder angeschaut hatte. Unterwegs waren sie an Caleb und Anja vorbeigekommen, die sich gleich dazugesellten, froh, mitzumachen, was immer hier vor sich ging.

«Ihr werdet schon sehen», sagte Ellie. In einem stillen Gang betrat der betreffende Kunde einen weiteren Wunderraum. «Das passt», sagte Ellie, dann zu Daniel: «Bleib hier.» Caleb und Anja bekamen die Anweisung: «Ihr wisst, was ihr zu tun habt.»

Daniel versteckte sich gerade noch rechtzeitig hinter einer alten Rüstung, bevor der Mann wieder herauskam und Ellie auf ihn zuging.

Gleich stoßen sie zusammen!, dachte Daniel.

Doch Ellie prallte nicht gegen den Mann, sondern ging schnurstracks durch ihn hindurch, als wäre sie Luft. Der Kunde erschauerte und rieb sich die Hände, ehe er sich in dem schlecht beleuchteten Gang umschaute.

«Ist ... da jemand?», fragte er leise.

Keine Antwort.

Ellie lief ein wenig weiter durch den Gang zu einer weiteren Rüstung, die sie nun langsam über den Boden zu dem Kunden schob. Als er das kreischende Geräusch des über den Boden schleifenden Eisens hörte, zuckte der Mann zusammen und drehte sich in dem Augenblick um, als die Rüstung aus der Dunkelheit kam. Er schrie, wirbelte herum und stieß mit Anja zusammen, die hoch aufgerichtet in ihrer vollen Größe dastand, mit wogenden glänzenden Schlangen um Hals und Körper. Als der Mann erneut schrie und sich umdrehte, zündete Caleb seine Fackel an, blies kraftvoll in die Flamme und verwandelte die zuckenden Feuerzungen in die Gestalt eines Ungeheuers. In seiner Panik lief der Mann gegen die Wand und rannte dann Richtung Treppenhalle davon.

Ellie konnte sich vor Lachen nicht halten.

«Habt ihr sein Gesicht gesehen?», fragte Caleb, dem vor Lachen die Tränen kamen. Er ahmte den armen Kunden nach. «Das war der Beste seit ewigen Zeiten!»

Das Gelächter war so ansteckend, dass auch Daniel kurz darauf neben den drei anderen auf dem Boden saß und sich den Bauch hielt.

«Das ist also dein Hobby?», fragte er. «Ist das nicht schon ein bisschen gemein?»

«Oh, so oft mache ich es gar nicht», antwortete Ellie. «Aber meistens ist es ein gutes Mittel gegen schlechte Laune.» Sie wischte sich die Augen. «Wenn sie das Geschäft einmal verlassen haben, können sich die Kunden ja doch an nichts erinnern. Deshalb ist es total harmlos, sie zu Tode zu erschrecken!» Ihre Gedanken gingen plötzlich in eine andere Richtung. «Hey, bald veranstalten wir einen Ball zu meinem Geburtstag. Dich lade ich auch ein.»

Daniel, der noch nie im Leben auf einer Party eingeladen gewesen war, wollte sofort zusagen, doch Ellie sprach schon weiter ...

«Zu meinem Geburtstag gibt Papa immer einen fantastischen Ball. Ich glaube, damit will er mich dafür entschädigen, dass er an allen anderen Tagen vollkommen vom Wunderreich besessen ist. Alle Mitarbeiter kommen.» Sie nickte Caleb und Anja zu. «Ihr doch auch, nicht wahr?»

«Selbstverständlich!», sagte Caleb. «Als ob wir schon einmal einen Ball ausgelassen hätten.» Er klatschte in die Hände. «Oh, ich liebe es, mich mit den Menschen aus der wahren Welt zu unterhalten.» Er sprach nicht weiter, als ihm wieder einfiel, dass Ellie für die meisten Geburtstagsgäste nicht mehr als ein Geist sein würde.

«Keine Sorge», sagte sie. «Es ist schön, wenn so viele Leute extra meinetwegen kommen. Natürlich können sie mich nicht sehen, aber ich genieße es, ihnen zuzuschauen und zuzuhören, wie sie Geschichten über die Welt da draußen erzählen.»

«Wo sind überhaupt heute alle?», fragte Daniel. Während des Gesprächs waren sie durch das Wunderreich zurückgegangen. Unterwegs waren ihnen weder Kunden noch Mitarbeiter begegnet, es war ganz still geworden. «Wir schließen doch noch nicht.»

«Irgendetwas ist hier los», sagte Ellie.

Die Kinder verabschiedeten sich von Caleb und Anja und liefen Treppe um Treppe nach unten, ohne jemanden zu sehen, bis sie im Erdgeschoss angelangt waren und durch den roten Vorhang in den vorderen Teil des Ladens traten.

Das GESCHLOSSEN-Schild hing an der Tür. Mr Silver bearbeitete humpelnd und keuchend das sonderbare Gerät an der Wand. Er drehte an den Skalen und Ziffernblättern, als hinge sein Leben davon ab, und sein attraktives Gesicht war von Panik verzerrt.

Ellie beugte sich vor und flüsterte Daniel ins Ohr: «Jetzt hat er den Verstand verloren. Es ist so weit.»

Daniel sah mit zusammengekniffenen Augen zu Mr Silver hin, der nun blindlings Kohle ins Feuer warf.

«Wir ziehen um?»

«Das siehst du ganz richtig.»

«Warum so plötzlich? Was ist passiert?»

«Ich bin zu dem Schluss gekommen, dass ich Barcelona doch nicht mag.»

Daniel warf Ellie einen Blick zu, die ihn mit ihrer schönsten Version von «Hab ich dir doch gleich gesagt» erwiderte.

Das Feuer toste. Die Flammen glühten rot.

«Als Ihr Assistent», sagte Daniel, «kann ich Ihnen vielleicht helfen, wenn etwas nicht in Ordnung ist?»

Mr Silver hielt inne, drehte sich um und fixierte Daniel mit einem wilden Blick aus den grauen Augen.

«Niemand kann helfen.»

Daniel bekam keine Gelegenheit zu weiteren Fragen. Das Feuer explodierte in einer Rußwolke. Als der Staub sich schließlich gelegt hatte, war Mr Silver durch den Vorhang entschwunden.

Im Fantastischen Basar

15. Kapitel

Das Wunderreich von Nirgendwo kam am 30. Oktober 1929 in New York an.

«Diese Stadt hat ihre ganz eigene Magie», sagte Mr Silver und blickte von seinem Schreibtisch durch das sepiabraune Schaufenster. «Die Häuser – Wolkenkratzer heißen sie hier – werden jeden Tag höher gebaut, scheint mir. Als hätten sie es eilig, den Himmel zu berühren. Nirgends ist es so wie hier.»

Daniel wandte sich von der beeindruckenden Aussicht ab und sah Mr Silver an, der halb hinter einem Stapel schwarzer Umschläge verborgen war und etwas auf schmale schwarze Briefkarten schrieb. Die beiden Silberelstern saßen auf seinen Schultern.

«Was schreiben Sie?», fragte Daniel und schrubbte eine Rußschicht von den Spiegeln und Wanduhren.

«Einladungen», antwortete Mr Silver. Er ging nicht näher darauf ein.

«Sie sind für meinen Geburtstagsball», erklärte Ellie ihm später. «Morgen findet er statt.»

Daniel und Ellie waren dazu übergegangen, sich fast täglich zu treffen, bevor das Wunderreich die Tore öffnete. Ellie nahm zwar kein Blatt vor den Mund, aber sie war auch liebevoll und freundschaftlich und hatte Daniel hin und wieder Facetten ihrer Persönlichkeit gezeigt, die sie normalerweise unter Verschluss hielt. Für ihn war es auch sonst hilfreich, mit Ellie zusammen zu sein, denn er durfte immer noch nicht wieder in das Buch schreiben und Mr Silver hatte offenbar zu viel zu tun, um ihn zu unterrichten. Ellie war als Führerin durch das Wunderreich fast genauso gut, denn sie kannte jeden Winkel.

Daniel vermutete, dass die Einsamkeit sie zusammenschweißte. Schließlich war er ein Waisenkind und Ellie hatte keine Mutter mehr. Und hier waren sie nun, die beiden einsamen Kinder, und bewahrten das größte und unglaublichste Geheimnis, das es je gegeben hatte.

Ellie lächelte. «Wenn Papa mit den Einladungen fertig ist, kannst du mir helfen, sie abzuschicken. Das wird lustig!»

«Gerne», sagte Daniel, der sich beim besten Willen nicht vorstellen konnte, warum sich jemand dafür begeistern konnte, ein paar Briefe einzuwerfen. Er musste an Mr Silver denken. «Ellie, ist dir in letzter Zeit etwas Merkwürdiges an deinem Vater aufgefallen?»

«Er ist immer merkwürdig», sagte Ellie.

«Anders merkwürdig. Nicht in einem guten Sinne. Er verbringt die meiste Zeit allein und schließt sich entweder in seinen Gemächern ein oder sucht nach einem geheimnisvollen Gegenstand. Ich glaube, er ist vielleicht krank. Er humpelt und hustet und so weiter.»

Ellie dachte ungefähr vier Sekunden darüber nach.

«Es geht ihm bestimmt gut», sagte sie schließlich und zuckte die Achseln.

Daniel beließ es dabei, weil er wusste, dass Ellie nur ihren Geburtstagsball im Kopf hatte und über nichts anderes nachdenken konnte.

Die Abenddämmerung kam und ging, doch Mr Silver öffnete das Wunderreich nicht.

«Stimmt etwas nicht?», fragte Daniel. «Lassen wir eine Nacht aus?»

Mr Silver wirkte ausgezehrt und erschöpft. Ohne zu antworten, zog er seinen Mantel an.

«Gehen Sie aus?», fragte Daniel.

Mr Silver nickte. «Komm mit, wenn du willst.»

Begierig darauf, Manhattan zu entdecken, lief Daniel durch den Raum und zog rasch seine Jacke, Handschuhe und einen Schal an. Gemeinsam gingen sie in die Nacht hinaus.

Allerdings stand die Besichtigung von Sehenswürdigkeiten offenbar nicht auf dem Programm. Schon bald stellte sich heraus, dass Mr Silver erneut auf der Jagd nach seinem wundersamen Schatz war. Er humpelte voraus und sprach kaum mit Daniel, während sie durch die Straßen marschierten, die sich wie Schluchten zwischen den hohen Gebäuden erstreckten.

Der Central Park. Zwischen all dem erdrückenden Beton, Glas und Nebel erschien er wie das letzte grüne Fleckchen auf Erden. Mr Silver zeigte Daniel das berühmte Plaza Hotel, ein riesiges Gebäude, das wie ein prächtiges Schloss aussah. Acht Häuserblöcke weiter bogen sie in eine Gasse ein, wo der Dampf aus den Restaurantküchen im Mondschein schimmerte. Sie gingen weiter, bis sie an eine schlichte weiße Tür gelangten. Auf den ersten Blick hätte man sie für den Hintereingang eines Geschäfts, eines Cafés oder eines Hotels halten können. Doch dann entdeckte Daniel etwas: Drei Wörter waren in den Rahmen über der Tür graviert:

DER FANTASTISCHE BASAR

Mr Silver beugte sich vor und öffnete die Tür.

Der Laden bestand aus einer dunklen, schmuddeligen Höhle, trübe beleuchtet von Hunderten von tropfenden, weich flackernden Kerzen. Die Luft war zum Schneiden.

Mr Silver hatte das Wunderreich von Nirgendwo verschwenderisch mit Nippes und fremdartigen Gegenständen von seinen Reisen ausgestattet – «Requisiten», wie er sie bezeichnete –, die nicht zum Verkauf standen, aber den Eindruck eines normalen Geschäfts erweckten. Man konnte sich stundenlang umschauen und immer noch etwas entdecken, das man noch nie gesehen hatte. Doch in dem fantastischen Basar waren noch hundert Mal mehr Schätze zur Schau gestellt. Rüstungen glänzten. Schwerter und Schilde hingen an großen Ständern, und auf den Regalen standen Gefäße mit eingelegten Tieren, Pulverdosen, Balsamfläschchen und Käfige mit Raben, Schlangen und Spinnen, die so groß waren wie Daniels Faust.

Hinter dem Tresen am anderen Ende saß ein Mann mittleren Alters mit fettigem schütterem Haar und einem langen, wachsbleichen Gesicht. Die Augen schienen zu groß für seinen Kopf, und das eine war nach innen gerichtet, während er mit dem anderen seine Kunden musterte.

«Suchen Sie was Bestimmtes?», fragte er mit einer Stimme, so rau wie abgestorbene Baumrinde.

«In der Tat», sagte Mr Silver, beugte sich vor und flüsterte dem Mann etwas ins Ohr. Der Ladenbesitzer reagierte nicht sofort. Er lehnte sich in seinem Stuhl zurück, fasste unter die Theke und holte eine dicke Zwiebel hervor. Dann biss er hinein, mit Schale und allem, als handelte es sich um einen saftigen Apfel.

«Da haben Sie Glück, mein Freund», sagte er, während der Zwiebelsaft von seinen gelben Zähnen troff.

Mr Silver holte scharf Luft. Einen Augenblick lang schloss er die Augen. Als er sie wieder öffnete, glänzten sie, wie Daniel es noch nie gesehen hatte. «Zeigen Sie es mir.»

Der Betreiber des Basars musterte mit seinen gelblichen Augen Mr Silvers staubigen alten Anzug.

«Ihnen ist aber klar», sagte er, «dass der betreffende Gegenstand nicht gerade preiswert ist?»

«Zeigen Sie schon her!», brüllte Mr Silver und schlug so kräftig mit der Faust auf den Tresen, dass Daniel zusammenzuckte.

Der Mann nickte, duckte sich und drehte sich weg und verschwand schließlich über eine Treppe irgendwo hinter der Verkaufstheke. Aus einem Raum, den sie nicht einsehen konnten, drang lautes Scheppern, bis er kurz darauf zurückkehrte und einen Kasten aus dünnem Holz mitbrachte, der mit komplizierten Schnitzarbeiten verziert war. Mr Silver nahm den Kasten in die Hand und drehte sowohl Daniel als auch dem Ladenbesitzer den Rücken zu.

Nichts geschah.

Als Daniel hörte, wie der Deckel wieder zuklappte, drehte sich Mr Silver schwungvoll um. Seine Miene war ausdruckslos, aber in der Tiefe seines Blicks tanzte ein heller Funke.

«Ich nehme es», sagte er und holte aus seinem Mantel ein dickes Bündel mit Dollarscheinen, die mit einer goldenen Klammer zusammengehalten wurden. Er warf das Geld auf den Tresen. So viel Geld hatte Daniel noch nie gesehen oder sich auch nur vorgestellt, und auch der Ladenbesitzer riss die Augen auf. Sein Gesicht erstarrte in einer Maske aus Geiz und Gier. Er ließ die rohe Zwiebel fallen, wischte sich den Speichel aus dem Mundwinkel und raffte das Geld zusammen, um es wie ein Baby in seinen Händen zu wiegen.

«Sind wir uns einig oder sind wir's nicht?», fragte Mr Silver ungeduldig.

«Oh ja», antwortete der Händler und streckte eine lange Hand aus, die sowohl von der Farbe als auch von ihrer sonstigen Beschaffenheit einem Blauschimmelkäse glich. «Wir sind uns einig, absolut. Wir sind uns einig.»

Die Einladungen

16. Kapitel

«Was war es denn nun?», fragte Ellie, als sie Daniel im *Hotel Nirgendwo* zu einem goldenen Aufzug führte. «Was hat er gekauft?»

«Das konnte ich nicht erkennen», sagte Daniel. «Er ist auf dem schnellsten Weg ins Wunderreich zurückgekehrt und hat sich eingeschlossen.» Er schüttelte den Kopf. «Irgendetwas ist ganz und gar nicht in Ordnung, Ellie. Also, du hättest sehen sollen, wie er sich in diesem komischen Laden benommen hat, total aggressiv und ... und verzweifelt.»

Die Aufzugtüren glitten zur Seite und sie gingen durch einen vornehmen Hotelflur zum Zimmer 108, wo sie klopften.

«Ja, ja, ich komme schon», sagte eine Stimme von innen.

«Wieso müssen Caleb und Anja uns mit so ein paar Einladungen helfen?», fragte Daniel.

Ellie grinste. «Du wirst schon sehen.»

Als die Tür aufging, füllte Caleb, der Feuerspucker, mit seinem massigen Körper den Türrahmen vollkommen aus. Er lächelte auf Ellie hinunter. «Schon wieder die richtige Jahreszeit, ja?» Er machte Platz, damit auch Anja, die Schlangenbeschwörerin, aus dem Zimmer kommen konnte. Sie hatte ein Kartenspiel in der Hand und schwenkte die Karten im Vorbeigehen vor Calebs Gesicht.

«Ich habe anscheinend eine Glückssträhne», sagte sie. «Wie steht es noch mal, Caleb?»

Der Riese murmelte etwas in seinen Bart, knallte die Tür zu und sagte: «Gehen wir lieber, bevor Anja sich zu sehr aufbläst und nicht mehr in die Eingangshalle passt, was?»

Sie machten sich auf den Weg vom prunkvollen *Hotel Nirgendwo* in die kalte, glitzernde Leere der Gänge des Wunderreichs. Die Stufen bewegten sich maulend unter ihnen, als sie in der großen Treppenhalle höher und höher stiegen, bis sie einen Raum betraten, der wie ein weitläufiges Lager wirkte. Auf der einen Seite waren zahllose Ständer mit glitzernder Kleidung in allen Schattierungen von Orange, Gold und Schwarz an den hohen Wänden aufgereiht. Auf der anderen Seite wartete eine Sammlung von Vogelkäfigen aus schwarzem Eisen auf Holzregalen. Sie waren leer. Mr Silvers Elstern hockten auf einem Tisch und putzten ihr glänzendes Gefieder. Neben ihnen lag ein hoher Stapel mit schwarzen Umschlägen.

«Sind das nicht die Einladungen, die Mr Silver gestern geschrieben hat?», fragte Daniel.

«Jep.»

«Soll ich sie für dich zur Post bringen?»

Ellie lachte. «Nein, das geht schon», sagte sie. «Wir verschicken sie so wie immer.»

«Und wie?»

«Das wirst du schon sehen. Setz dich an den Tisch und ruf mir den Namen zu, der auf dem ersten Umschlag steht, ja?»

Daniel nahm die Einladung in die Hand, während Ellie auf die andere Seite zu den hohen Kleiderständern ging, dicht gefolgt von Caleb, Anja und den Elstern. An den Ständern waren Leitern mit Rädern befestigt, damit man hochsteigen und sich bequem durch die Reihen arbeiten konnte.

«Hier steht Mr Radcliff Bone», rief Daniel.

Als Ellie nickte, auf die Leiter stieg und durch die Reihen mit Kleidung glitt, flatterten die Elstern um ihren Kopf. «Das müsste passen», sagte sie und reckte sich nach einem glänzenden schwarzen Anzug, der mit leuchtenden orangefarbenen Steinen bestickt war. Sie hielt den Elstern den Anzug hin, die sausten im Sturzflug auf sie zu, rissen ihr das Kleidungsstück aus der Hand und legten es vor Daniel auf den Tisch.

«Und was jetzt?», fragte er.

«Jetzt legst du die Sachen auf den Tisch und die Einladung oben drauf.»

Daniel arrangierte den Anzug, so gut es eben ging. Den Umschlag legte er darauf. Kaum hatte das Papier den Stoff berührt, fing der Anzug an, sich zu bewegen. Er faltete sich langsam in eine fest verpackte Form. Nach dem letzten Faltvorgang war der Anzug kein Anzug mehr. Er war zu einem Vogel geworden. Der Stoff hatte sich in die Gestalt eines großen Raben verzogen, mit glänzenden schwarzseidenen Flügeln und braunen Steinen auf dem Schnabel. Die Augen bestanden aus zwei großen orangefarbenen Knöpfen.

«Äh ... Ellie. Ist das richtig, dass sich der Anzug in einen Vogel verwandeln soll?»

«Selbstverständlich!» Ellie beantwortete Daniels Frage so lässig, als wäre das alles ganz normal. «Pack ihn und steck ihn in einen Käfig, bevor er auf die Idee kommt davonzufliegen.»

Der Rabe breitete bereits seine weiten Schwingen aus.

Als Daniel sich anschlich, betrachtete ihn der Vogel eindringlich mit seinen Knopfaugen. Doch der Junge stürzte sich auf den Raben und schlang die Arme um ihn. Dann trug er das flatternde, sich wehrende Tier zu einem Käfig in seiner Nähe. Nachdem er ihn abgeschlossen hatte, wischte er sich den Schweiß von der Stirn und hob den Blick zu Ellie, die sich sichtlich amüsierte, weil er sich so schwergetan hatte.

«Gut gemacht, Daniel», sagte Caleb, der ebenfalls an einem Ständer hochgestiegen war. «Und weiter geht's – es sind ja nur noch hundertfünfzig!»

Als die Uhr in dieser Nacht gen Mitternacht tickte, trugen Daniel, Ellie, Caleb und Anja einhunderteinundfünfzig Käfige in den vorderen Teil des Geschäfts. Selbstverständlich konnten Caleb und Anja nicht durch den roten Vorhang gehen. Daniel beobachtete mehrfach, wie Caleb begierig versuchte, einen Blick durch das Schaufenster auf die reale Welt zu erhaschen. Als sie alle Käfige beisammen hatten, kehrten Caleb und Anja ins *Hotel Nirgendwo* zurück.

«Spielen wir noch ein wenig Karten?», fragte Anja, als sie fortgingen.

«Nein. Auf keinen Fall.» Caleb wedelte mit den Händen. «Ich habe schon genug verloren.»

«Na ja, wir könnten etwas spielen, was besser zu deinem kleinen Gehirn passt. Wie wäre es mit Uno?»

Daniel schmunzelte, bis sie außer Sichtweite waren.

«Hey, kannst du mir helfen?» Hinter dem Vorhang sortierte Ellie im Laden die Käfige. Sie enthielten nicht nur Vögel; manche Kostüme hatten sich auch in glänzende schwarze Katzen verwandelt oder in große goldene Ratten, in Füchse mit seidigem Fell oder samtige Fledermäuse, allesamt in schimmernden Stoffen und den Farben von Halloween.

Mr Silver war nicht da, was Daniel eigentlich erwartet hätte, doch Ellie versicherte ihm, ihr Vater hätte ihr sein Wort gegeben, dass er zum Ball erscheinen würde.

«Wir sind spät dran», sagte Daniel, als er merkte, dass die vielen Wanduhren im Wunderreich auf fünf Minuten vor Mitternacht standen. Erst dann fiel ihm auf, dass es in dem Geschäft, in dem normalerweise die Uhren surrten und tickten, vollkommen still geworden war. Alle Uhren waren stehen geblieben.

Ellie trug den ersten Käfig zum Eingang des Wunderreichs, öffnete die Tür und ließ die eisige New Yorker Nacht herein. Sie schloss den Käfig auf. Ein orangefarbener Nymphensittich aus Samt mit funkelnden Diamantenaugen schwang sich in die Dunkelheit und schlug in der mitternächtlichen Luft lautlos mit den Flügeln. Käfig für Käfig ließen Daniel und Ellie die Tiere frei, die nun jeweils zu der Adresse eilten, die auf der Einladung in ihren Herzen geschrieben stand.

Alle Einladungen erreichten ihr Ziel. Von schlichten Wohnungen bis hin zu prächtigen Stadthäusern und Hotels, zwängten sie sich in Briefkästen, durch Schornsteine oder offene Fenster. Sie schlichen sich in die Schlafzimmer der geladenen Gäste und entfalteten sich am Fußende ihrer Betten.

Die Eingeladenen wussten nicht, was sie aus ihren Träumen geweckt hatte und ob sie überhaupt richtig wach waren. Sie entdeckten geheimnisvolle Umschläge mit schmalen schwarzen Briefkarten, die ihnen die Chance ihres Lebens in Aussicht stellten – die Gelegenheit, einen Zauberball zu besuchen.

Dann fanden sie die Kleidung. Ballkleider aus dem schwärzesten Samt und feuriger orangefarbener Seide; eine Tiara aus Kristallglas mit goldener Verzierung; Diamantringe und goldenen Halsschmuck; Smokings und Zylinder und Fräcke. Alles passte wie maßgeschneidert.

Nachdem sie sich angekleidet hatten, machten die Gäste sich durch die Straßen auf den Weg zum Wunderreich wie Schlafwandler in verzauberten Träumen.

In der Nähe des Geschäfts strömten sie zusammen und stellten sich schweigend in ordentlichen Reihen auf. Sie waren nicht wach, sie schliefen nicht.

Keiner von ihnen bemerkte Vindictus Sharpe, der sich aus der Dunkelheit löste und unter die Menge mischte. Im Gegensatz zu allen anderen war er nicht in die Farben des Halloween gekleidet, sondern trug einen feinen, maßgeschneiderten dunkelgrauen Anzug und einen Gehstock mit silbernem Knauf. Sein silberfarbenes Haar und der Schnurrbart waren gepflegt und die Augen leuchteten in einem unnatürlichen, irisierenden Blau.

Nachdem Mr Sharpe an der Schlange vorbeigeschlendert war, suchte er sich einen Gast aus. Über die Schulter eines älteren Mannes hinweg nahm er ihm die Einladung aus der Hand und flüsterte ihm etwas ins Ohr. Der alte Mann drehte sich auf der Stelle um und entfernte sich verträumt vom Wunderreich, um wieder nach Hause zu gehen.

Als alle Gäste angekommen waren, erwachten die verstummten Wanduhren wieder zum Leben und erfüllten die Nacht mit ihrem Ticken. Das zarte goldene Tor des Wunderreichs zerfiel zu Staub, der in der kühlen New Yorker Brise verwehte. Ein Gast nach dem anderen trat ein.

Mr Sharpe bewegte sich schweigend in der Reihe nach vorn.

Nachdem die Gäste den schweren roten Samtvorhang hinter sich gelassen hatten, erwachten sie. Auf der anderen Seite erwarteten sie zwei Türsteher, die die Einladungen einsammelten und den verblüfften Gästen den Weg zum Ballsaal zeigten.

Mr Sharpe händigte seine gestohlene Briefkarte aus und ging an ihnen vorbei.

Er war drin.

Geister

17. Kapitel

«Ellie! Das ist deine Schuld!»

Daniel stürmte durch einen Gang aus schimmerndem schwarzem Mauerwerk und zog Ellie hinter sich her.

«Tut mir leid», sagte sie und versuchte, sich das Lachen zu verkneifen. «Du siehst super aus. Echt.»

«Das hier», sagte Daniel und ballte die Faust um die schwarzen Rüschen auf seinem orangefarbenen Anzug, «sieht überhaupt nicht super aus! Wie könnte es?» Er wandte sich ab und legte einen möglichst würdevollen Abgang hin.

«Wie oft soll ich mich denn noch entschuldigen?», sagte Ellie, nachdem sie ihn eingeholt hatte. «Papa hat mich gefragt, was du meiner Meinung nach gerne tragen würdest. Da konnte ich nicht widerstehen. Sag bloß, du hättest an meiner Stelle nicht das Gleiche getan, das weiß ich nämlich genau! «

«Das zahle ich dir heim.»

Sie gelangten zu einer prächtigen schwarzen Flügeltür mit einem Schild, auf dem in schnörkeliger Schrift nur ein Wort stand:

Daniel zog an den goldenen Türgriffen, bis sie schwungvoll aufging.

Vor ihnen lag ein weitläufiges rundes Wunder, das mit einem Marmorboden und einer tiefschwarzen, mit goldenen Sternen verzierten Kuppel ausgestattet war. Die Wand des Ballsaals bestand aus einer durchgehenden kreisförmigen Glasscheibe, die den Ausblick auf die Illusion eines klaren Nachthimmels und eines prallen Vollmonds eröffnete.

Die Gäste in Orange, Schwarz und Gold glitten über den Marmor. Viele von ihnen waren bereits von Mitarbeitern des Wunderreichs aufgehalten worden, die sich auf die seltene Gelegenheit stürzten, ungehindert mit Menschen zu reden, die außerhalb des Geschäfts lebten. Geisterhafte Kellner schwebten durch die Eingeladenen und versorgten sie mit orangefarbenen Getränken in Kelchgläsern. Auf den Tabletts lagen außerdem Schokoladenfledermäuse, Lakritzspinnen und üppig mit Karamell und Schokolade überzogene Äpfel, die einen köstlichen süßen Duft verströmten.

Plötzlich verstummten die Gäste. Sie wandten sich einem erhöhten runden Podium in der Mitte der Tanzfläche zu, wo ein gespenstisches Bläserensemble Platz genommen hatte.

Dann begannen die Musiker zu spielen.

Die Melodien erfüllten den Ballsaal und ermunterten sowohl die Gäste als auch die Mitarbeiter, sich vom Walzer oder Ländler zu Drehungen, Trippelschritten oder wilden Schrittfolgen hinreißen zu lassen.

Auch Daniel konnte der Verlockung nicht widerstehen. Jemand legte ihm eine Hand auf den Arm, und schon schwebte er mit der Schlangenbeschwörerin Anja über die Tanzfläche. Sie tanzten, bis Daniel buchstäblich nicht mehr konnte und sich an den Rand stellte, um Luft zu schnappen. Ellie zeigte keinerlei Anzeichen von Ermüdung; sie hatte die Tanzfläche den ganzen Abend noch nicht verlassen und wirkte glücklicher, als Daniel sie je gesehen hatte.

Ein Kellner kam auf ihn zu und bot ihm ein Kelchglas an.

«Was ist denn da drin?», fragte er, bemüht, sich nicht so sehr davon ablenken zu lassen, dass der Bedienstete durchsichtig war.

«Kürbismet.»

Daniel nahm ein Glas und nippte an dem Getränk, das ihn von innen wärmte, als tränke er die Erinnerung an einen Herbstabend am Lagerfeuer. Nach dem letzten Tropfen drehte er sich um und rempelte versehentlich einen außerordentlich großen Mann in einem dunkelgrauen Anzug an, der sein Glas klirrend fallen ließ.

«Entschuldigung», sagte Daniel, doch als er sich aufrichtete, war der Mann bereits verschwunden.

Mr Silver schlenderte am anderen Ende des Ballsaals umher und trank von dem wärmenden Kürbismet, während er seiner Tochter beim Zuschauen zusah. Er ging durch

Grüppchen geselliger Gäste, wich tanzenden Paaren aus und schnappte verstohlen Gesprächsfetzen auf.

Er lächelte, als er an Caleb vorbeikam, der mehrere Gäste aus der ihm fremden Welt mit Fragen bombardierte: «Sagen Sie mir bitte, ob es stimmt, dass der Mond aus Käse besteht? Und wenn ja, aus welcher Sorte? Bestimmt nichts zu Krümeliges oder Cremiges ... »

Mr Silver blieb stehen, trank seinen Met aus und warf einen Blick auf den Kronleuchter hoch oben unter der Kuppel.

Etwas, das er nur aus dem Augenwinkel wahrnahm, störte ihn.

Er drehte den Kopf.

Alles – die Musik und die Gespräche, die anmutigen Bewegungen der Tänzer, die Kellner und der funkelnde Kronleuchter – schien ausgeblendet.

Mit seinen grauen Augen fixierte Mr Silver die blauen Augen des Mannes, der jetzt durch die Menge auf ihn zukam. Er erkannte ihn sofort.

Vindictus Sharpe zog den Zylinder und blieb so nah vor Mr Silver stehen, dass sie sich beinahe berührten. Um sie herum knisterte die Luft und sprühte Funken.

Mr Silver war so bleich wie einer seiner geisterhaften Kellner. Er kniff den Mund zusammen und setzte eine starre, ausdruckslose Miene auf.

«Du bist schwer zu finden, Lucien», sagte Mr Sharpe.

«Ich tue mein Bestes», flüsterte Mr Silver.

Mr Sharpe verzerrte seinen Mund zu etwas, das ein Lächeln, aber auch Spott und Hohn ausdrücken konnte. Er beugte sich langsam und mit Bedacht vor und flüsterte Mr Silver etwas ins Ohr. Dann richtete er sich wieder auf und wartete.

Mr Silvers erste Reaktion bestand nur darin, den Blick zu senken. Als er schließlich den Kopf hob, sah er unendlich traurig aus.

Er brachte ein knappes Nicken zustande.

Mr Sharpe wollte ihm die Hand schütteln.

Als sich ihre Hände berührten, flackerten die Lichter im Saal. Einige erloschen in einem Regen aus Scherben, die den erschrockenen Gästen vor die Füße fielen. Sie schrien und lachten, weil sie glaubten, es sei Teil des Unterhaltungsprogramms.

Mr Sharpe ließ seine weißen Zähne aufblitzen, drehte sich um und begab sich an den Gästen vorbei zum Ausgang.

Mr Silver, der ihm nachsah, als er den Ballsaal verließ, stand stocksteif im Meer der glitzernden Tänzer.

Am Scheideweg

18. Kapitel

Edinburgh, Mai 1890

Regentropfen, groß wie Murmeln, prasselten in Edinburgh auf den teuren Eichensarg, der an einem ungewöhnlich kalten Frühlingstag in die Erde hinuntergelassen wurde.

Die Nachricht, dass Birdie verstorben war, hatte sich rasch herumgesprochen, über Ozeane und Kontinente hinweg, und viele Unterhaltungskünstler, mit denen sie über die Jahre zusammengearbeitet hatte, waren gekommen, um sie zu würdigen. Nun bibberten sie gemeinsam unter einem Dach aus schwarzen Schirmen.

Lucien Silver stand am Rand des Grabes und lauschte dem Priester, der die Trauerrede hielt. Neben ihm stand Vindictus Sharpe, groß und finster und stumm wie ein Schatten. Keiner von beiden gab zu erkennen, dass er den anderen gesehen hatte.

Nach der Beerdigung eilten die Trauergäste zu ihren Kutschen, in denen sie Schutz vor dem schlechten Wetter suchten. Lucien blieb am Grab stehen, während Mr Sharpe Hände schüttelte und mit einigen Gästen knappe Bemerkungen austauschte. Als die letzten gegangen waren, stieg er den Hügel wieder hoch.

Eine Zeit lang verweilten sie schweigend.

Dann drehte Mr Sharpe den Kopf gerade so weit, dass es zu keinem Blickkontakt kam.

«Deine Dienste sind nicht länger erwünscht», sagte er und spreizte die Finger seiner behandschuhten Hand.

«Dieses ... Experiment ist abgelaufen. Ich finde keinen Gefallen am Unterrichten. Du bist nicht übermäßig schockiert, vermute ich?»

Lucien schwieg.

«Selbstverständlich sende ich dir deinen Anteil von den gestrigen Einnahmen.»

«Ich will sie nicht», sagte Lucien. «Gestern habe ich für Birdie gespielt.»

Mr Sharpe nickte knapp. «Wie du willst.»

Dann drehte er sich um und ging den Hügel wieder hinunter.

Lucien sah ihm nach. «Ich kann nichts dafür, dass ich besser bin als Sie», sagte er. «Ich habe Ihnen stets gehorcht und meine Sache gut gemacht. Sie haben den Wettbewerb ausgerufen, nicht ich.»

Er hatte diese Worte höchstens gehaucht. Doch in der Stille des Friedhofs können selbst geflüsterte Worte eine ungeheure Macht ausstrahlen.

Mr Sharpe blieb stehen. Er drehte sich nicht um.

«Du bist nicht besser als ich», sagte er. Seine Stimme hatte einen bösen und gefährlichen Unterton. «Du wirst nie besser sein als ich. Ich habe dich aus der Gosse geholt und erwarte, dass du dahin zurückkehrst, wenn du dich jetzt nicht mehr auf meinen Frackschößen ausruhen kannst, und Birdie, die alte Närrin, nicht mehr da ist, um dich zu beschützen.»

Lucien warf ihm einen bösen Blick zu. «Das muss doch seltsam für Sie sein, auf einem Friedhof zu stehen, oder? Wenn man bedenkt, dass Sie nicht vorhaben, jemals zu sterben. Ich hatte stets zu viel Angst, um zu fragen, warum Sie nicht älter werden. Aber ich glaube, ich kann mir die Antwort denken. Sie stehlen anderen Menschen die Zeit, nicht wahr? Sie sorgen dafür, dass ihr Leben kürzer ausfällt, damit Sie Ihr eigenes verlängern können. Wie kann man damit leben?»

Beide Männer schwiegen lange.

Schließlich sagte Mr Sharpe mit dem Rücken zum Grab: «Auf Wiedersehen, Mr Silver. Viel Glück.»

Lucien sah zu, wie sein ehemaliger Dienstherr den gewundenen Pfad zu seiner bequemen Kutsche zurücklegte. Nachdem die rassigen schwarzen Pferde Mr Sharpe durch das Eisentor gezogen hatten, begriff Lucien, dass ein sehr langes und interessantes Kapitel seines Lebens vorüber war.

Dann widmete er sich noch einmal dem frischen Grab zu seinen Füßen.

Er holte eine langstielige rote Rose aus der Tasche. Mit einer schwungvollen Handbewegung färbte er den Stiel der Rose pechschwarz und die Blütenblätter glänzend golden.

Lucien legte die schwarzgoldene Rose auf den Grabstein.

«Auf Wiedersehen, Birdie.»

Der Regen wusch die Tränen von seinen Wangen, während er den Hügel hinunter zum Eisentor und der Welt dahinter stapfte. Diese Welt war sehr sehr groß. Lucien wusste nicht, wohin er gehen oder was er als Nächstes tun sollte. Er strich mit den Fingern über das Buch in seiner

Manteltasche, dessen Seiten er mit Träumen, Ideen und Möglichkeiten gefüllt hatte, und fühlte sich auf einmal nicht mehr ganz so verloren.

Ohne genau zu wissen, warum, begann er zu lächeln.

Nach einem letzten Blick zu der Hügelkuppe ging Lucien Silver schließlich durch das Friedhofstor davon.

Vermisst

19. Kapitel

Mr Silver verschwand am Tag nach Ellies Geburtstagsball. Es war ein Sonntag, und der Himmel hing voller schwarzer Wolken. Es donnerte.

«Papa hat noch nie eine Premiere verpasst.» Ellie stand am Fenster und tippte nervös mit dem Fuß auf den Boden. «Irgendwas ist hier faul.»

Daniel war der gleichen Meinung. In den wenigen Monaten, seit er zu Mr Silvers Welt dazugehörte, war es kein einziges Mal vorgekommen, dass sein Chef das Geschäft auch nur eine Sekunde zu spät geöffnet hatte.

«Vielleicht ist er ... » Daniel verstummte. Auf dem Boden unter Mr Silvers Schreibtisch lag etwas. Er hob es auf und blätterte darin.

Das Buch der Wunder.

«Ellie, hast du je erlebt, dass dein Papa das hier herumliegen ließ?»

Ellie schlich zögerlich zu ihm und berührte das Buch mit zitternden Händen.

«Es sieht aus, als wäre es ... verkohlt oder so.»

Sie hatte recht. Einige Seiten waren unten schwarz, und Daniel entdeckte, dass mehrere Seiten hintereinander versengt waren. Die Wunder waren verbrannt. Während sie das Buch untersuchten, fiel ein loses Blatt heraus. Ellie hob es auf.

«Das gehört zu einem Brief! Von Papa!»

«Was?», fragte Daniel. «Was steht denn da? Zeig mal.» Er beugte sich über ihre Schulter und las:

Liebste Ellie (und lieber Daniel Holmes),

es tut mir leid, dass ich euch diese Botschaft nicht persönlich überbringen konnte. Doch die Zeit reichte nicht aus. Ihr werdet bei dem, was ihr gleich lesen werdet, erschrecken, doch bitte geratet nicht in Panik.

Aus Gründen, die zu erklären mir die Zeit fehlt, schwebt das Wunderreich in Gefahr. Und was noch schlimmer ist: Es entwickelt sich selbst zu einer Gefahr.

Ich habe einen Plan. Wenn ihr das Geschriebene befolgt, müsste alles gut gehen. Im vorderen Teil des Geschäfts seid ihr sicher. Wenn irgend möglich, bleibt dort. Und wenn es so weit ist, müsst ihr

Die Botschaft endete abrupt.

«Das ist alles?», fragte Daniel. «Das kann nicht sein!» Er betrachtete das Blatt und seinen ausgefransten Rand, wo der Rest der Nachricht offensichtlich verbrannt war. «Na toll. Was auch immer dieses Buch verkokelt hat, hat den Brief und den Plan deines Vaters gleich mit vernichtet.»

Ellie hielt den Blick auf die Botschaft gerichtet und schüttelte den Kopf.

«Was ist passiert? Was meint er damit? Dass das Wunderreich gefährlich werden könnte ... Wo ist er, Daniel?»

Daniel zeigte auf den Garderobenständer. «Da, sein Mantel hängt noch hier. Ich glaube nicht, dass er nach draußen gegangen ist. Vielleicht sollten wir wirklich seinen Rat befolgen und hier warten. Ich habe schon einmal gegen einen seiner Befehle verstoßen und das ist ordentlich schiefgegangen.»

Ellie schüttelte den Kopf.

«Wir sollten nur hierbleiben, um seinen Plan auszuführen – aber den kennen wir nun gar nicht, oder? Wir müssen ihn finden und ihm erklären, dass wir keine Ahnung haben. Wahrscheinlich verlässt er sich auf uns, Daniel.»

Logischerweise begannen sie in Mr Silvers Wohnung mit der Suche. Die Tür stand einen Spaltbreit auf und dahinter erwartete sie ein Labyrinth von Zimmern, die einzig und allein aus Büchern bestanden.

Während er überall nachsah, ließ Daniel sich immer wieder von der sonderbaren und wundervollen Einrichtung ablenken, die Mr Silver gewählt hatte. Schließlich fand er Ellie in einem Garten aus Büchern unter einem großen Baum mit Blüten aus fein gefalteten Buchseiten.

«Er ist nicht hier», sagte sie und trat gegen den Baumstamm, bis einige Seiten auf den Papierfußboden fielen.

«Sollen wir vielleicht ins Geschäft zurückgehen?», fragte Daniel.

«Aber sein Brief hörte sich an, als würde er so bald nicht wiederkommen, oder?», sagte Ellie. «Er kann einen wirklich wahnsinnig machen mit seiner ewigen Geheimnistuerei! Warum hat er uns nicht einfach gesagt, worum es geht?»

«Wir suchen also weiter, ohne Plan?», fragte Daniel. «Wie viele Räume gibt es im Wunderreich? Tausend? Wie sollen wir denn überall nachsehen?» Da fiel ihm etwas ein. «Suchtrupps!»

Die Eingangshalle des *Hotels Nirgendwo* war pickepackevoll mit ungeduldigen Schaustellern und Verkäufern, die endlich mit der Arbeit beginnen wollten. So ging es normalerweise: Jeden Tag versammelten sich die Mitarbeiter, die sich schwarz-gold in Schale geworfen hatten, und sahen auf ihre Taschen- und sonstigen Uhren, bis der ruhmreiche Augenblick kam, die Dämmerung die äußere Welt verhüllte und die Pforten des Wunderreichs öffneten.

«Tschuldigung. Tut mir leid.» Auf der Suche nach Caleb und Anja drängte und quetschte Daniel sich durch die Menge. «Aua! Passen Sie doch auf! Hey, da sind sie ja! Ellie, ich habe sie gefunden!» Der Feuerspucker und die Schlangenbeschwörerin standen nebeneinander, wie sie es offenbar immer taten. Caleb war einen guten Kopf größer als alle anderen – Anja ausgenommen – und hielt in einem Grüppchen von Verkäufern Hof.

«Also, in der wahren Welt dort draußen ist nicht nur der Mond vierhundertmal kleiner als die Sonne, sondern auch vierhundertmal näher an der Erde. Deshalb sehen sie am Himmel gleich groß aus. Und wenn sie auf einer Linie mit der Erde stehen, verdeckt der Mond die Sonne vollkommen! Der Tag wird zur Nacht! Und ganz ohne Magie! Also, das ist einmal ein Wunder!»

Anja, die aussah, als würde sie jeden Moment einschlafen, entdeckte Daniel.

«Daniel! Ellie!»

Caleb unterbrach seinen Vortrag. «Was macht ihr beide denn hier? Und was ist überhaupt los?», fragte er und zeigte auf die Menge. «Die Premiere verzögert sich. Wir waren noch nie spät dran.»

«Papa ist verschwunden», erklärte Ellie. «Wir haben sein *Buch der Wunder* im Geschäft gefunden, verbrannt und verbogen. Und diesen Brief!» Als sie Caleb die Botschaft reichte, wurde seine Miene ernst.

«Verschwunden? Zur Premiere?» Er tauschte einen Blick mit Anja. «Da stimmt etwas nicht. Nein, nein, nein, nein, das geht gar nicht.»

«Würdet ihr und die anderen Mitarbeiter uns suchen helfen?», bat Daniel. «Dann hätten wir bessere Chancen, ihn zu finden.»

Caleb kratzte die Stoppeln an seinem kantigen Kinn.

«Ich weiß nicht», sagte er bedächtig. «Und wenn er wieder auftaucht? Stellt euch vor, er öffnet die Türen und keiner ist da, weil wir das Wunderreich durchsuchen?»

«Lies den Brief», sagte Daniel. «Es hört sich kaum so an, als würde er das Wunderreich öffnen, oder? Er sagt, es ist gefährlich. Wir müssen ihn finden, Caleb. Wir müssen herausfinden, was geschehen ist und wie sein Plan lautet.»

«Wenn das Wunderreich in Gefahr ist, sind wir alle in Gefahr», pflichtete Ellie ihm bei. «Ich glaube nicht, dass Papa uns im Stich lassen würde. Ich bin sicher, dass er hier irgendwo ist. Wir machen uns Sorgen um ihn, Caleb.»

«Ich fürchte, das ist ein Notfall, Caleb», sagte Anja. «Und wenn er nun krank oder hingefallen ist und sich den

Kopf gestoßen hat? Oder wenn sich ein Wunder schlecht benommen hätte?» Sie wandte sich an Daniel. «Das passiert nur selten. Wenn jemand aus Versehen eine Tür auflässt. Dann flutschen Sachen heraus. Letztes Mal waren es fliegende Bleistifte. Die waren sehr spitz.»

Caleb nickte nachdenklich. «Das war wirklich ein interessanter Tag.» Er schüttelte seinen großen Kopf. «Aber es tut mir leid, wir können euch nicht helfen. Regeln sind Regeln. Wir wurden zu dem einzigen Zweck erschaffen, dass wir immer bereit sein müssen, unseren Platz einzunehmen.»

Ellie wirkte völlig niedergeschmettert, aber Daniel hatte eine Idee.

«Wie wäre es mit einer Belohnung? Ich könnte dir etwas aus der wahren Welt einschmuggeln. Na? Ach, komm, es muss doch etwas geben, was du dir wünschst.»

Caleb sah auf ihn herab.

«Willst du mich etwa bestechen, Daniel Holmes?»

«Bestechung?» Daniel riss die Augen auf. «Nicht mit mir. Ich meinte es als Geschenk, eine Möglichkeit, Danke zu sagen.»

Caleb grübelte darüber nach. Wieder kratzte er sich an seinem gewaltigen Kinn. «Nun gut. Ich wünsche mir ein Kätzchen, ein ganz flauschiges.» Er schüttelte Daniel die Hand und wandte sich an seine Mitarbeiter. «Achtung! Wir müssen etwas erledigen!»

Es sprach sich in Windeseile herum: Mr Silver war verschwunden. Alle schnatterten durcheinander und waren sich darin einig, dass der Verlust ihres Chefs das Schlimmste war, was überhaupt passieren konnte.

«Was sollen wir denn ohne ihn machen?»

«Wir sind geliefert!»

«Ohne ihn hält der Laden höchstens eine Woche durch!»

Die Suche konnte also beginnen.

Es gab sehr viele Bedienstete, sehr viele Augen und Ohren, die nun durch die Katakomben der Gänge und die Türen des Wunderreichs streiften. Sie durchsuchten Gewölbe und Tunnel in einem Keller, der offenbar in der Erde angelegt war. Sie stiegen die höchsten Treppen empor, bis die Luft dünn und kalt wurde, mit eisigen Flocken. Sie fanden sogar unter einem Regenwald verschüttet einen lang vermissten Bereich des Wunderreichs wieder, der aus einer offenen Tür gesprossen war.

Doch von Mr Silver keine Spur.

Es trug zur Beunruhigung aller bei, dass einige Suchtrupps nach ihrer Rückkehr von sonderbaren Rissen in den Wänden des Wunderreichs berichteten – weißen Linien, die sich wie Spinnweben über den schwarzen Backstein zogen. Es gab sogar ein Gerücht, das besagte, ein Gang wäre eingestürzt.

«Wie es aussieht, ist Mr Silver wie vom Erdboden verschluckt», sagte Caleb, als ein weiterer Suchtrupp ohne Ergebnis zurückkehrte. Er schnippte mit den Fingern. «Weg. Simsalabim. Einfach so. Seid ihr denn sicher, dass er das Geschäft nicht verlassen hat?»

«Ohne das Buch würde er niemals aus dem Haus gehen», sagte Ellie. «Es gehört praktisch zu ihm.»

«Dann tut es mir leid, aber mir fällt nichts mehr dazu ein.»

Daniels Gedanken rasten. Es ergab einfach keinen Sinn. Warum sollte Mr Silver verschwinden? Wenn das Wunderreich in Schwierigkeiten steckte, wie der Brief andeutete und was die Risse in den Wänden bestätigten, wäre Mr Silver der Letzte, der sich nicht darum kümmern würde; das wusste Daniel genau. Und warum hatte er das Buch weggeworfen?

«Moment», sagte er. «Als wir in New York waren, hat Mr Silver endlich seinen ‹Schatz› gefunden – also das, was er gesucht hatte, was auch immer das war. Und jetzt, nur wenige Tage später, verschwindet er. Das kann doch kein Zufall sein, oder?»

«Aber was war das für ein Schatz?», fragte Ellie. «War es etwas Gefährliches? Und wieso sollte er damit weggehen?»

Daniel schüttelte den Kopf.

«Es gibt nur einen Weg, das herauszufinden. Ich muss wohl im Fantastischen Basar nachfragen.»

Blut
und
Schnee
20. Kapitel

«Bist du sicher, dass es das Richtige ist?»

Ellie drückte die Nase an der Schaufensterscheibe des Wunderreichs platt und blickte in die winterliche Dunkelheit Manhattans. Es hatte angefangen zu schneien. Mitternacht war lange vorbei und Mr Silver war den ganzen Tag nicht aufgetaucht.

«Ja», antwortete Daniel und zog seinen Mantel, die Handschuhe und einen Schal an.

«Ich wünschte, ich könnte mitgehen.» Zu Daniels großer Überraschung schlang sie die Arme um ihn und drückte ihn fest an sich. «Sei vorsichtig.»

«Mache ich, und jetzt sollte ich los.»

In dieser Nacht war es auf den Straßen von Manhattan unheimlich leise, da die dicke Schneeschicht jedes Geräusch erstickte. Die meisten Menschen vermieden es, der bitteren Kälte und den eisglatten Bürgersteigen zu trotzen.

Auf seiner einsamen Mission kam Daniel der Central Park noch größer vor, und die Dunkelheit lockte jene Gestalten hervor, die lieber unbemerkt ihren Geschäften nachgingen. Daniel drückte das Kinn an die Brust, lief rasch weiter und bemühte sich, niemandem direkt ins Gesicht zu sehen. Als er unter einer schmalen Fußgängerbrücke hindurchging, hatte er das Gefühl, verfolgt zu werden, und rannte fort. Er wurde erst hinter dem Plaza Hotel langsamer. Acht Häuserblöcke weiter bog er in die Gasse ein und gelangte zum Fantastischen Basar.

In dem Geschäft war nur ein weiterer Kunde – ein Mann in einem langen braunen Mantel, der sich die vielen Regale mit Flaschen ansah.

Daniel ging zum Tresen.

«Entschuldigung?»

Der Ladenbesitzer, dessen Haut wie Blauschimmelkäse aussah, hatte mit einem Vergrößerungsglas ein goldenes Medaillon untersucht. Als er Daniels Stimme hörte, hob er den Blick und das trübe Auge wurde durch die Lupe vergrößert.

«Erstattung ausgeschlossen», sagte er und wandte sich wieder dem Medaillon auf dem Tresen zu.

«Was?»

«Ich vergesse niemals ein Gesicht», sagte der Betreiber des Basars. «Schon gar kein Gesicht, mit dem ich so viel Geld verbinde. Du warst vor ein paar Tagen nachts mit dem reichen Mann hier. Nun, du kannst ihm Folgendes von mir bestellen: Ich werde nicht weich, nur weil er einen Jungen schickt, oh nein! Und ich nehme grundsätzlich nichts zurück.»

Daniel schüttelte den Kopf. «Darum bin ich nicht hier. Ich wollte Sie fragen, was Sie uns in jener Nacht verkauft haben.»

Als der Ladenbesitzer den Kopf hob und lächelte, zeigte er Daniel eine krumme Reihe verfaulter gelber Zähne. «Ah. Etwas ganz Besonderes.»

«Ach ja?»

Der Basarbetreiber legte die Unterarme auf den Tresen und beugte sich vor. «Sehr besonders. Sagen wir mal so, dass man nicht jeden Tag in den Besitz eines Fläschchens mit Einhornblut kommt.»

Neben ihnen ging etwas zu Bruch. Der andere Kunde

hatte eine Metallkiste fallen lassen und versuchte, auf allen vieren das verstreute Pulver zusammenzukehren.

«Hey!», schrie der Ladenbesitzer. «Vorsicht mit meiner Ware! Wer etwas kaputt macht, muss es auch bezahlen!»

«Einhornblut?», fragte Daniel. «Machen Sie sich über mich lustig?»

«Ich mache gar nichts.»

«Sie wollen mir also wirklich einreden, dass es Einhörner gibt?» Daniel hatte sich damit abgefunden, dass die Welt sehr viel merkwürdiger war, als er je gedacht hatte. Dennoch kam ihm ein Einhorn sehr weit hergeholt vor.

«Mein Junge, wenn man weiß, wo man suchen muss, gibt es einfach alles.»

«Warum sollte jemand nach Einhornblut verlangen?»

Der Mann lächelte. «Einhornblut», sagte er, «wird auch Flüssiges Leben genannt. Wenige Tropfen davon reichen aus, um alle Krankheiten zu heilen, und geben Kraft. Es ist sehr selten. Und sehr teuer, eine Eigenschaft, die mir am liebsten ist.»

Das war es also. Daniel hatte gehofft, es wäre nicht wahr. Mr Silver war tatsächlich krank. Es gab keine andere Erklärung. Und der Schatz war das Heilmittel.

Als er den Basar verließ, war der kalte Nachtwind noch schneidender geworden und es fiel noch mehr Schnee. Daniel zog den Mantel und den Schal enger um sich und stemmte sich gegen den Wind.

Im Central Park wurden die Äste von der schweren Schneelast niedergedrückt. Daniels Schritte knirschten in der glitzernden weißen Welt aus Eis und hinterließen

Fußspuren. Als er wieder an der dunkelsten Stelle auf seinem Weg angekommen war, unter der kleinen Fußgängerbrücke, hatte er zum zweiten Mal das starke Gefühl, verfolgt zu werden.

Er warf einen raschen Blick zurück auf die Strecke, die er bereits zurückgelegt hatte.

Er war nicht allein.

Im Schneegestöber sah er einen Mann in einem langen braunen Mantel und erkannte den anderen Kunden aus dem Basar. Als Daniel sich umdrehte, ging er langsamer, als versuchte er, keinen Verdacht zu erregen. Und dann passierte etwas – etwas, das Daniel zu Stein erstarren ließ. Zwei glühende Punkte erschienen im Gesicht des Mannes, die wie Zigarettenspitzen aussahen.

Es waren die Augen.

In zweihundert Metern Entfernung lag der Ausgang.

Daniel rannte los.

Die kalte Luft brannte in seiner Lunge, als seine Schuhe auf den Schnee donnerten. Das Tor kam mit jedem Laufschritt näher, doch der Mann holte stetig auf. Daniels Blut gefror zu Eis, als ihn eine Hand am Mantel packte. Er schrie auf und wand sich in dem harten Griff, bis er aus seinem Mantel schlüpfen konnte und den Mann hart aufs Ohr schlug. Er riss sich los und raste durch das Tor auf die Straße. Das Wunderreich war nur noch einen Block entfernt.

Daniel schlitterte zwischen zwei geparkten Autos hindurch und sprang auf den Bürgersteig. Er lief und lief und lief, ohne sich umzusehen, und stellte sich vor, wie sich zwei kalte Hände um seinen Hals legten. In der nächsten Straße strömte warmes Licht aus dem Schaufenster und er glaubte, jemanden am Eingang zu sehen, einen sehr großen Mann ...

Daniel rutschte auf einer gefrorenen Pfütze aus und landete hart mit dem Knie auf dem Eis. Als er den Blick hob, sah er in ein skelettartiges Gesicht mit hängenden Hautfalten und braun glühenden Augen. Der Mann, der ihn verfolgt hatte, stand auf einmal vor ihm.

«Wo ist das Einhornblut?», fragte der alte Mann. Seine Stimme war ein raues Flüstern.

«Was? Ich habe es nicht! Ich schwöre!»

Ein harter Schlag landete in seinem Gesicht und er schmeckte Blut.

«Ich meine es ernst, Junge. Du sagst mir jetzt, wo das Einhornblut ist ...»

Der Mann brach unvermittelt ab und sah nach oben. Einen halben Herzschlag lang war er starr wie ein aufgeschrecktes Reh. Dann riss er die glühenden Augen auf, drehte sich um und rannte los. Etwas anderes streifte Daniel, ein grauer, verschwommener Schatten, der im nächsten Moment verschwunden war.

Daniel riss sich zusammen. Warmes Blut tropfte aus seinem Knie. Er hatte das Gefühl, ewig für die kurze Strecke über die Straße ins Wunderreich zu brauchen.

«Und wer hat dich gerettet?», fragte Ellie, als er es in das warme Geschäft geschafft hatte. Sie tupfte Whisky aus Mr Silvers Schreibtisch auf Daniels Knie. Es stach und brannte.

«Ich weiß nicht», sagte er und biss die Zähne zusammen. «Einen Moment lang dachte ich, es wäre Mr Silver.»

«Wenn er es gewesen wäre, hätte ich ihn gesehen.» Sie stellte den Whisky wieder auf den Schreibtisch. «So, fertig. Du glaubst also wirklich, dass Papa krank ist?»

«Das leuchtet ein», sagte Daniel und krempelte sein Hosenbein wieder herunter. «Es würde sein Verhalten erklären und auch, wie alt er plötzlich aussah. Für einen anderen Zweck wird er das Einhornblut kaum gekauft haben, oder? Der Basarbetreiber hat gesagt, das Zeug wäre ein berühmtes Mittel gegen Krankheiten aller Art.»

Ellie holte tief Luft. «Warum hat er mir nichts gesagt?»

«Wahrscheinlich wollte er nicht, dass du dir Sorgen machst.»

«Daniel ... und wenn die Arznei nun nicht geholfen hat? Vielleicht können wir Papa ja auch nicht finden, weil er sich in eine Ecke im Geschäft zurückgezogen hat, um ... um zu sterben? Der Plan, den er uns geben wollte ... möglicherweise waren es Anweisungen, wie wir uns nach seinem Tod verhalten sollten.»

Die Türklingel ging und eine tiefe Stimme fragte: «Hallo? Ist da jemand?»

«Wir haben die Tür nicht abgeschlossen!», rief Ellie. Sie lief zum Eingang, wo ein großer, breitschultriger Mann wartete, dessen silbernes Haar und silberner Schnurrbart im Feuerschein glänzten. Er trug einen teuren dunkelgrauen Anzug und hatte einen Gehstock mit silbernem Griff in der Hand. Sein Blick aus irisierend blauen Augen zuckte durch den Raum, doch Ellie blieb ihm verborgen; für ihn war sie ebenso ein Geist wie für alle anderen, die nicht zum Umfeld des Wunderreichs zählten.

Als der große Mann Daniel im hinteren Teil des Geschäfts entdeckte, ging er direkt auf ihn zu, durch Ellie hindurch, als bestünde sie nur aus Licht und Schatten. Er blieb vor Daniel stehen und blickte auf ihn hinab.

«Suchen Sie etwas Bestimmtes?», fragte Daniel.

«Nicht etwas», antwortete der Mann. «Jemanden. Ich bin gekommen, um Mr Silver zu treffen.»

Ellie hob die Hände, um zu sagen, dass sie den Mann nicht kannte. «Es ist noch nie vorgekommen, dass jemand nach Papa gefragt hat.»

«Er ist ... äh, Mr Silver ist zurzeit nicht abkömmlich.»

Der große Mann holte eine graue Brieftasche aus Leder hervor, entnahm ihr ein Stück Papier und entfaltete es. Er reichte Daniel den Zettel. Es war ein Zeitungsausschnitt, ein Bericht über eine Zaubervorstellung. Er stammte aus dem Jahr 1884 und die Abbildung zeigte zwei Männer. Einer von ihnen stand jetzt vor Daniel und war um keinen Tag gealtert, seit die Aufnahme gemacht worden war. Der andere Mann, der ihn aus der Fotografie ansah, war Mr Silver als Jugendlicher. Daran bestand kein Zweifel. Die Bildunterschrift lautete:

Die fantastische magische Show von Vindictus Sharpe (rechts) und Lucien Silver löst in der Theaterszene große Begeisterung aus.

Ellie las den Zeitungsausschnitt über Daniels Schulter hinweg. «Er kennt Papa», sagte sie.

«Wie du der Fotografie sicherlich entnommen hast, heiße ich Vindictus Sharpe», sagte der große Mann. «Ich war – und bin – ein Freund von Lucien.» Er nahm den Zeitungsausschnitt wieder an sich und zeigte auf den jungen Mr Silver. «Ich war sogar sein Lehrer.»

«Mr Silver hatte einen Lehrer?», fragte Daniel.

Mr Sharpe nickte. «Ich will ohne Umschweife auf den Punkt kommen. Es geht darum, dass ich mir Sorgen um Lucien mache. Ich habe seinen charmanten Ball zu Halloween besucht und war schockiert, wie schwach er wirkte. Und heute Abend, da ich mich nach seinem Befinden erkundigen will, finde ich nun ein Kind vor, das den Laden leitet – das nämliche Kind, das ich gerade auf dem Bürgersteig vor einem Straßenräuber gerettet habe.»

«Ach, Sie waren das?»

Mr Sharpe tat die Frage mit einer Geste ab. «Wenn du dich bedanken willst, sag mir, was hier los ist. Wo ist Lucien Silver?»

Daniel warf Ellie einen Blick zu.

«Ich mag ihn nicht», sagte sie und schnüffelte die Luft in Mr Sharpes Umgebung. «Er riecht komisch. Und wenn er so ein guter Kumpel von Papa ist, warum habe ich dann noch nie von ihm gehört?»

Mr Silver hatte Ellie so erzogen, dass sie das Wunderreich beschützen und keinem aus der wahren Welt trauen sollte. Das wusste Daniel. Doch es waren harte Zeiten. Mr Silver war nicht da, und das Wunderreich bekam bereits Risse. Vindictus Sharpe hatte Daniel das Leben gerettet und schien sich ernsthaft Sorgen um Mr Silver zu machen. Daniel musste ihm eine Chance geben, oder nicht?

«Wir wissen nicht, wo Mr Silver ist», erklärte er. «Er ist verschwunden – aber wir nehmen an, dass er sich noch im Wunderreich aufhält. Außerdem glauben wir, dass er krank ist. Er hat Einhornblut gekauft. Darum wurde ich auch überfallen. Der Räuber hat belauscht, wie ich den Basarbetreiber nach dem Blut gefragt habe, und wollte dann wohl auch etwas davon haben.»

Mr Sharpe setzte sich auf die Kante eines Tisches, auf dem haufenweise Goldmünzen lagen. «Das ist sehr besorgniserregend», sagte er. «Wieso bist du so sicher, dass Lucien sich noch im Laden aufhält? Hast du mir etwas verschwiegen?»

Daniel war hin- und hergerissen. Er legte die Hand an die Jackentasche, wo er das *Buch der Wunder* aufbewahrte.

«Tu's nicht», sagte Ellie.

Doch es war zu spät. Mr Sharpe richtete den Blick bereits auf Daniels Hand.

«Was hast du denn da?»

Daniel blieb nichts anderes übrig, als das Buch hervorzuholen.

«Ohne dieses Buch verlässt Mr Silver niemals das Geschäft», sagte er. «Wirklich nie. Wir ... ich meine, *ich* habe es gefunden.»

Als er den kaputten, verkohlten Buchdeckel sah, machte Mr Sharpe eine fast unmerkliche Handbewegung, als wollte er danach greifen. Er hielt den Blick unverwandt auf das Buch gerichtet, als er sagte: «Dann ist es noch schlimmer, als ich dachte. Ich kenne Lucien und weiß alles über dieses Buch. Wenn er es zurückgelassen hat, steckt er offenbar wirklich in großen Schwierigkeiten.»

Daniel behielt Mr Sharpe im Blick, der seinerseits das Buch nicht aus den Augen ließ. Er steckte es wieder ein.

Mr Sharpe lächelte ihn an. «Du hast etwas in das Buch geschrieben. Das erkenne ich daran, wie du es in der Hand gehalten hast.»

Daniel sah Ellie an, die den Blick mit offenem Mund erwiderte.

«Stimmt das?», fragte sie. «Papa hat dir erlaubt, etwas hineinzuschreiben?»

Daniel ließ den Kopf hängen. Ihm war klar, dass er eigentlich nichts falsch gemacht hatte, indem er in das Buch geschrieben hatte, doch er hatte ein schlechtes Gewissen, weil er etwas konnte, wozu Ellie nicht fähig war – als würde er ihr einen Teil von ihrem Papa stehlen.

«Ja», sagte er sowohl zu Ellie als auch zu Mr Sharpe.

Ellie nickte, aber ihr Blick war in die Ferne gerichtet, und Daniel wünschte, er wäre von Anfang an ehrlich zu ihr gewesen.

Als Mr Sharpe aufstand, fiel ein Stapel Goldmünzen auf den Tisch. «Dann verstehst du auch, was auf dem Spiel steht, wenn Lucien unauffindbar bleibt? Dann wird all das hier ein jähes Ende nehmen.» Er wies in den Raum und zeigte dann mit dem Stock auf den Vorhang. «Alles, was dahinter liegt.»

Daniel hatte lieber nicht darüber nachdenken wollen, obwohl er im Grunde bereits Bescheid wusste. Das Wunderreich und die Menschen in seinen vielen Wänden konnten ohne Mr Silver nicht überleben.

«Helfen Sie uns?», hörte er sich selbst fragen – seine Stimme schien aus weiter Ferne zu kommen. Vor lauter Panik konnte er nicht mehr klar denken. Er wollte nicht aus diesem Leben mit Magie und Freundschaft gerissen werden, aus dem Geschäft, das sein Zuhause geworden war.

Mr Sharpe nickte. «Selbstverständlich. Es geht mir nahe, einen alten Freund in der Klemme zu sehen. Lucien würde das Gleiche für mich tun.» Er klatschte in die Hände und ging zu dem roten Samtvorhang. «Ich werde sofort beginnen. Ruh dich aus, Daniel Holmes – oder geselle dich zu mir, wann immer du möchtest.»

Mit diesen Worten verschwand er.

«Ich hoffe, du weißt, was du tust», sagte Ellie. «Wenn man jemanden erst mal eingeladen hat, wird man ihn nur schwer wieder los. Ich habe dich gewarnt: Papa hat niemanden hinter die Kulissen blicken lassen. Außer dir. Er wird seine Gründe haben.»

«Er hat mir das Leben gerettet!», rief Daniel. «Und er macht sich Sorgen um Mr Silver.»

«Er ist mir unheimlich!», erwiderte Ellie. «Ich will nichts mit ihm zu tun haben.» Sie hielt Daniel den Zeigefinger vors Gesicht. «Du bist für Mr Sharpe verantwortlich. Ich gehe zu Caleb und helfe bei der Suche nach Papa.»

«Da komme ich mit», sagte Daniel.

«Oh, das glaube ich kaum», sagte Ellie. «Du wirst viel zu viel damit zu tun haben, deinen neuen Kumpel im Auge zu behalten. Und zwar ganz genau.»

Daniel hegte selbst bereits gehörige Zweifel. War es richtig gewesen, einen Fremden ins Geschäft zu lassen? Jemand, der sein Leben riskiert hatte, um seins zu retten, konnte doch kein schlechter Mensch sein, oder?

«Ellie», sagte er, «das mit dem Buch, dass ich dort etwas hineingeschrieben habe. Ich wollte es dir sagen. Ehrlich. Ich habe nur –»

Doch Ellie war bereits gegangen.

Angst

21. Kapitel

Seit einer Stunde war Daniel mit Mr Sharpe unterwegs. Sie durchsuchten ein Wunder – eine ägyptische Pyramide mit goldenen Gängen – von unten nach oben, weil Mr Sharpe meinte, Mr Silvers magische Spur wäre dort stärker ausgeprägt als woanders.

«Du trägst dieses Buch mit dir herum, als wäre es eine schwere Last», sagte Mr Sharpe und tippte mit dem Stock durch Daniels Jacke an das *Buch der Wunder*.

«Das kommt hin», sagte Daniel. «So viel Macht.»

«Macht ist etwas Gutes», sagte Mr Sharpe.

«Aye, aber auch gefährlich», erwiderte Daniel. «Am Anfang hat Mr Silver mir gleich vertraut und ich durfte etwas in das Buch schreiben. Ich war sogar ziemlich gut darin. Aber dann habe ich etwas geschrieben, ohne ihn um Erlaubnis zu bitten. Ich dachte, ich wüsste, was ich tue, während ich in Wirklichkeit keine Ahnung hatte und beinahe großen Schaden angerichtet hätte. Seitdem möchte Mr Silver, dass ich warte, bis ich dieser Verantwortung gewachsen bin.»

Mr Sharpe schüttelte den Kopf.

«Aus Fehlern lernt man», sagte er. «Ich wette, du bist dem besser gewachsen, als du denkst.»

Plötzlich bog Mr Sharpe scharf links ab, blieb stehen und hielt die Nase in die Luft. Er kniff die Augen zusammen und legte die Hand auf eine Hieroglyphe an der Wand, die daraufhin teilweise zur Seite glitt und einen geheimen Raum enthüllte. In der Mitte stand ein Sarkophag aus Stein.

Daniel verschluckte sich fast an der trockenen Luft.

«Sie glauben doch nicht ... dass er da drin ist?»

Mr Sharpe antwortete nicht. Er ging zu dem Grabmal, dessen Umriss grob wie ein Mann geformt war. Dann packte er mit seinen großen Händen den Deckel und schob. Stein knirschte auf Stein, während der Deckel sich langsam bewegte, bis der Spalt groß genug war, um einen Blick in den Sarkophag zu werfen.

Daniel beugte sich vor und betete, dass Mr Silver nicht darin liegen möge.

Wildes Flattern ließ ihn zurückschrecken. Eine dunkle Wolke aus kreischenden Fledermäusen brach aus dem Sarkophag hervor, sie waren in seinem Haar, seinem Gesicht und krochen über seine Haut. Mr Sharpe schnappte sich Daniel und zerrte ihn in den Hauptgang zurück, wo er auf die Hieroglyphe schlug. Die Geheimwand glitt zurück und schloss die Fledermäuse erneut in ihrem Grab ein.

«Dort ist er auf keinen Fall», sagte Mr Sharpe.

Sie verließen die Pyramide und durchforsteten die Gänge des Wunderreichs. Mittlerweile waren die Spalten in den Wänden tiefer und auch am Boden waren streckenweise Risse zu erkennen.

«Sag mal, Daniel Holmes», sagte Mr Sharpe nach einer Weile. «Wovor fürchtest du dich eigentlich?»

Daniel wurde von dieser Frage, die wie aus dem Nichts kam, kalt erwischt. Nach kurzem Nachdenken antwortete er: «Hm, ich ... keine Ahnung.»

Mr Sharpe grinste. Die Treppe wurde steiler und Daniel musste sich anstrengen, Schritt zu halten. «Du hast vor irgendetwas Angst, das rieche ich. Kein Grund, sich zu schämen, Daniel. Aber eins sage ich dir: Was immer es auch ist, wovor du dich fürchtest, du musst es überwinden. Wenn man ein großer Magier sein will, darf man vor nichts Angst haben. Lucien ist das beste Beispiel für jemanden, der diese Chance verpasst hat. Ich kenne ihn besser als jeder andere. Ich habe selbst erlebt, wie ihn seine Ängste einschnürten, und ich frage mich, was er geschaffen hätte, wenn er nicht sein Leben lang davongelaufen wäre.»

«Aber wovor denn?», fragte Daniel.

Mr Sharpe machte eine Handbewegung, als würde er eine lästige Fliege verscheuchen. «Das spielt keine Rolle. Wichtig ist nur, dass er sein Leben in diesem Kokon aus glänzendem schwarzem Mauerwerk verschwendet hat, in Abkehr von der Welt, die er stattdessen hätte verändern können. Wenn man seinen Ängsten erlaubt, Wurzeln zu schlagen, wachsen sie und vervielfältigen sich. Angst ist Schwäche.»

«Ich finde nicht, dass er sein Leben verschwendet hat.»

«Du bist zu jung, um das zu wissen», sagte Mr Sharpe und beendete den Satz mit einem Lachen.

«Haben Sie nie Angst gehabt?», fragte Daniel. Kaum hatte er die Frage gestellt, als es im Gang zu regnen begann. Mr Sharpe sah auf ihn herab, während sie hindurchgingen und die Regentropfen sich von ihnen abwandten, sodass sie trocken blieben.

Auch diese Frage beantwortete er nicht.

Schweigend liefen sie weiter. Das Thema Angst trieb

Daniel so lange um, bis er schließlich doch etwas dazu sagen musste.

«Als ich klein war, noch zu klein für echte Erinnerungen, starb mein Vater auf See. Er war Fischer. In einem Sturm sank sein Boot und er ertrank. Niemand konnte ihm helfen. Sicherlich hat er gesehen, wie das Wasser immer weiter stieg, bis er es nur noch einatmen konnte. Können Sie sich das vorstellen?»

Mr Sharpe drehte sich nicht zu ihm um. «Keine angenehme Art zu sterben – falls es so etwas überhaupt gibt.»

«Jede Nacht träume ich davon ... ich erlebe immer von Neuem, wie er stirbt. Und ich habe Angst, auch so zu sterben.»

Mr Sharpes Interesse war geweckt. «Du fürchtest zu ertrinken?»

«Nein. Nicht das. Es ist nur so ... dass, nun ja, ich kann mir nicht vorstellen, welche Ängste er ausgestanden haben muss, als er wusste, dass das Ende nah war, dass ihm nur noch wenige Atemzüge blieben. Und am Schluss, wenn er bei den Menschen hätte sein sollen, die ihn liebten, war niemand da. Er starb im Dunkeln, ohne eine tröstende Hand. Ich will nicht allein ...»

Plötzlich erbebte die Welt. Ein Grollen aus den tiefsten Tiefen des Wunderreichs dröhnte durch die Hallen und der Gang ächzte. Daniel lehnte sich an die Wand, bis das Beben nachließ.

Dann war es auf einmal wieder ruhig, nur eine Tür in der Nähe knarrte und rappelte – und dahinter polterte etwas. Mr Sharpe ging hin und riss die Tür auf. Welches Wunder sich in diesem Raum befunden hatte, konnte man nicht mehr erkennen. Geblieben war nur Schrott aus verbogenem Metall, gepaart mit Dunkelheit und einer immer tieferen Stille.

«Was passiert hier?», fragte Daniel.

Mr Sharpe schloss die Tür und rieb sich die Kinnstoppeln. «Hier ist so viel rohe Magie ... so viel ungezähmte Fantasie. Ein Anker ist vonnöten, etwas – oder jemand – mit mehr Kontrolle. Dieser Anker ist eigentlich Lucien.» Mit diesen Worten berührte Mr Sharpe kopfschüttelnd die Wände. «Aber anscheinend fehlt ihm die Kraft.»

«Mr Silver hat das Wunderreich nicht mehr im Griff?»

«Entweder hat er den Zugang schon verloren oder er verliert ihn zusehends», antwortete Mr Sharpe. «Das Wunderreich geht aus den Fugen. Einige Bereiche sind mehr davon betroffen als andere, das ist wie bei erkrankten Organen. Wir stehen offenbar an einer Stelle, die es heftiger erwischt hat.»

«Wie lange hält es ohne Mr Silver?» In Daniels Stimme lag tiefe Verzweiflung. Obwohl er noch nicht lange zum Wunderreich gehörte, fühlte es sich an, als wäre er schon immer dort gewesen. Als hätte es auf ihn gewartet und ihn sein Leben lang eingeladen.

«Das weiß ich nicht», sagte Mr Sharpe. «Schwer zu sagen, wenn so viel Energie im Raum steht. Ein paar Tage vielleicht, möglicherweise auch Wochen oder Monate. Doch egal wie lange, angenehm wird es nicht.»

«Tage?»

Mr Sharpe zuckte die Achseln. «Wie gesagt, ich bin mir nicht sicher.» Er hielt inne und hob die Mundwinkel. «Ich überlege. Ist das möglich?»

«Was?», fragte Daniel. «Ist *was* möglich?»

Mr Sharpe winkte ab. «Ich habe nur laut gedacht», sagte er. «Ich überlege ... was passieren würde, wenn wir Luciens Buch benutzen, um ihn ausfindig zu machen.»

Daniel legte die Hand auf das Buch in seiner Jacke. «Das hat Mr Silver mir verboten», sagte er. «Und wenn ich bedenke, was letztes Mal passiert ist ...»

«Du lässt die Umstände außer Acht, mein Junge», sagte Mr Sharpe. Seine Stimme hatte sich verändert, eine ungekannte Gier schwang darin mit. «Lucien wird das sicher verstehen. Schließlich handelt es sich um einen Notfall. Und du bist nicht allein, oder? Ich bin hier, um dir zu helfen. Das könnte unsere beste Chance sein, Lucien zu finden. *Deine* beste Chance, deine Freunde zu retten. Du musst nur eine Tür erschaffen, die uns direkt zu Lucien führt.»

Daniel holte das Buch heraus und betrachtete eindringlich den verkohlten Einband. Er trommelte mit den Fingern auf das Leder. Hatte Mr Sharpe recht? War es diesmal anders? Vielleicht war es in einer derart verzweifelten Lage *wirklich* gerechtfertigt, gegen Mr Silvers Regeln zu verstoßen.

Schließlich sagte er: «Sie haben recht. Das ist unsere einzige Chance. Ich bin dabei.»

Hände in der Dunkelheit

22. Kapitel

«Hoffentlich habe ich keinen Fehler gemacht.»

Daniel stand so dicht vor der neuen Tür, dass er beinahe mit der Nase an die kalte schwarze Beschichtung stieß. Sein Herz raste. Wenn sie mit Mr Sharpes Plan Erfolg hätten, müsste Mr Silver auf der anderen Seite dieser Tür sein.

«Was hast du denn?» Mr Sharpe stand ein paar Meter hinter ihm und umklammerte seinen Spazierstock. Er wirkte ungeduldig.

«Ich habe nur kurz darüber nachgedacht, was wir wohl vorfinden werden», sagte Daniel, weil ihm wieder eingefallen war, was aus seinem letzten Regelverstoß geworden war. «Selbst wenn es wirklich funktioniert hat – was ist, wenn wir da reingehen und er verletzt ist oder etwas noch Schlimmeres?»

Mr Sharpe trat vor und streckte den Arm aus. Zunächst vermutete Daniel, er würde ihm die Hand auf die Schulter legen und ihn beruhigen, er sollte sich keine Sorgen machen, Mr Silver ginge es bestimmt gut. Doch er streckte die Hand weiter vor und legte sie auf die Klinke. In der Stille hörte es sich wie ein Schuss an, als er sie herunterdrückte und die Tür einen Spalt weit öffnete.

Daniel blieb nicht genug Zeit zu schreien.

Hunderte dürrer faltiger Hände zappelten über der Schwelle, fassten und packten ihn, zogen ihn am Hals, am Haar, an den Ohren und der Kleidung nach innen. Gesichter oder Körper waren nicht zu erkennen, während er sich wehrte, nur die verschrumpelten, welken Finger. Sie hatten ihn umzingelt und schon fast in den Raum gezerrt, eingehüllt von oben bis unten, kurz vorm Ersticken. Finger lagen auf Mund und Nase – vielleicht würde er dort sterben. Er schloss die Augen und trat und kratzte und biss. Eine knochige Hand packte seinen Kopf, drehte ihn um und riss ihn tiefer in den Wust.

Dann hörte Daniel eine intensive Stimme, die seinen Kopf beinahe zum Platzen brachte.

«Geh», flüsterte sie, und es ging ihm durch und durch. «Lass uns in Ruhe.»

Langsam ließen die Hände los, bis Daniel wieder zucken und zappeln konnte, weniger Druck spürte und weniger kalte Griffe. Auf einmal spürte er eine andere, warme Hand in seiner und wurde nach hinten gerissen.

Als er auf allen vieren auf dem kalten Boden des Wunderreichs landete, rang er keuchend nach Luft. Seine Hände flogen an seine Kehle.

«Das Buch! Hast du das Buch noch?» Mr Sharpe stand mit hervorquellenden Augen über ihm.

Daniel tastete nach seiner Jackentasche, wo er mit bebenden Fingern das Buch zu fassen bekam. Er nickte.

Mr Sharpe drehte sich blitzschnell wieder zu der offenen Tür um, wo nach wie vor Hunderte von Händen klauenartig in die Luft griffen. Er packte die Tür und versuchte sie zu schließen, doch die Hände wehrten sich und kämpften dagegen an. Mr Sharpe gab nicht auf. Er begann zu schreien, nein zu brüllen, tief aus dem Bauch. Er stemmte sich so fest gegen die Tür, dass die Adern an seinem Hals und seiner Stirn hervortraten. Dann gelang es ihm allmählich doch, die Tür zu schließen, bis das Schloss einrastete.

Mr Sharpe ließ sich schwer dagegen fallen und verhinderte mit seinem Gewicht und seiner Kraft, dass sie erneut aufging.

«Vernichte sie!», schrie er Daniel zu.

Diese Worte rissen Daniel aus seiner Benommenheit. Er holte rasch das Buch aus der Tasche und suchte die passende Seite. Nachdem er sie herausgerissen hatte, lief er zu der nächsten flackernden Lampe und hielt das Papier in die Flamme, bis es zu Asche wurde und verwehte.

Die gesprungenen schwarzen Backsteine rund um die Tür rückten zusammen und rutschten an die richtigen Stellen. Es wurden immer mehr, bis die Tür verschwunden war. Mr Sharpe lehnte keuchend an der Wand.

«Was hast du getan?», fragte er.

«Nur das, was Sie mir aufgetragen hatten», antwortete Daniel. Er betrachtete das Buch in seinen zitternden Händen und die Stelle an der Wand, wo eben noch die Tür gewesen war. Dann versuchte er zu verstehen, was schiefgelaufen war. Als er das letzte Mal ohne Erlaubnis etwas in das Buch geschrieben hatte, hatte er von Mr Silver erfahren, dass die Dinge nicht ohne *Grund* außer Kontrolle gerieten. Indem Daniel versucht hatte, seine Eltern von den Toten aufzuwecken, hatte er eine gefährliche und verbotene Grenze überschritten. Diesmal hatte er nichts dergleichen probiert, sondern nur eine schlichte Tür erschaffen, die sie zu Mr Silver führen sollte.

«Vielleicht möchte er nicht, dass wir ihn finden», sagte er und riss die Augen auf, als ihm klar wurde, was das bedeutete.

Mr Sharpe warf ihm einen fragenden Blick zu. «Was redest du da?»

«Ich habe aus dem Raum eine Stimme gehört. ‹Lass uns in Ruhe›, hat sie gesagt. Ich glaube, was gerade passiert ist, sollten wir als Warnung von Mr Silver sehen. Eine Botschaft. Er will uns sagen, dass wir ihn nicht suchen sollen.»

Mr Silver richtete sich auf und wischte den Staub von seinem Anzug.

«Ich habe diese Spielchen satt», sagte er. Seine Stimme war kalt und böse. Dann rauschte er an Daniel vorbei und tippte mit seinem Stock auf den Boden.

Während Daniel ihm nachsah, kam ihm ein beunruhigender Gedanke: Er war beinahe von einer Tür eingesaugt worden, aber für Mr Sharpe zählte offenbar nur das *Buch der Wunder,* das er unbedingt in Sicherheit sehen wollte. Und im Übrigen bekam Mr Sharpe jedes Mal, wenn er das Buch sah, glänzende Augen und verzog merkwürdig das Gesicht.

Nachdem Daniel das Buch wieder eingesteckt hatte, ließ er die Hand auf der Jackentasche liegen. Vielleicht bildete er sich das alles auch nur ein. Mr Sharpe hatte ihm immerhin bereits zwei Mal das Leben gerettet. Möglicherweise setzten ihm die Sorgen wegen des bröckelnden Wunderreichs und Mr Silvers Verschwinden mehr zu, als er dachte. Er hoffte es beinahe.

Wie auch immer: Ellie hatte recht. Er war für Mr Sharpe verantwortlich.

Von nun an würde er ihn auf Schritt und Tritt beobachten.

Etwas Neues

23. Kapitel

Edinburgh, Juni 1896

Ein Mann mit abgetragenen grauen Schuhen trat aus dem Waggon auf das Gleis im Bahnhof von Waverly in Edinburgh. Lucien Silver war wieder zu Hause.

Sein attraktives Gesicht war nun ein wenig erwachsener. Die Haare lockten sich zu einem wirren Schopf, und er hatte dunkle Stoppeln am Kinn.

Er stieg einige Tage in einem bescheidenen Hotel nahe der Innenstadt ab. Während er durch die breiten Straßen schlenderte, kam er hin und wieder an einem Gebäude oder an einem Aussichtspunkt vorbei, die ihn nebelhaft an die wenigen Ausflüge erinnerten, die ihn aus dem Castlefoot-Heim für Waisenknaben herausgeführt hatten.

Am dritten Tag seines Aufenthalts entdeckte Lucien ein leer stehendes Haus in einer der zahlreichen schmalen Seitensträßchen. Er hörte sich um und erfuhr, dass das Geschäft einem älteren Bäcker gehörte, der sich aus dem Berufsleben zurückgezogen hatte.

Am Morgen des vierten Tages in Edinburgh verbreitete sich eine sensationelle Nachricht. Die alte Bäckerei war verschwunden und (über Nacht, wie es schien) durch einen Prachtbau aus glitzerndem schwarzem Stein ersetzt worden. Offenbar handelte es sich um eine Art Wunderwarenhaus, aber niemand wusste genau, was dort verkauft wurde.

Es wurde als eine Art lebendiger Traum beschrieben und Gerüchte behaupteten, der junge Mann, der es betrieb, müsste ein Genie sein, ein Illusionist ohnegleichen. Denn in seinem Geschäft hatten die Leute Wunder erlebt, die mit Glauben, Wissenschaft oder Vernunft nicht zu erklären waren.

Mundpropaganda hat ihre eigene Magie. Viele Menschen, die in der Stadt oder in der Nähe wohnten, ließen sich verzaubern und kamen immer wieder, einige sogar täglich. Als die Journalisten und Schriftsteller die Geschichte aufgriffen, kamen viele neue Besucher nach Edinburgh, um das Werk dieses bemerkenswerten jungen Mannes zu bestaunen, von dem sie gelesen hatten. Sie kamen aus Glasgow und Newcastle, aus Liverpool, London und von noch weiter her. Und sie wurden nicht enttäuscht.

Doch niemals kam jemand auf die Idee, dass die Magie echt sein könnte.

Lucien nahm mehr Geld ein, als er sich je hätte vorstellen können. Er kam kaum zum Schlafen. Tagsüber führte er das Wunderreich und nachts dachte er sich neue Wunder aus, um die Fantasie des Publikums anzustacheln.

Bei jedem Federstrich erinnerte er sich an die kalten Worte, die Vindictus Sharpe auf dem Friedhof zu ihm gesagt hatte, Worte die ihn immer weiter antrieben: *«Du wirst nie besser sein als ich. Ich habe dich aus der Gosse geholt und erwarte, dass du dahin zurückkehrst ...»*

Lucien hatte keineswegs die Absicht, in die Gosse zurückzukehren. Mehr als alles andere wünschte er sich, dass Mr Sharpe eines Tages bei ihm hereinspazieren würde. Dann würde er ihm ins Gesicht lachen, bis

Mr Sharpe seiner erfinderischen Magie Anerkennung zollen musste.

In der Zwischenzeit war das Wunderreich von Nirgendwo in Betrieb.

Oh ja.

Und es lief wie am Schnürchen.

Gerettet

24. Kapitel

Der Verfall des Wunderreichs beschleunigte sich. Die Risse in den Wänden wurden immer breiter und ganze Brocken brachen aus dem Stein. Das ehemals glitzernde Mauerwerk wirkte stumpf und leblos. Die Lampen waren flackernd erloschen und konnten nicht wieder angezündet werden. Türen schlossen sich auf unerklärliche Weise, und eine sonderbare Krankheit grassierte unter den Mitarbeitern: Sie waren schwach und fiebrig.

Daniel spürte es auch; seine Verbindung zu dem Geschäft ließ nach. Es gab schreckliche Momente, in denen er sich verwirrt und verloren fühlte, bis ihm wieder einfiel, was er schon wusste.

Mr Sharpe hatte das Wunderreich mehrmals nachts mit der Begründung verlassen, er müsse etwas essen, obwohl er Daniels Erfahrung nach noch nie etwas anderes als Whisky zu sich genommen hatte. Wenn er fort war, erwischte Daniel sich manchmal bei dem Wunsch, er möge nicht zurückkehren. Das mulmige Gefühl in der Magengrube verstärkte sich, und je mehr Zeit Daniel mit dem Magier verbrachte, umso sicherer war er, dass dieser etwas zu verbergen hatte.

Eines Nachts, als Mr Sharpe wieder einmal ausgegangen war, sah Daniel nach seinen Freunden.

Caleb genoss seine Rolle als Organisationstalent. Jeden Tag schickte er einen Trupp von Verkäufern und Schaustellern zu den immer gefährlicheren Außenposten des Wunderreichs. Hin und wieder gab es falschen Alarm oder jemand behauptete, Mr Silver gesehen zu haben, was sich dann doch als Wunschdenken herausstellte. Er blieb verschwunden.

So wie Ellie.

«Wir haben einen Teil des Wunderreichs wiedergefunden, der lange verschollen war», erzählte Caleb Daniel. «Einen geheimen Tunnel! Es wird Tage dauern, ihn gründlich zu durchforsten, aber Ellie hat sich dieser Expedition angeschlossen.»

«Sie werden ihn nicht finden», erwiderte Daniel und berichtete Caleb von seinem Versuch, etwas in das Buch zu schreiben, sowie von der Tür, die ihn beinahe verschluckt hätte.

«Du glaubst also, dass Mr Silver noch am Leben ist?», fragte Caleb. «Das ist eine gute Nachricht!»

«Kann sein», sagte Daniel, «aber warum will er von niemandem gefunden werden? Was macht er die ganze Zeit? Wovor hat er solche Angst?»

«Wir können die Suchtrupps auch zurückpfeifen», sagte Caleb.

«Einverstanden», sagte Daniel und freute sich darauf, dass Ellie dann bald wiederkommen würde. Sie fehlte ihm. Er vermisste es, dass sie ihn glücklich und wütend machte, dass sie zum Haareraufen war – und all das gleichzeitig. Außerdem hatte er schreckliche Angst, dass ihr etwas passierte, dass sie zum Beispiel in einem der zerfallenden Wunder steckenblieb, während es sich gerade selbst zerstörte. Nun hoffte er, dass sie ihm helfen konnte herauszufinden, was im Wunderreich geschah. Es würde schon reichen, sie um sich zu haben, damit er in Gegenwart von Mr Sharpe nicht mehr so nervös wäre.

Daniel hörte die Hilferufe an einem Montagmorgen.

Als er den Schreien nachging, hoch und weiter, fand er einen halb eingestürzten Gang. Heruntergefallene Teile des Dachs und der Wand blockierten den Eingang.

In der Nähe klirrte zerbrechendes Glas hinter einer krummen, verbogenen Tür.

Das Geschrei wurde lauter und verzweifelter.

Daniel lief zu der Tür und versuchte, sie aufzureißen, aber sie war so verzogen, dass sie klemmte. Er trat immer wieder gegen die Klinke, bis die Tür schließlich aufsprang und Daniel vor einem Palast stand, der vollkommen aus Glas bestand. Er war wunderschön und schimmerte zart, doch er zerbrach bereits. Überall war das Glas mit feinen, gewundenen Rissen überzogen. Das Klirren von springendem und platzendem Glas erfüllte den Raum. Als Daniel tiefer hineinging, dem Schrei entgegen, fielen lange Scherben nur Zentimeter neben ihm zu Boden, wo sie in zahllose glitzernde Teilchen zerfielen. Dennoch ging er weiter, wich ihnen aus und duckte sich, wo er konnte, bis er schließlich durch einen Torbogen in einen prunkvollen Speisesaal kam.

Dort blieb ihm beinahe das Herz stehen. Anja lag hingestreckt auf einem Glastisch. Sie hatte die Augen geschlossen und lag in einer schwarzen Lache. Die Tinte tropfte vom Tisch. Eine Glasscherbe, so lang wie Daniels Arm, hatte sich tief in ihre Schulter gebohrt.

«Anja! Anja, ich bin da! Ich bin's, Daniel. Kannst du mich hören?»

Sie rührte sich nicht, und es gab keinerlei Anzeichen, dass sie ihn wahrgenommen hatte. Daniel strengte sich an, sie über eine Schulter zu legen und auf diese Weise aus dem Raum zu schleppen. Ihre Füße schleiften schlaff über den Boden, während der Speisesaal um sie herum einbrach. Er ging weiter in den ersten, größeren Raum, wo er seine Schritte etwas beschleunigen konnte. Doch ein heißer Schmerz pochte in seinem Fuß, sodass er hinfiel und Anjas Gewicht zusätzlich schwer auf ihm lastete. Daniel wusste, dass sein Fuß blutete, weil er spürte, wie das Blut aus der Wunde strömte. Aber er wusste auch, wenn er Anja nicht hinausbrachte, würden sie beide weiter von messerscharfen Scherben getroffen werden. Als das klirrende Rauschen unerträglich wurde, kämpfte er sich wieder hoch, zog Anja aus der Tür und schlug sie hinter sich zu.

«Hilfe! Kommt, helft uns!»

«Daniel!»

Als Vindictus Sharpe auf ihn zurannte, glühten seine blauen Augen geradezu im Halbdunkel.

«Mr Sharpe! Sie müssen ihr helfen! Oh, sie darf nicht sterben. Bitte, lassen Sie nicht zu, dass sie stirbt!»

Mr Sharpe schob Daniel zur Seite und ging neben Anja in die Hocke. Er suchte an ihrem Hals nach dem Puls.

«Sie lebt.»

Erleichtert sank Daniel zu Boden. Nachdem Mr Sharpe die Scherbe aus Anjas Schulter gezogen hatte, schoss ein schwarzer Tintenstrahl hoch in die Luft. Dann schloss Mr Sharpe die Augen und murmelte leise Worte, während er über die Ränder der klaffenden Wunde strich. Das Blut floss langsamer, bis die Blutung schließlich ganz gestillt war. Die zerfetzte Haut wuchs wieder zusammen, bis nur eine kaum sichtbare Narbe übrig blieb.

Dann kümmerte Mr Sharpe sich um Daniel.

«Es wird gleich wehtun. Mach die Augen zu.»

Daniel saß am Feuer und trank heißen Tee, während er darauf wartete, dass Mr Sharpe zurückkam. Als der große Mann aus dem Labyrinth der Gänge durch den Vorhang stürmte, sprang Daniel auf.

«Was ist passiert? Wird Anja wieder gesund?»

Mr Sharpe zog seinen Mantel aus, hängte ihn an der Tür auf und holte ein silbernes Fläschchen aus der Tasche, um einen Schluck zu trinken.

«Sie wird sich schon erholen. Doch auch dann wird sie wahrscheinlich die gleiche Krankheit ereilen, die unter den Mitarbeitern grassiert. Ohne Lucien siechen sie dahin wie das Wunderreich. Sie haben kein Blut in den Adern, sondern Tinte.»

Daniel legte die Hand an die kühle Schaufensterscheibe. Heiße Tränen brannten in seinen Augen. Wieso musste alles, was er liebte, worum er sich kümmerte oder worauf er sich verließ, zu Ende gehen? Was stimmte mit ihm nicht?

«Ich fürchte, wir haben nicht mehr viel Zeit», sagte Mr Sharpe. Er legte seine großen Hände aneinander, als würde er beten. «Wir müssen Lucien finden. Und zwar sofort.»

Daniel schüttelte den Kopf. «Ich habe nachgedacht. Mr Silver hat immer nur das Beste für das Wunderreich getan. Wieso sollte er jetzt damit aufhören? Wenn ich recht habe und er nicht gefunden werden will, wird er seine Gründe haben. Ich vertraue ihm.»

«Vertraust du ihm so sehr, dass du hier sterben möchtest, falls du doch falsch liegst?», fragte Mr Sharpe. «Hör zu ... Lucien ist *krank*. Das hast du selbst gesagt. Vielleicht kann er nicht mehr klar denken. Möglicherweise ist er verrückt geworden, was wissen wir? Wenn wir ihn nicht finden, wird alles in diesem Geschäft, also auch deine Freunde, verloren gehen. Und du musst dir Gedanken machen, wie dein Leben außerhalb des Wunderreichs aussehen soll.»

Daniel sah ihn verzweifelt an.

«Ich will hier nicht weg.»

«Dann hilf mir gefälligst!»

«Wie denn?»

Mr Sharpe seufzte schwer.

«Ich kenne Lucien am besten. Ich weiß, wie er denkt. Wenn ich im *Buch der Wunder* lesen könnte, würde ich vielleicht etwas finden, das du übersehen hast. Der winzigste Hinweis könnte alles verändern.»

Daniel holte das ramponierte Buch aus seiner Jackentasche und betrachtete es nachdenklich. Er war müde und verwirrt, er hatte Angst. Hatte Mr Sharpe vielleicht recht? Konnte es wirklich sein, dass Mr Silver den Verstand verlor?

«Die Entscheidung liegt bei dir», sagte Mr Sharpe. «Ich würde es verstehen, wenn du mir das Buch nicht geben willst.» Er zeigte auf die goldene Uhr an seinem Handgelenk. «Aber uns läuft die Zeit davon. Und du musst auch bedenken, wie du dich fühlen würdest, wenn das Wunderreich verschwände und du wüsstest, dass du nicht *alles* in deiner Macht Stehende getan hast, um es zu retten. Um deine Freunde zu retten?»

Mit zitternden Händen umklammerte Daniel das Buch. Er musste Mr Sharpe zustimmen: Wie konnte er eine Chance ignorieren, und sei sie noch so klein, wenn er damit sein Zuhause und die Menschen retten konnte, die Magie in sein Leben gebracht hatten?

Er streckte die Hand mit dem *Buch der Wunder* aus.

Mr Sharpe fixierte es. Er leckte sich die Lippen und griff gierig zu. Und schwups, war das *Buch der Wunder* nicht mehr in Daniels Händen, sondern in denen von Mr Sharpe.

«Wie kann ich helfen?», fragte Daniel.

Mr Sharpe riss den Blick von dem Buch los.

«Hm? Oh ... ich bestehe darauf, das allein zu tun, mein Junge. Es würde nicht viel dabei herauskommen, wenn du mir die ganze Zeit über die Schulter siehst. Außerdem hast du heute schon genug mitgemacht. Ruh du dich lieber mal aus.»

Noch während Mr Sharpe redete, wurden Daniels Lider schwer und die Müdigkeit lastete auf seinen Schultern. «Sie sagen Bescheid, wenn Sie etwas finden?», brachte er gerade noch gähnend heraus und sank in einen verstaubten alten Sessel am Schaufenster.

Mr Sharpe ließ seine weißen Zähne aufblitzen.

«Wenn ich finde, was ich suche, mein Junge, wirst du es erfahren. Das kannst du mir glauben.»

Mit diesen Worten rauschte er durch den Vorhang.

Daniel sah ihm nach. Irgendwo in seinem Hinterkopf ertönte ein Warnsignal. Doch das war ihm mittlerweile egal. Die Müdigkeit hüllte ihn ein und schloss die Welt aus, sodass Daniel es sich in dem tiefen Sessel gemütlich machte und die Augen schloss.

Das Nichts

25. Kapitel

Daniel wurde ruckartig wach. An mehreren Wanduhren konnte er das Datum und die Tageszeit ablesen und begriff, dass er einen ganzen Tag verschlafen hatte. Schon sonderbar, wie müde er just in dem Moment geworden war, als er Mr Sharpe das Buch ausgehändigt hatte …

Er legte die Hand auf die leere Jackentasche und dachte an das Buch. Wenn er normalerweise etwas im Wunderreich suchte – einen Gegenstand oder einen bestimmten Ort –, stellte er es sich einfach bildlich vor und wusste im nächsten Augenblick, wo er fündig werden konnte. Doch als er sich jetzt das *Buch der Wunder* vorstellte, sah er gar nichts. Es war wie ein blinder Fleck, wie eine statische Störung, und das hatte nichts mit dem schwächelnden Wunderreich zu tun. Daniel konnte es sich nur so erklären, dass Mr Sharpe ihn ausgeschlossen hatte und absichtlich auf Abstand hielt. Aber warum sollte er das tun? Was hatte er zu verbergen?

Mr Sharpe hatte alles so hoffnungslos erscheinen lassen und ihm eingeredet, er hätte keine andere Chance, als ihm das *Buch der Wunder* zu übergeben. Doch nun, da Daniel wieder einen klaren Kopf hatte, merkte er, dass er einen riesengroßen Fehler begangen hatte.

Im nächsten Moment schoss er durch den Vorhang und merkte sofort, dass sich etwas verändert hatte. Die zerfallende große Treppenhalle sah aus wie eine frühgeschichtliche Ruine oder ein Ort, an dem sich ein Unglück zugetragen hatte. Die Treppen waren abgetreten und kaputt. Viele Fackeln waren erloschen, sodass die Gänge in kalte Schatten und trübes Dunkel getaucht waren, und eine Mischung aus Rauch, dichtem Staub und etwas Saurem und Metallischem hing in der Luft. Im Laufe des Tages, an dem Daniel geschlafen hatte, hatte sich die Krankheit, unter der das Wunderreich litt, erheblich verschlimmert.

Ein schrecklicher Gedanke nahm ihm die Luft zum Atem: Das *Hotel Nirgendwo!* Stand es überhaupt noch? Ging es seinen Freunden gut?

Als er durch die Dunkelheit rannte, wurde er in den eingefallenen Gängen immer wieder von Trümmern behindert. Ein Wunder mit dem Titel Schiffbruch war aufgeplatzt und hatte mehrere Flure geflutet, die meterhoch unter Wasser standen. Bunte Fische schwammen darin.

Wie bei vielen anderen Wundern auch, war die Tür zum *Hotel Nirgendwo* verbogen und mit Rissen überzogen. Sobald Daniel das sah, wusste er auch schon, dass im Hotel etwas Schreckliches passiert sein musste. Durch die Drehtür gelangte er in die Eingangshalle, die bei seinem letzten Besuch noch so prächtig und belebt gewesen war. Nun war es still. Die Lichter gingen flackernd an und aus und die Säulen aus schwarzem Marmor bröckelten.

«Hallo?», rief Daniel und zuckte beim Klang seiner eigenen Stimme zusammen. Als er keine Antwort bekam, wäre er am liebsten nicht weitergegangen. Er hatte Angst, vor der Düsternis und davor, was aus seinen Freunden geworden war. Doch eben wegen seiner Freunde musste er weitergehen. Ellie wohnte hier und hatte keine Möglichkeit davonzulaufen. Und wenn sie nun irgendwo nicht mehr wegkam? Oder wenn sie verletzt war? Doch wo konnte sie sein? Welches war ihr Zimmer und wo sollte er mit der Suche beginnen?

«In Calebs Zimmer!», beantwortete er die Frage selbst. «Welche Nummer hatte es noch? Welche Nummer, welche Nummer, welche Nummer ... 108! Es war die 108!»

Er lief zum Aufzug und drückte auf den Knopf. Nichts geschah. «Natürlich funktioniert er auch nicht», sagte Daniel zum Wunderreich. «Warum sollte man es mir leicht machen?» Als er gegen die Wand trat, brach ein Stück schwarzen Marmors ab und fiel ihm vor die Füße.

Die Treppe war schmal und steil, aus nacktem Beton mit einer flackernden Lichtleiste, und als Daniel Etage um Etage nach oben ging, begleitete ihn das Hotel *Nirgendwo* mit ächzenden und knarrenden Geräuschen. Er wusste, dass es jeden Moment auseinanderbrechen konnte, dass sich dieses Wunder ebenso leicht auflösen würde wie alle anderen. Doch er kämpfte gegen seine Befürchtungen an.

Im zehnten Stock brannten seine Beine und seine Lunge.

Weiter, immer weiter.

Er ging durch die Tür, langsam, noch einen Schritt, und blieb ruckartig stehen. Ein, zwei Meter vor ihm, wo der Boden und die Wände hätten sein sollen und die Tür zu Calebs Zimmer oder auch nur irgendwas ... war gar nichts.

Die Wände hörten abrupt auf, als hätte ein Ungeheuer den Gang durchgebissen. Auch der Boden war plötzlich nicht mehr da, und der schwarze Teppich hing in Fetzen über den Rand; und dahinter erstreckte sich in alle Richtungen eine Dunkelheit in die Ewigkeit. Daniel starrte ins Schwarze und sah keine Trümmer, kein Licht, keinerlei Anzeichen, dass es all das jemals gegeben hatte. Er stellte sich vor, über den Rand hinauszugehen und in dieses Nichts zu fallen, zu taumeln ohne Ende und die Erinnerung daran zu verlieren, wer er war und wie lange er hier gewesen war, bis er ebenfalls von der Dunkelheit verschlungen und Teil von ihr wurde. Bis er fort wäre.

War Caleb fort? Anja? Hatte das Nichts Ellie verschluckt?

Mühsam hob er die Füße und machte einen Schritt rückwärts. Das Hotel wurde von einem tiefen Dröhnen wie von dem Atem eines schlafenden Riesen erschüttert. Ein kleines Stück Boden mit Wand brach ab und sauste in das Nichts, während alles Übrige mit Wucht nach vorn schoss. Daniel wurde auf den Teppich geschleudert. Nach dem harten Aufprall bekam er keine Luft mehr und schlitterte, taumelte und rutschte dem unvorstellbaren Sturz entgegen, ohne etwas dagegen tun zu können. Verzweifelt streckte er den Arm aus, bekam die Teppichfetzen zu fassen und hielt sich mit aller Kraft daran fest. Es gelang ihm tatsächlich zu verhindern, dass er geradewegs nach unten fiel, doch seine Beine hingen über dem Abgrund. Daniel klammerte sich noch fester an den Stoff, doch durch sein Gewicht zerfaserte er noch mehr und er musste in hilflosem Entsetzen zusehen, wie der Teppichboden sich langsam, ganz langsam auftrennte und schließlich abriss. Mit einem Ruck, von dem ihm übel wurde, fiel er rückwärts –

Eine Hand, eine riesige warme Pranke, schloss sich um sein Handgelenk und zog ihn hoch. Er wurde über eine breite Schulter geworfen und beobachtete, nachdem er den Schweiß aus den Augen geblinzelt hatte, wie der restliche Fußboden bröckelte und bröselte wie ein trockener Kuchen.

Ich bin tot, dachte er.

Derjenige, der ihn trug, sprang im letzten Augenblick zurück, bevor der Boden endgültig nachgab, und Daniel gab sich kurz der Vorstellung hin, er wäre wieder im Wunder des Vertrauenssprungs und würde über den Himmel sausen. Dann landeten sie und wälzten sich taumelnd umher, bis Daniel an etwas Kaltes und Hartes geschleudert wurde.

«Geht's?»

Daniel rieb sich den Kopf und das Gesicht. Er hatte Blut an der Hand. Über ihm stand Caleb, der ihn besorgt musterte. Sie waren wieder im Treppenhaus, aber das Nichts breitete sich weiter aus. Die Tür zum zehnten Stockwerk wurde bereits verschlungen und die Wände des Treppenhauses bekamen erste Risse.

Daniel schlang die Arme um Caleb. «Du hast mir das Leben gerettet!», rief er. «Wo seid ihr denn alle? Geht es Ellie gut?»

«Lass uns unterwegs reden», sagte Caleb. «Je weiter wir vom Abgrund weg sind, umso besser.»

Daniel fiel auf, dass Caleb zusammenzuckte, als sie die Treppe hinuntergingen. Er hielt den linken Arm eng an den Körper gedrückt. Und da war noch etwas ... nicht da.

«Wo ist Mr Bobo?» Daniel hatte Caleb noch nie ohne seinen abgewetzten Teddy gesehen, der nicht einmal mehr Augen hatte.

Calebs Unterlippe zitterte. «Er hat es nicht geschafft», sagte er leise und schwermütig. «Du hast es ja gesehen, mein Zimmer ist weg. Bobo war dort, als es ... als es von der Dunkelheit verschluckt wurde.» Er zog ein Taschentuch hervor und putzte sich die Nase. Als er es wieder einsteckte, rann ein Tropfen Tinte aus dem Nasenloch. Er wischte ihn mit der Hand ab und betrachtete den schwarzen Fleck auf seiner Haut.

«Ich hätte es mir wahrscheinlich denken können», sagte er mit einem traurigen Seufzer. «Wir sind alle nur Figuren in Mr Silvers Buch und lösen uns ohne ihn in Nichts auf ... genau wie das Wunderreich. Die halbe Mannschaft wurde ausgelöscht, als das Hotel zu bröckeln begann. Jetzt muss ich mich wohl auch dazuzählen.»

«Und Anja?», fragte Daniel. «Hat sie überlebt?»

«Ja, ganz knapp», antwortete Caleb. «Sie erholt sich immer noch von ihren Verletzungen.» Lächelnd legte er Daniel die Hand auf die Schulter. «Ich habe gehört, dass du sie gerettet hast. Alle wissen es, Daniel Holmes, und wir sind dir sehr dankbar. Wir stehen bis in alle Ewigkeit in deiner Schuld.»

«So wie die Dinge stehen, bleibt kaum Zeit für einen nächsten Tag geschweige denn für die Ewigkeit», erwiderte Daniel. «Wo sind die übrigen Mitarbeiter?»

«Vor einigen Jahren hat Mr Silver in einem Flügel ein Krankenhaus eingerichtet», erklärte Caleb. «Für den Fall, dass einem Kunden etwas passierte. Bisher wurde es nie benutzt und zum Glück steht es noch. Jedenfalls im Moment noch.» Er röchelte und wischte sich das Tintenblut aus dem Mundwinkel. Dann wehrte er Daniels besorgten Blick mit einer Geste ab. «Man kann nichts für die Kranken tun, außer es ihnen so bequem wie möglich zu machen.»

«Und was ist nun mit Ellie?», fragte Daniel. «Habt ihr sie gesehen?»

Caleb schüttelte den Kopf.

«Ihr Suchtrupp sollte als letzter zurückkehren. Offenbar sind sie noch unterwegs.»

«Sie ist immer noch da draußen?» Daniel lehnte sich an die Wand und schlug die Hände vors Gesicht.

Caleb seufzte. «Sie ist hart im Nehmen», sagte er. «Ellie kommt bestimmt zurück.» Er machte eine Pause und putzte sich erneut die Nase, bevor er fortfuhr. «Aber ich muss dir etwas sagen. Es ist nicht Ellies ‹Zustand› oder eine magische Krankheit, was sie daran hindert, das Geschäft zu verlassen. Es ist Mr Silver, der sie hier zurückhält.»

«Was? Heißt das, sie ist seine Gefangene?»

«Er liebt sie abgöttisch», antwortete Caleb. «Aber er behauptet, Ellie müsse zu ihrem Schutz hierbleiben. Wovor sie beschützt werden muss, hat er ihr nicht genau erklärt, und deshalb hält sie ihn für selbstsüchtig. Sie glaubt, Mr Silver würde sie im Geschäft festhalten, damit er nicht allein ist. Jetzt verstehst du sicher, warum sie so verzweifelt ist. Ihr Vater ist nicht nur verschwunden, sondern er ist auch noch der Einzige, der sie aus dem Wunderreich befreien kann. Sie ist in einem Grab gefangen, das sich in seine Bestandteile auflöst.»

Der Feuerschlucker und der Junge betraten die Eingangshalle und gingen zum Ausgang.

«Du hast das *Buch der Wunder* nicht dabei», bemerkte Caleb und zeigte auf Daniels leere Jackentasche. «Ich spüre es, wenn es in der Nähe ist, und heute bist du zum ersten Mal seit Mr Silvers Verschwinden ohne unterwegs.» Dann bekam er einen heftigen Hustenanfall, lehnte sich an die Wand und wischte sich noch mehr Tintenblut aus dem Gesicht.

«Ich muss gehen», sagte Daniel, der sich immer größere Sorgen machte. Er wagte es nicht, Caleb zu gestehen, dass er das Buch weggegeben hatte. «Kümmere dich, wenn möglich, weiter um die anderen, und auch um dich selbst. Und falls du Ellie begegnest, sag ihr, es tut mir schrecklich leid und ich bräuchte ihre Hilfe. Bis später.»

Als er sich abwandte, fragte er sich, ob er den Feuerschlucker jemals wiedersehen würde. Dann lief er auf der Suche nach Vindictus Sharpe und dem *Buch der Wunder* durch die Gänge.

Unerwarteter Besuch

26. Kapitel

Edinburgh, Juni 1897

Lucien Silvers Wunderreich machte in Edinburgh und weit über die Stadt hinaus Furore. An einigen Tagen war so viel Betrieb im Geschäft, dass er sich die Gesichter nicht mehr merken konnte und Kunden nur als verschwommenes Durcheinander aus Lächeln und Komplimenten wahrnahm.

Doch auf den Tag ein Jahr nach der Premiere im Wunderreich begegnete Lucien einem Gesicht, das er nie mehr vergessen würde.

Er hatte in allen Zeitungen der Stadt eine Werbeanzeige mit der Ankündigung geschaltet, dass der Eintritt ins Wunderreich kostenlos sei. An jenem Tag saß Mr Silver an seinem Schreibtisch vor dem roten Samtvorhang und nickte den Kunden zum Abschied zu. Die meisten sagten, es könnte doch gar nicht sein, dass ein so kleines Geschäft so viele wundervolle Räume hätte.

Gegen Ende des Jahrestages näherte sich jemand seinem Schreibtisch. Lucien hob zunächst gar nicht den Blick von seinem Buch, doch dann hörte er eine vertraute Stimme, die tief und fest und kalt war.

«Hallo Lucien.»

Vindictus Sharpe war seit ihrer letzten Begegnung auf dem verregneten Friedhof von Edinburgh um keinen Tag gealtert. Für Lucien war dies kein Schock. Auf seinen Reisen, bevor er sich erneut in Edinburgh niedergelassen hatte, hatte er allerlei Formen der Magie entdeckt, die nur einigen wenigen Eingeweihten bekannt waren. Diese Magie konnte die Geheimnisse des Lebens, der Zeit und des Universums erschließen, und Mr Silver war mittlerweile sicher, das Geheimnis um Vindictus Sharpes langes Leben aufgedeckt zu haben. Mr Sharpe raubte unschuldigen Menschen ihre Zukunft, indem er Zeit stahl und sie an sein eigenes Leben anhängte.

Lucien stand auf. Auf diesen Augenblick hatte er lange, sehr lange gewartet. Er wollte Mr Sharpe seinen Erfolg unter die Nase reiben und ihm beweisen, wie sehr er sich geirrt hatte. Er hatte sogar nachts wach gelegen und sich vorgestellt, was er genau sagen würde, wenn sich ihre Wege jemals wieder kreuzen sollten.

Das war die Gelegenheit.

Etwas bewegte sich hinter Mr Sharpe. Als er beiseite trat, sah Lucien einer zweiten Person ins Gesicht.

Alle Gedanken an Mr Sharpe waren verflogen.

Die junge Frau war vielleicht ein, zwei Jahre jünger als Lucien und hatte helle Haut mit Sommersprossen. Das Haar fiel ihr in roten Locken über die Schultern.

«Das ist meine Tochter Michelle», sagte Mr Sharpe.

Als Michelle Mr Silver ihre porzellanzarte Hand reichte, gab er ihr einen Handkuss. Sobald seine Lippen ihre Haut berührten, bebte und knisterte die Luft.

Lucien zog an seiner Halsbinde. «Ich freue mich, Sie kennenzulernen. Ich ... ich kann mich nicht entsinnen, dass Ihr Vater je von einer Tochter gesprochen hat.»

Mr Sharpe lehnte sich an die Tischkante und untersuchte einen Füllfederhalter. «Es gibt so einiges, das ich nicht erwähnt habe. Michelle war die meiste Zeit im Internat. Ich reise um die Welt, so sollte ein junges Mädchen nicht aufwachsen.»

Lucien nickte. Er musste Michelle immer wieder ansehen.

«Nun, was kann ich für Sie tun?», fragte er. «Was führt Sie nach Edinburgh?»

«Geschäfte», antwortete Mr Sharpe. «Ich habe ein Engagement und werde einen Monat lang in Edinburgh auftreten. Im Komitee der Magier habe ich von deiner Arbeit gehört.» Bei diesen Worten ließ er den Blick durch das Geschäft schweifen. «Die Versuchung war zu groß, mir selbst ein Bild zu machen.»

Lucien lächelte. «Dann will ich Sie selbst ins Bild setzen. Miss Sharpe, wie wäre es mit einer Tour durch das Wunderreich?»

Michelle Sharpe sah mit ihren blauen Augen in die gewittergrauen Augen von Lucien Silver und schenkte ihm ein schüchternes Lächeln. «Das fände ich sehr schön, Mr Silver», sagte sie.

Also ging Lucien vor, freute sich an Michelles Entzücken und ergriff jede Gelegenheit beim Schopf, Mr Sharpe daran zu erinnern, dass das Wunderreich aus eben den Notizen entstanden war, die er als Unsinn abgetan hatte.

Nachdem sie zwei Stunden später mit der Besichtigung fertig waren, sah Lucien Mr Sharpe und seiner Tochter nach, als sie auf der schmalen Straße davongingen.

In zwei Punkten war er sich sehr sicher.

Erstens: Er hatte Mr Sharpe in jeder erdenklichen Hinsicht übertroffen. Wichtiger als das war allerdings, dass sich Mr Sharpe dessen ebenfalls bewusst war und dass es ihn von innen auffressen würde, als wenn er von Maden befallen wäre. Das würde Lucien sehr glücklich machen.

Zweitens: Michelle Sharpe hatte nicht die geringste Ähnlichkeit mit ihrem Vater. Sie war bezaubernd und warmherzig, und Lucien musste sie um jeden Preis wiedersehen.

Als Michelle zum Wunderreich zurückkam, war ihr Vater nicht dabei.

«Ich möchte mir das alles noch einmal ansehen», gestand sie. «Es ist außergewöhnlich und unglaublich. Nachdem wir gegangen waren, musste ich die ganze Zeit an Sie und Ihr Wunderreich denken.»

Sie liefen durch die immer noch stetig ansteigende Zahl der Gänge, und Michelle lachte vergnügt, als es in einem der Flure plötzlich anfing zu regnen. Wie aus dem Nichts zauberte Lucien einen Regenschirm hervor und hielt ihn schützend über ihren Kopf.

Der Tag verging in einem Schleier der Schüchternheit.

Als Michelle ging, lächelte sie Lucien schief an. «Ich fürchte, mein Vater mag dich nicht besonders.»

Lucien sog ihre Worte auf. «Das beruht auf Gegenseitigkeit», sagte er.

«Im Gegensatz zu allen anderen hast du aber keine Angst vor ihm, nicht wahr?», fragte Michelle.

«Nein. Wenn man Angst vor ihm hat, bekommt er, was er haben will.»

Michelle strahlte ihn an. Dann tat sie etwas Unerwartetes. Sie beugte sich vor und legte ihre Lippen auf seinen Mund.

Nach dem Kuss wich Lucien taumelnd einen Schritt zurück und fuhr sich verwirrt durchs Haar. «Was ... äh ... wieso das?»

Doch Michelle lächelte nur und ging durch die Tür in den kühlen Sonnenschein von Edinburgh hinaus. Lucien drückte das Gesicht an die Schaufensterscheibe und sah ihr nach, bis sie um die Ecke bog.

Lucien und Michelle verbrachten im darauffolgenden Monat jeden Tag miteinander. Jede Nacht erfand er ein neues Wunder, um sie zu betören. Lucien war berauscht von ihrem Lachen, und ihre Küsse waren eine Droge, der er zusehends verfiel.

Schlag um Schlag raubte Michelle Sharpe Lucien Silver das Herz.

Hätte er nur gewusst, was als Nächstes auf ihrer Liste stand.

Die Wahrheit

27. Kapitel

Daniels Sorge verwandelte sich in nackte Panik. Auf der Suche nach Mr Sharpe war er ins Geschäft zurückgerannt, doch dort war er nicht. Daniel betete, es möge sich um ein Missverständnis handeln. Vielleicht wollte Mr Sharpe in seiner Mission, Mr Silver zu finden, nur in aller Ruhe jede Seite einzeln studieren.

Aber während Daniel ängstlich durch den staubigen Vorderraum tigerte, wurde ihm immer klarer, dass Ellie recht behalten hatte und dass mit Mr Sharpe etwas nicht in Ordnung war. Er schob die einzelnen Puzzleteilchen in Gedanken hin und her, bis eins zum anderen passte: Mr Sharpe war nur wenige Tage nach Mr Silvers Verschwinden hergekommen; jedes Mal, wenn er das *Buch der Wunder* betrachtet hatte, war ein gieriger Ausdruck in seine Augen getreten; Daniel war tief und fest eingeschlafen, nachdem er ihm das Buch übergeben hatte, und hatte seitdem nichts mehr von ihm gehört oder gesehen ...

Und dann fügte sich das Puzzle – bingo.

Wenn das *Buch der Wunder* in die Hände der falschen Person geriet, konnte es genauso gut dazu benutzt werden, dem Wunderreich zu *schaden* wie ihm zu helfen. Das war doch kein Zufall, oder? Mr Sharpe war im Besitz des Buches, und alles brach noch schneller zusammen. Irgendwie beschleunigte seine Anwesenheit die Entwicklung und damit den Zerfall.

Und es gab einen Raum, in dem das besonders verhängnisvoll wäre.

Daniel rannte und rannte, so lange, bis seine Beine und seine Lunge nach einer Pause verlangten. Er musste wissen, ob seine Vermutungen über Mr Sharpe richtig waren, und mittlerweile war ihm sonnenklar, dass er das *Buch der Wunder* zurückerobern musste. Ansonsten würde alles vernichtet, was Mr Silver jemals geschaffen hatte.

Doch je tiefer er in die Gänge vordrang, umso benebelter war ihm zumute. Seine Verwirrung ging so weit, dass er jegliche Orientierung verlor. Die Verbindung mit dem Geschäft wurde noch einmal schwächer.

«Nicht jetzt. Bitte!»

Um die Ecke, um eine Biegung, drei Stufen auf einmal die Treppe hinunter und die nächste und die nächste, bis eine Stufe unter ihm nachgab und er das letzte Stück herunterfiel und dumpf auf dem Boden aufprallte.

Daniels Arm tat weh und er musste die Fäuste ballen, um nicht zu weinen.

Flügelschlag. Es blitzte silbern.

Etwas pickte auf Daniels Schulter und landete mit einem anmutigen Hüpfer neben ihm. Die Silberelster neigte den Kopf und sah ihn eindringlich an. Dann zwitscherte sie etwas und fast augenblicklich erschien auch der zweite Vogel. Die Elster flog im Kreis über seinem Kopf und schraubte sich hinab, um auf seiner Schulter zu landen und mit dem Schnabel in sein Ohr zu picken.

Daniel wollte den Vogel verscheuchen.

«Haut ab, ich bin nicht in Stimmung.»

Das Picken hörte nicht auf. Dann krächzte die Elster, die neben Daniel am Boden hockte, und flog in einen dunklen Gang. Ehe Daniel auch nur blinzeln konnte, war der Vogel wieder da, landete auf seinem Kopf und schlug den Schnabel in seinen Scheitel, als wollte er eine harte Nuss knacken.

Daniel musste lachen.

«Ihr könnt mir den Weg zeigen!», sagte er und rappelte sich auf. «Los, wir müssen zum Springbrunnen.»

Die Vögel waren während des Fluges sehr aufgeregt. Da Daniel kaum mithalten konnte, kamen sie im Sturzflug zu ihm zurück und pickten sein Ohr oder zogen mit ihren spitzen Schnäbeln an seinen Haaren. Sie führten ihn in die große Treppenhalle, immer weiter abwärts, in einen zerfallenden Gang, dessen schwarze Wände vereist waren. Durch eine halb offene Tür fiel ein Sonnenstrahl in die Dunkelheit. Jetzt wusste Daniel, wo er war, weil er diesen Raum in seiner Anfangszeit im Wunderreich besichtigt hatte. Am Eingang blieb er stehen und strich mit den Fingern über die mit Eis überzogenen goldenen Buchstaben:

Nachdem er schwungvoll die Tür aufgedrückt hatte, stand er erneut mit dampfendem Atem auf dem gefrorenen Teich mitten im Wald. Alles war genauso, wie er es in Erinnerung hatte: die frische, kalte Luft und der endlos blaue Himmel.

Doch dann entdeckte er den zerstörten Steinhaufen, der anstelle des Springbrunnens in der Mitte des Teiches lag.

Als Daniel rasch über den gefrorenen Teich lief, knirschte das Eis unter seinen Schritten. Er nahm einen Stein, der ehemals Teil des Springbrunnens gewesen war, und warf ihn von einer Hand in die andere. Von der silbernen Flüssigkeit, der Vorstellungskraft, die Mr Silver als Herzblut des Wunderreichs bezeichnet hatte, war nichts zu sehen. Ein Teil der äußeren Schale war heil geblieben, und hier und da ragten schartige Reste der steinernen Skulptur hervor. Einer dieser spitzen Steine war rot verschmiert. Mit Blut.

«Ein trauriger Anblick, findest du nicht auch?»

Vindictus Sharpe stand einige Meter entfernt auf der anderen Seite des zerstörten Brunnens und hatte die Hände hinter dem Rücken verschränkt. Eben war er noch nicht dagewesen.

«Wieso bist du hergekommen?», fragte er. «Hatte ich nicht gesagt, dass ich mich allein mit dem Buch beschäftigen will?»

«Es hat sich einiges verändert», erwiderte Daniel. «Und ich glaube, ich habe einen Fehler gemacht.»

Stille. Er holte tief Luft.

«Ich möchte das *Buch der Wunder* wiederhaben, bitte.»

Mr Sharpe zog die silbernen Augenbrauen hoch.

«Du ... willst es wiederhaben?»

«Ja. Ich hatte gar nicht das Recht, es wegzugeben. Sie können immer noch darin lesen, aber dann wäre ich gern dabei.»

Mr Sharpe verzog den Mund zu einem dünnen Lächeln. «Wenn du nicht das Recht hattest, es wegzugeben», sagte er, «dann hast du auch nicht das Recht, es zurückzubekommen.»

Daniel starrte in die kalten blauen Augen. Eine Warnglocke schrillte in seinem Kopf – es stimmte wirklich, Mr Sharpe war gefährlich. Er sah sich die mit Blut verschmierte Steinspitze noch einmal genauer an.

«Wessen Blut ist das?»

Mr Sharpe zögerte. Dann holte er die Hände hinter dem Rücken hervor. Er umklammerte das *Buch der Wunder* mit von Kratzern und Wunden bedeckten Fingern.

Daniel wich einen halben Schritt zurück. Er wollte weglaufen, konnte es aber nicht. Das hatte er verschuldet, das war sein Fehler.

Mr Sharpe schenkte ihm ein Lächeln, so scharf wie ein Messer. «Du hast mich auf frischer Tat ertappt, könnte man sagen. Ehrlich gesagt habe ich das Theater satt. Ich denke nicht daran, dir das Buch zurückzugeben, Daniel, und hatte es dir ohnehin nur so lange überlassen, weil ich dachte, du würdest mich zu Lucien führen.»

Daniel betrachtete das *Buch der Wunder*, das Mr Sharpe mit seinen großen Händen festhielt.

«Das verstehe ich nicht ... den Springbrunnen kaputt zu machen ... Sie beschleunigen das alles, den Zusammenbruch des Wunderreichs. Warum?»

«Als wir einmal durch die Gänge gelaufen sind», antwortete Mr Sharpe, «hast du mich gefragt, wovor Lucien wegläuft und was ihm solche Angst einjagen könnte, dass er sein Leben lang furchtsam über die Schulter blickt, stets auf der Hut und bereit, in die nächste Stadt, das nächste

Land zu flüchten, in das nächste Zeitfenster ...» Mr Sharpe strich über sein gepflegtes silbernes Haar und seinen Schnurrbart. «Die Lösung, mein Junge, ist, dass Lucien Silver auf der Flucht war – immer noch auf der Flucht ist – und zwar vor mir.»

Daniel hörte die Worte wohl, aber er verstand sie nicht.

«Wieso?»

Mr Sharpe befeuchtete seine Lippen mit der Zunge und hielt das *Buch der Wunder* hoch.

«Wegen des Buchs?», fragte Daniel. «Darum geht es hier also? Aber Sie haben es doch jetzt. Warum sind Sie dann noch hier? Wieso sind Sie nicht einfach damit fortgegangen?»

«Weil das alles nicht so einfach ist. Ein Magier kann einem anderen nicht einfach einen magischen Gegenstand stehlen. Dafür ist die Verbindung zwischen der Schöpfung und dem Schöpfer zu stark. Wenn ich mit dem Buch hier rausmarschiere, wird es für mich nicht genau das tun, was ich will. Nein, damit das *Buch der Wunder* wirklich und wahrhaftig mir gehört, muss ich es Lucien entweder abgewinnen oder er muss es mir aus freiem Willen schenken. Das Letztere ist ausgeschlossen. Deshalb bleibt mir nichts anderes übrig als ... noch aggressivere Maßnahmen gegen das Buch zu ergreifen.

Ich bin seit vielen Jahren dahinter her, mein Junge, und jedes Mal, wenn ich kurz davor bin, wenn ich das Buch praktisch schon in meinen Händen spüre und es rieche, entwischt Lucien doch noch. Aber diesmal läuft der Hase anders. Etwas hat sich verändert. Lucien ist schwach geworden. Es war nicht schwer, ihn zu finden.» Mr Sharpe spuckte auf den gefrorenen Boden. «Du hast ja mitbekommen, wie er reagiert hat. Er ist weggelaufen wie der Betrüger, der er immer schon gewesen ist.»

«Sie hatten gehofft, ich würde Sie zu ihm führen», sagte Daniel. «Und was wollten Sie dann mit ihm machen? Ihn umbringen?»

Mr Sharpe lächelte leutselig. «Etwas in der Preisklasse», antwortete er. «Aber da du ja an der Aufgabe, ihn ausfindig zu machen, elendig gescheitert bist, musste ich zu anderen Mitteln greifen. Ich wusste, dass es im Wunderreich eine Schwachstelle gibt und dass ich sie in dem Buch finden würde.» Er breitete die Arme aus. «Und deshalb sind wir hier. Am Springbrunnen. Lucien hat sich darauf verlassen, dass er das Wunderreich mit der Vorstellungskraft seiner Kunden in Betrieb halten kann. Er ist wirklich schwächer, als ich dachte. Er hat gar keine Kunden mehr. Und jetzt, nach der Zerstörung des Brunnens, wird das Wunderreich noch schneller zu einer Ruine.

Lucien hat die Wahl. Entweder bleibt er wie eine Ratte in seinem Versteck und geht mit dem Laden unter, oder er kommt raus, von dort, wo er eben ist, und stellt sich mir. Egal, was er tut, das *Buch der Wunder* wird mir gehören.» Er nickte Daniel zu. «Du hast Talent und eine Verbindung zu dem Buch, die sehr nützlich sein könnte. Das Ende des Wunderreichs bedeutet nicht automatisch das Ende deiner Reise. Ich kann dir helfen, groß rauszukommen.»

«Sie wollen mir so helfen, wie Sie Mr Silver geholfen haben?», fragte Daniel. «Nein, danke. Auf ein Messer im Rücken kann ich verzichten.»

Mr Sharpe zuckte mit den breiten Schultern und sagte: «Lucien hat sich das alles selbst zuzuschreiben. Durch seine Taten und seine Feigheit hat er sein Schicksal besiegelt. Du hast die Wahl. Entweder bleibst du hier und wartest, bis das Wunderreich am Ende ist und das Schiff mit dir sinkt. Oder du entscheidest dich dafür, bei dem Besten in die Lehre zu gehen und dir eine Welt voller neuer Möglichkeiten zu eröffnen.»

Daniel erwiderte den kalten Blick und versuchte mit allen Mitteln, nicht zu zeigen, wie sehr er sich fürchtete. Die Schwere seines Fehlers drückte ihn nieder. *Er* hatte Mr Sharpe hereingelassen. *Er* hatte ihm das *Buch der Wunder* gegeben.

Und nun hatte er das schier überwältigende Bedürfnis wegzulaufen.

Doch Daniel lief nicht weg, sondern machte einen Schritt vorwärts.

«Sie ... Sie glauben wirklich, ich könnte gut werden?», fragte er.

Mr Sharpe neigte ein wenig den Kopf und taxierte ihn.

«Ich glaube, dass wir gemeinsam Geheimnisse in dem Buch entdecken können, von denen nicht einmal Lucien etwas weiß.»

Daniel trat noch einen Schritt vor. Sein Herz raste, als sein Blick, wenn auch nur für einen kurzen Moment, zu dem Buch zuckte.

Noch ein wenig näher.

«Wie kann das Buch etwas vor Mr Silver verbergen?»

«Die Magie hat ihre eigenen Geheimnisse, mein Junge ... selbst vor den Besten unserer Art ... »

Hinter sich hörte Daniel den Ruf einer Elster.

Mr Sharpe wandte nur kurz den Blick ab, doch das reichte aus.

Daniel riss ihm das Buch aus der Hand und sauste über das Eis zur Tür. Er wagte es nicht, zurückzublicken.

Und nun? Wohin? Er fiel beinahe über seine eigenen Füße. Noch ein paar Schritte ... nur noch wenige ...

Eine starke Hand packte sein Haar und riss ihn mit solcher Kraft nach hinten, dass er von dem gefrorenen Boden abhob. Als er hinfiel, blieb keine Zeit zu reagieren. Mr Sharpe beugte sich höhnisch über ihn, zog ihn erneut an den Haaren und stellte ihn auf die Beine. Dann holte er mit wutverzerrter Miene aus und schlug Daniel auf den Mund.

Die Welt verschwamm an den Rändern. Mit Blut im Mund fiel Daniel auf die Knie. Mr Sharpe stolzierte wie eine große Katze zu ihm, so viel Spaß hatte er an seinem Anblick. Daniel wich auf Knien rutschend vor ihm zurück.

«Sie werden ihn niemals finden», sagte er und drückte das *Buch der Wunder* an die Brust. «Niemand wird ihn finden, solange er nicht gefunden werden will.»

Mr Sharpe nickte. «Dann warte ich eben», sagte er, «bis der Laden auseinanderfällt und ihn mit sich reißt. Aber ich werde gewinnen.»

Er hob erneut die Hand. Doch bevor er wieder zuschlagen konnte, griffen die Elstern ihn im Sturzflug an, zielten mit den Schnäbeln auf seine Augen und kreischten ohrenbetäubend.

Daniel wusste, dass die Elstern ihm zuriefen: *Lauf weg! Bring das Buch in Sicherheit!*, doch er war so benommen, dass er nichts tun konnte – außer zuzusehen, wie Mr Sharpe fluchend um sich schlug.

Als eine Elster auf sein Gesicht niederstieß, schnappte Mr Sharpe, der taumelnd zurückgewichen war, zu. Der Vogel wand sich mit einem Klageruf in seiner Hand, während er fester zugriff und ihn auf den Boden schleuderte. Das Geräusch war widerlich, doch dann hob er auch noch den Fuß und trat mit seinem ganzen Gewicht und voller Kraft auf die zarte magische Elster, die von der Sohle seines glänzenden schwarzen Schuhs zerschmettert wurde.

«Nein!» Daniel wollte sich auf Mr Sharpe stürzen und ihm etwas antun.

Als Mr Sharpe den Blick von dem glänzenden Kadaver der Elster hob, lief es Daniel eiskalt über den Rücken.

Die zweite Elster griff den großen Mann weiter an und verschaffte Daniel eine Atempause. Nach einem schnellen Blick auf das Buch lief er los.

Bei seinem Sprint zur Tür wäre er auf dem glatten Eis beinahe ausgerutscht. Bevor er aus dem Raum rannte, rief Mr Sharpe ihm nach: «Du kannst dich nicht für immer verstecken, Daniel Holmes. Ich finde dich früher oder später und dann hole ich mir mein Buch zurück! Ohne gehe ich hier nicht weg, es sei denn, ich liege in einem Sarg!»

Wieder vereint

28. Kapitel

Die Flügel der überlebenden Elster blitzten in der Dunkelheit, als Daniel durch die Gänge raste. Er hielt das *Buch der Wunder* ganz fest. Wohin die Elster ihn führte, wusste er nicht, und es war ihm auch egal – Hauptsache, weit weg von Mr Sharpe.

Alles erschien ihm noch düsterer als zuvor; die Schatten waren tiefer, die Stille erdrückend. Immer wieder bildete Daniel sich ein, dass sich in dem trüben Licht etwas bewegte, und stellte sich vor, dass Mr Sharpe irgendwo still wie eine Statue darauf wartete, ihm das Buch zu entreißen.

Und jetzt? Wie sollte man einen Wahnsinnigen aufhalten? Wie viel Zeit blieb ihnen noch, das Wunderreich zu retten, jetzt, da auch der Springbrunnen zerstört und versiegt war? Und was konnte er ganz allein dagegen tun?

Er blieb ruckartig stehen, als es hinter der nächsten Ecke plätscherte. Steile Stufen führten zu einem überschwemmten Gang, in dem ihm das Wasser bis zum Bauch reichte. Von jenen Lampen an den Wänden, die noch Licht gaben, glitzerten Lichtpunkte auf der dunklen Oberfläche wie winzige Diamanten. Eine einsame Gestalt watete im Wasser auf ihn zu.

«Ha ha, Ellie!»

Daniel war so erleichtert, dass er wirklich laut auflachte.

Er fiel die letzten Stufen hinunter, tauchte unter und schluckte ekliges Salzwasser, das ihm gleich wieder zur Nase herauskam, während er hustete und prustete.

«Ellie! Ich bin's!»

Ellie, die watend den Blick auf die Wasseroberfläche gesenkt hatte, hob den Kopf und riss die Augen auf.

«Daniel!», rief sie. «Ich habe dich überall gesucht, seit unser Trupp zurückgekehrt ist. Das Wunderreich liegt in Trümmern! Ich komme gerade aus dem Krankenhaus. Den Mitarbeitern geht es sehr schlecht. Caleb hat mir gesagt, dass du schnell irgendwohin wolltest.» Sie hielt inne und warf einen entsetzten Blick auf Daniels blutiges Gesicht. «Was ist denn mit dir passiert?»

«Ich muss dir so viel erzählen», antwortete Daniel. «Eigentlich bin ich mir ziemlich sicher, dass dein Vater am Leben und irgendwo hier im Wunderreich ist.» Daniel berichtete ihr, dass Mr Sharpe die Idee hatte, Mr Silver über das Buch zu finden, und wie schlecht das ausgegangen war. «Ich halte es für eine Botschaft», sagte er. «Dein Vater möchte nicht gefunden werden.»

«Hauptsache, er lebt!», rief Ellie und hüpfte auf und ab. «Danke, Daniel! Ich bin die Vorstellung nicht losgeworden, dass er sterbend und allein in einer Ecke liegt.» Sie schlang die Arme um ihn, wurde aber schnell wieder ernst, nachdem sie sich von ihm gelöst hatte. «Aber er ist nach wie vor krank, oder? Das Wunderreich zerfällt, er kann es nicht mehr zusammenhalten. Warum will er dann nicht, dass wir ihn finden?»

«Er versteckt sich nicht vor uns, Ellie», erklärte Daniel. «Sondern vor Mr Sharpe. Du hattest von Anfang an recht, was ihn anging. Er ist gefährlich.» Daniel holte tief Luft. «Er will deinen Papa töten.»

«*Was* will er?»

«Er will ihn umbringen und das *Buch der Wunder* stehlen. Aus diesem Grund ist er hier. Er macht schon sehr lange Jagd auf Mr Silver. Der Mann ist von dem Buch besessen! Er tut alles dafür, es zu bekommen. Aber er kann mit dem Buch noch nicht so richtig etwas anfangen, es sei denn, Mr Silver würde es ihm schenken oder er könnte Mr Silver besiegen. Darum zieht dein Vater auch dauernd mit dem Wunderreich um – er ist auf der Flucht! Ich glaube übrigens, dass die Menschen von draußen dich deswegen nicht sehen können, weil dein Papa dich auf diese Weise beschützt. Wetten, dass du aus diesem Grund auch nicht das Geschäft verlassen darfst? Das macht er alles, um dich vor Mr Sharpe in Sicherheit zu bringen.»

Ellie bewegte wortlos den Mund, bis sie schließlich die Sprache wiederfand. «Woher weißt du das alles?»

«Mr Sharpe hat es mir selbst erzählt», erwiderte Daniel. Dann platzte er mit der ganzen Geschichte heraus: Wie die Elstern ihn zum Springbrunnen geführt hatten; wie er gerade noch mit dem Leben davongekommen war, nachdem er das Buch zurückgestohlen hatte; und dass einer der beiden Vögel nicht so viel Glück hatte.

Ellie schlug die Hand vor den Mund. «Er hat den Springbrunnen kaputt gemacht? Und dir das da angetan?» Sie zeigte auf Daniels geschwollene Lippe. Er schmeckte immer noch Blut, und das Salzwasser brannte in der Wunde.

«Es tut mir leid», sagte Daniel. «Ich habe alles vermasselt. Ich hätte ihn niemals hereinlassen dürfen. Dabei wollte ich doch nur helfen. Ich will das Wunderreich nicht verlieren, und dich und Mr Silver auch nicht.»

Zu seiner großen Überraschung lächelte Ellie ihr schiefes Lächeln.

«Jetzt zählt nur noch, was wir als Nächstes tun. Wir können das Ruder immer noch herumreißen.»

Daniel dachte nach.

«Wenn wir Mr Sharpe loswerden könnten», sagte er, «würde dein Vater bestimmt zurückkommen.»

«Aber warum hat Papa es nicht direkt mit ihm aufgenommen?»

Daniel wusste, dass Ellie ihren Vater für feige hielt. Erst hatte er das nämlich auch gedacht.

«Ich glaube nicht, dass die Sache so einfach ist. Dein Papa ist schwach. Es hat ihn all seine Kraft gekostet, das Wunderreich über die Jahre allein zu leiten. Ich glaube, er wusste, was auf ihn zukam. Er spürte, dass Mr Sharpe ihm dicht auf den Fersen war und dass er selbst nicht stark genug war, sich zu wehren.»

«Das würde das Einhornblut erklären!», sagte Ellie. «Es war die nackte Verzweiflung. Ein letzter Versuch, etwas von seiner alten Stärke zurückzugewinnen, damit er Mr Sharpe abschütteln konnte.»

«Ja, das glaube ich auch», sagte Daniel. «Aber irgendwas ist schiefgegangen.»

Ellie strich über die Wände des Wunderreichs. «Und ich war die ganze Zeit davon überzeugt, dass er mich nur im Geschäft festhält, damit er nicht so einsam ist. Ich war so wütend auf ihn, andauernd.»

«Er hat dich beschützt. Das tun sie nun mal, Mütter und Väter.»

«Also, was können wir machen?», fragte Ellie. «Wie werden wir Mr Sharpe wieder los?»

«Jeder Mensch hat eine Schwachstelle», sagte Daniel nachdenklich. «Wir müssen die von Mr Sharpe finden.»

«Wie denn? Schließlich können wir nicht einfach hingehen und uns nett mit ihm unterhalten oder bei Tee und Keksen seine Lebensgeschichte aus ihm herauskitzeln. Der Mann ist gefährlich!»

Lebensgeschichte …

Das Wort ging Daniel nicht mehr aus dem Kopf. Er sah das Buch an, blätterte darin, immer schneller, während die Idee Gestalt annahm. Er hörte Mr Silver noch sagen, damals in der allerersten Unterrichtsstunde:

Ich liebe Geschichten. Ich sammle sie, und es gibt keine großartigere Geschichte als die des Lebens. Auf den endlosen Regalen enthält die Bibliothek der Seelen die Geschichte aller, die je gelebt haben, sowie die Geschichte all derer, die jemals leben werden.

Daniel hörte auf zu blättern. Und da war sie, in ihrer ganzen dunklen, unmöglichen Pracht. Daniel schenkte Ellie ein schlaues Lächeln.

«Wer behauptet, wir müssten mit Vindictus Sharpe reden, um etwas über seine Vergangenheit zu erfahren?», sagte er. «Wir sind hier im Wunderreich von Nirgendwo, Ellie! Komm mit.»

Gestohlen

29. Kapitel

Edinburgh, Juli 1897

Michelle Sharpe kicherte, als sie Arm in Arm mit Lucien durch die wachsende Anzahl von Gängen im Wunderreich schlenderte.

«Was hast du diesmal für mich erfunden?», fragte sie. «Es kann unmöglich schöner sein als der Kristallsee.»

Lucien lächelte. Er hatte seit jenem Abend ihrer ersten Begegnung jeden Tag ein Wunder für Michelle geschaffen. Eine Tür führte zu einem Raum, der vollständig aus samtig-aromatischer Schokolade bestand. Ein anderer lud zu einer Wanderung durch die Zweige eines riesigen Weihnachtsbaums, in dem es nach gebratener Gans, würzigem Hackfleisch und Kohlenstaub duftete. Lucien hatte einen ganzen Abend gebraucht, um die Musikmine auf die Beine zu stellen – eine weitläufige Höhle, die mit leuchtend bunten Edelsteinen geschmückt war, aus denen liebliche Melodien ertönten, wenn sie man sie von den Wänden pflückte.

Lucien führte die junge Frau über eine Treppe zu einer abgelegenen Tür.

«Was ist das?», fragte sie.

«Öffne die Tür und finde es heraus.»

Michelle drückte die Klinke herunter, zog die Tür auf und betrat zögernd den Raum.

«Ein Garten.» Sie war so bezaubert, dass ihr die Worte fehlten.

Es war wirklich ein Garten, eine überwucherte Wildnis

aus Pflanzen, Blumen und Bäumen. Aber alle Blütenblätter waren aus Feuer. Die Welt in diesem unglaublichen Raum war dunkel und wurde nur vom Flackern der lodernden Pflanzen beleuchtet – in Blau und Grün, Rot, Gelb und Orange.

«Ein Feuergarten», erklärte Lucien. «Ich habe an dich gedacht, als ich mir das ausgedacht habe.» Er wurde rot, als sie sich umdrehte und in seine grauen Augen schaute.

«Er ist perfekt», flüsterte sie und erkundete den Garten.

Lucien sah ihr zu. «Wenn du möchtest, kannst du die Flammen anfassen. Sie sind nicht heiß.»

Michelle hob den Arm und berührte die brennende Blüte eines Baumes. Glühende Asche fiel herab, doch Michelle hatte sich nicht verbrannt. Sie lachte und schaute sich staunend um wie ein Kind.

«Ich habe eine Überraschung für dich», sagte Lucien.

«Noch eine?»

Er nahm ihren Arm und führte sie durch einen Laubenbogen auf eine Lichtung, die von Apfelbäumen gesäumt war. Jeder Apfel war ein Ball aus sanft glühendem Feuer, und in der Mitte der Lichtung stand ein Tisch mit allerlei Speisen.

Lucien zog Michelle einen Stuhl heran und sah sie scharf an, als sie sich setzte.

«Ist irgendwas?», fragte er. «Du siehst ein bisschen traurig aus.»

Sie schüttelte den Kopf und lächelte. «Wie könnte ich an diesem Ort traurig sein?» Dann wies sie mit dem Kopf auf das Festessen. «Darf ich probieren? Alles sieht so köstlich aus.»

Sie fingen an zu essen und sprachen, wie sie es gern taten, über ihren gemeinsamen Wunsch, wegzulaufen und auf eine einsame Insel oder in exotische Städte zu reisen, wo sie niemand finden konnte.

«Bitte noch einen Drink», sagte Michelle, stand auf und schenkte Wein in zwei große Gläser. Eins reichte sie Lucien, dann hob sie ihr eigenes Glas. «Auf dich, Lucien. Und auf dein wundervolles Wunderreich.»

Lucien stieß mit ihr an und trank einen großen Schluck.

Er wusste sofort, dass etwas nicht in Ordnung war. Der Garten drehte sich um ihn, alles war auf den Kopf gestellt und unscharf. Etwas gellte wie aus weiter Ferne in seinen Ohren, und er sah nur noch verschwommen brennende Streifen. Als Lucien das Glas fallen ließ, zerbrach es auf dem Rasen und verschüttete Wein wie Blut. Er hielt sich noch an den Ecken des Tisches fest, doch dann wurde ihm endgültig schwarz vor Augen. Es wurde dunkel um ihn und er brach zusammen.

Bevor er auf dem Rasen aufkam, fiel sein Blick als Letztes auf Michelle. Seine gestörte Sicht zergliederte ihr Gesicht in tausend Stücke. Er streckte die Arme nach ihr aus. Doch sie sah nur reglos zu.

Lucien wurde von einem langsamen, rhythmischen Pochen in seinem Kopf geweckt. Mit zusammengekniffenen

Augen blickte er zu den Feuerpflanzen hoch, hielt sich am Tisch fest und zog sich hoch. Er wusste nicht, wie lange er bewusstlos gewesen war. Ihm tat alles weh.

Auf dem Tisch hatte sich seines Wissens nicht viel verändert: Die Teller waren noch halb voll und Michelles Glas lag geleert neben ihrem Teller. Sein eigenes, zuvor zerbrochenes Glas knirschte unter seinen Schritten, als er umhertaumelte.

Das ergab alles überhaupt keinen Sinn. Was war geschehen? Wo war Michelle?

Allmählich erholte sich sein benebelter Verstand. Dann fiel ihm etwas ein. Mit einer grauenhaften Vorahnung steckte Lucien langsam die Hand in die Tasche – in der er das *Buch der Wunder* aufbewahrte.

Da war nur der Stoff.

Die Tasche war leer.

Oder genauer gesagt, jemand hatte sie geleert.

Michelle war weg. Das *Buch der Wunder* hatte sie mitgenommen.

Die Bibliothek der Seelen

30. Kapitel

In luftiger Höhe des Wunderreichs standen Daniel und Ellie vor einer Tür in dem nachtschwarzen Gang aus Backstein. Seit sie dort angekommen waren, zogen sich immer neue Risse über die Wände.

Daniel öffnete schwungvoll die Tür, spürte eine kalte Brise im Gesicht und bemerkte einen vertrauten, erdigen Geruch. Hinter der Tür lag eine kleine Holztreppe, die sie zu einer großen Höhle mit einem stillen schwarzen See führte. Überall standen große Figuren im Wasser, deren gewaltige Schatten bis zur Decke reichten, die meilenweit entfernt schien.

Irgendwo in der Düsternis flimmerte ein Licht. Dann noch eins, und noch eins. Gaslampen wurden langsam heller wie funkelnde Sterne am dunklen Himmel. Der Lichtschein war schwach, aber er vertrieb ein wenig die lastende Finsternis. Erst jetzt konnten sie die Riesen im Wasser erkennen.

Es waren Bücherregale.

Auf seinen Ausflügen nach Manhattan hatte Daniel oft gefunden, dass die Wolkenkratzerlandschaft aussah wie riesige Schluchten aus Glas und Beton. Die Bücherregale in dieser Bibliothek waren so hoch wie jene Gebäude. Einige standen in straff organisierten Reihen, die über Brücken und Treppen miteinander verbunden waren. Andere waren interessanter gestaltet – als Spiralen, Pyramiden und auffällige Berge, die aus der schwarzen Spiegelfläche des Sees aufragten.

Eine *Stadt aus Büchern,* dachte Daniel.

Er stand mit Ellie auf einer winzigen Insel aus Holz,

einer Plattform, die gerade einmal drei Quadratmeter maß und von dem schwarzen Wasser sanft umspült wurde. Plötzlich entdeckte Daniel in einiger Entfernung auf dem See das feine Glühen einer Lampe, die auf sie zutrieb. Der Fleck war bald als Boot erkennbar, auf dem eine große Gestalt mit Kapuze und weißem Gewand stand.

Das Boot legte an der Plattform an, und die Gestalt stieg auf die Planken.

«Willkommen in der Bibliothek der Seelen», sagte sie in einem Flüsterton, der sich anhörte, als käme er von allen Seiten gleichzeitig. Daniel fragte sich ernsthaft, ob die Bücher selbst wisperten, und erschauerte. Die Stimme sprach weiter:

«Geschichten sind etwas Kostbares. Sie sind ein wahrer Schatz. Und die wertvollste aller Geschichten ist die des Lebens. Hier, zwischen den zahllosen Tintenkanälen, weit oben in den Bücherregalen, findet ihr die Geschichte jedes bisher gelebten Lebens. Und die aller Menschen, die noch leben werden. Vergangenheit, Gegenwart und Zukunft. Leben und Tod. Ich gebe euch Geleit zu der Sage, die ihr sucht.»

Die Gestalt schwieg.

Daniel sprach als Erster. «Wir möchten bitte die Geschichte von Vindictus Sharpe lesen.»

Die Gestalt nickte unter der weißen Kapuze, stieg wieder ins Boot und wies sie an einzusteigen. Als das Boot abfuhr, tauchte Daniel eine Hand in die schwarze Flüssigkeit und rieb sie zwischen den Fingern. Es war tatsächlich Tinte.

Das Schiffchen manövrierte durch die Bücherberge, Torbögen und Tunnel, die in die Bücherregale geschlagen worden waren.

«Schon merkwürdig, oder?», sagte Ellie, deren Locken in der Brise wehten, seit das Boot Fahrt aufgenommen hatte. «Jedermanns Geschichte. Ist dir eigentlich klar, Daniel, dass du dein eigenes Buch suchen und erfahren könntest, wann du stirbst?»

Daniel musste schlucken.

«Da lasse ich mich lieber überraschen.»

Das Boot legte an einem engen Kanal zwischen zwei Bücherregalen an, die mehrere hundert Meter hoch waren. In großer Höhe kreuzten sich mehrere Seilbrücken.

Der Bibliothekar mit der Kapuze führte Daniel und Ellie aus dem Boot, indem er auf die hölzerne Plattform am Fuß des Regals sprang und die erste Treppe hinaufstieg. Es ging steil bergauf. Als der Bibliothekar endlich anhielt, taten Daniel die Beine weh.

«Wo ist er?», fragte Ellie nervös. «Wo steht die Geschichte von Mr Sharpe?»

Der Bibliothekar ging zu den Büchern und zog einen sehr dicken Band hervor. Das Buch mit Goldschnitt war in schwarzes Leder gebunden. Auf dem Titel stand in strenger Schrift der Name Vindictus Sharpe. Der Bibliothekar überreichte es Daniel. Es war schwerer als erwartet.

Er blätterte die Seiten um, doch als er versuchte, ein paar Sätze zu lesen, begriff er schnell, dass es gar nicht ging. Die Wörter bewegten sich auf dem Papier, verschwanden, verrutschten oder verschmolzen mit anderen

Wörtern. Das ganze Buch war ein wildes, unordentliches Buchstabenchaos.

«Das kann ich nicht lesen», sagte er und gab das Buch zurück. «Was ist da los?»

Der Bibliothekar blätterte das Buch durch. Dann hielt er inne.

«Dieser Mensch ... hat Gräueltaten begangen», sagte er. «Er hat andere bestohlen, hat ihnen Zeit geraubt. Er hat sein eigenes Leben verbogen und verzerrt, auch seine Seele ... so sehr, dass es unlesbar geworden ist.»

«Na toll», sagte Daniel. «Wir sind erledigt.»

«Oder auch nicht», sagte Ellie.

«Wie meinst du das?»

Ellie lächelte verhalten. «Tja, in der Bibliothek steht doch die Geschichte von jedem einzelnen Menschen, stimmt's?»

«Korrekt», sagte der Bibliothekar.

«Also dann ... steht die von Papa auch hier.»

Daniel schüttelte den Kopf.

«Ellie, ich glaube, ich weiß, was du denkst. Das ist keine gute Idee.»

«Und warum nicht? Wenn Papas Geschichte hier ist, können wir etwas damit anfangen.»

«Aber wenn wir ihn suchen, hetzen wir Mr Sharpe auf ihn», sagte Daniel. «Er versteckt sich aus gutem Grund, und wir müssen ihm vertrauen. Ich bin fast von einer Tür mit knochigen Händen verschlungen worden, als ich zum letzten Mal so etwas ausprobiert habe.»

«Ich rede doch gar nicht davon, dass wir ihn suchen

sollen», erwiderte Ellie. «Ich rede davon, sein Leben zu lesen, um zu erfahren, was dort über Mr Sharpe steht.»

Daniel lächelte.

«Ich weiß», sagte Ellie. «Ich bin ein Genie.»

«So weit würde ich nicht gehen», sagte Daniel. Dann wandte er sich an den Bibliothekar und sagte: «Würden Sie uns bitte zu der Geschichte von Lucien Silver bringen?»

Mr Silvers Geschichte war nicht so lang wie die von Mr Sharpe, was Daniel als Beweis dafür betrachtete, wie weit sich Mr Sharpes Leben in die Vergangenheit erstreckte. Als der Bibliothekar das Buch aus einem Regal im abgelegensten Teil der Bücherregale zog und es Ellie reichte, verschwendete sie keine Zeit mit Blättern.

«Was meinst du, wie weit soll ich zurückgehen? Papa ist ziemlich alt.»

Als ein schweres Grollen durch die Bibliothek dröhnte, fielen mehrere Bücher aus den Regalen in ihrer Nähe.

«Äh, Ellie, mach schneller.»

«Ja, ja, warte nur kurz.»

Wieder grollte es im Wunderreich, und in der Ferne plätscherte es. Die Tinte schlug Wellen.

«Was ist los?», fragte Daniel.

Der Bibliothekar hob die Hand. «Keine Ahnung.»

Und dann war die Hand auf einmal verschwunden und schwarze Tinte tränkte das weiße Gewand des

Bibliothekars. Die leere Robe schrumpfte und spritzte Tinte auf Daniel und Ellie, die sich mit großen Augen ansahen.

«Die Bibliothek bricht zusammen!», rief Daniel. «Wir müssen hier raus. Sofort.»

Nachdem sie wieder ins Boot gestiegen waren, frischte der Wind auf und blies immer stärker. Er pfiff durch die Regalschluchten und peitschte die Tinte im Kanal auf. Das Boot wurde wie ein Spielzeug hin und hergeworfen. Aus den tiefsten Tiefen der Bibliothek dröhnte und schwappte es. Als das Boot in der Brandung hüpfte, griff Daniel zu den Rudern und ruderte, bis sie in der Mitte der Bibliothek aufs offene Tintenmeer hinausfuhren. Es grollte erneut, und hinter ihnen fiel ein großer Bücherberg wie ein Gletscher in sich zusammen und rauschte in die Tinte. Das ungeheure Gewicht erzeugte eine hohe schwarze Welle, die sich auf das Boot zuwälzte.

Es wurde hochgeschaukelt, nahm gewaltig Fahrt auf und wurde immer schneller. Daniel hielt sich an der Seite fest und hakte sich bei Ellie unter. Doch dann kenterte das Boot und alles drehte sich, bis es nur noch die kalte, nasse Schwärze gab.

Daniel tauchte in dem Moment auf, als die nächste Welle über ihn hereinschlug, die ihn noch tiefer in die Tinte drückte. Seine Lungen waren kurz vorm Platzen und er wusste nicht einmal mehr, wo oben und unten war. Die Tinte war dichter als Wasser und schien ihn mit ihrem Gewicht zu erdrücken und zu zerquetschen.

Verzweifelt schlug er mit Armen und Beinen um sich und tauchte erneut an die Oberfläche, wo er keuchend die kalte Luft einatmete.

«Ellie!»

«Daniel! Hier! Hier hinten!»

Er folgte der Stimme und sah, dass Ellie sich auf die Holzinsel hievte, die ins Wunderreich zurückführte. Es war nicht leicht, gegen die Flut anzuschwimmen, zumal er befürchten musste, jeden Augenblick von einem Bücherregal erschlagen zu werden. Daniel schenkte dem Ächzen und Grollen keine Beachtung mehr und konnte schließlich erschöpft die Hand ausstrecken und sich an Ellies Arm festhalten. Halb zog sie ihn, halb schwang er sich selbst aus der Tinte.

Sie flüchteten zur Tür und duckten sich, als Bücher wie Geschosse über sie hinwegflogen. Dann stand die Tür offen. Sie fielen auf den kalten Boden des Wunderreichs, rappelten sich wieder auf und stemmten sich mit aller Kraft von außen gegen die Tür, um sie wieder zu schließen. Während sie gegen den Sturm ankämpften, krachte ein berghohes Bücherregal ins Tintenwasser und löste eine ungeheure Welle aus, die zur Tür rauschte. Daniel riss die Augen auf und schob noch fester. Die Tür ließ sich bewegen und schloss sich Zentimeter für Zentimeter, aber die Welle kam näher und näher ...

Sie knallten die Tür im selben Moment zu, als die Welle dagegendonnerte. Das gesamte Wunderreich erbebte, und noch in weiter Ferne fielen mehrere Treppen in der Treppenhalle in die Trümmerlandschaft.

Keuchend und von oben bis unten voller Tinte, sanken Daniel und Ellie auf die Knie.

«Ich habe Papas Lebensgeschichte verloren», sagte Ellie.

«Hauptsache, wir haben überlebt», sagte Daniel und holte das *Buch der Wunder* aus der Jackentasche. Obwohl er triefnass war und sowohl seine Haut als auch seine Kleidung mit schwarzen Tintenflecken übersät waren, hatte das Buch aus unerfindlichen Gründen keinen Schaden genommen.

«Tja, ich fürchte, wir müssen noch einmal von vorn anfangen. Es wäre nur schön, wenn uns jemand helfen könnte, jemand, der sich im Wunderreich gut auskennt.»

Er schlug das *Buch der Wunder* an einer beliebigen Stelle auf und überflog den Inhalt. Nachdem er auf den nächsten Seiten nichts Brauchbares gefunden hatte, wurde die Stille von einem vertrauten Zwitschern unterbrochen. Ein silbernes Aufblitzen, und die Elster, die überlebt hatte, flog zu Daniel. Er senkte den Kopf, als sie ihm im Sturzflug das Buch aus den Händen schlug.

«Hey!»

Der Vogel schenkte ihm keine Beachtung. Er landete auf dem aufgeschlagenen Buch und blieb dort hocken, als würde er ein Nest Eier ausbrüten.

«Na, weg da», sagte Daniel und scheuchte den Vogel mit einer halbherzigen Geste von dem Buch. Die Elster hüpfte herunter, ruckte mit dem Kopf zu der aufgeschlagenen Seite und sah Daniel mit rubinroten Augen durchdringend an. Er blickte an dem Vogel vorbei auf die Seite und begann zu lesen. Kurz darauf lächelte er verhalten und streichelte den Kopf der Elster.

«Schlaues Mädchen», sagte er. «Danke.»

Dann wandte er sich an Ellie, die ihnen verwirrt zugesehen hatte, und sagte: «Ich weiß, wo wir jetzt hingehen.»

Memorium
31. Kapitel

Unterwegs zu ihrem Ziel machten Daniel und Ellie einen Umweg über Mr Silvers Wohnung, wo sie ein langes braunes Haar vom Kissen zupften. Das Haar war nicht schwer zu finden; Mr Silver hatte schließlich genug davon.

«Im *Buch der Wunder* steht, dass ein Haar ausreicht, damit die Sache funktioniert», erklärte Daniel. «Warum, weiß ich nicht genau ... « Er blickte mit zusammengekniffenen Augen auf die entsprechende Seite. «Seine Schrift ist manchmal schwer zu entziffern. Es gibt wohl nur eine Möglichkeit, herauszufinden, ob es stimmt.»

Mittlerweile konnte man sich im Wunderreich nicht mehr sicher bewegen. Immer häufiger begegneten sie dem stellenweise fortschreitenden Nichts, das nicht nur die Wunder in die Leere sog, sondern auch das übrige Wunderreich schwächte, das wie eine faulende Zahnreihe verfiel. Neben den zerstörten Brücken stellten eingestürzte Gänge und überschwemmte Tunnel eine Gefahr dar. Dazu kam, dass Daniel sich auf seinen Orientierungssinn überhaupt nicht mehr verlassen konnte. Glücklicherweise entpuppte sich die verbliebene Elster als perfekte Führerin.

Als sie in einem Gang voller Spiegel zu der Tür gelangten, beugte Daniel sich vor, um das goldene Schild zu entziffern.

«Memorium. Das ist es.»

Es grollte erneut aus dem Kern des Wunderreichs, so sehr, dass der Boden wackelte. Als Daniel über die Wand strich, spürte er die feinen Risse.

Hinter der Tür lag ein Kino, dessen roter Teppichboden

an sprudelndes Blut erinnerte. Die Sitze, die in langen Reihen zu der fantastisch großen Leinwand ausgerichtet waren, hatten rote Samtpolster.

Neben Daniel bewegte sich etwas in der Luft und die Schatten formten sich zu einer männlichen Gestalt. Der Mann war groß und hager, seine Haut war rau wie Schmirgelpapier, und über dem linken Auge trug er eine Augenklappe. Seine schwarze Uniform war mit goldenen Paspeln verziert, und er hielt eine Fackel in der Hand. Der Mann roch nach Staub und Zucker.

«Ich bin heute Abend euer Platzanweiser. Wie kann ich euch behilflich sein?»

«Äh ... wie funktioniert das hier?», fragte Daniel.

Der Platzanweiser lächelte.

«Wir zeigen euch die Vergangenheit, die wir alten Erinnerungen entnehmen. Die wahre Vergangenheit, muss ich betonen, weder durch Voreingenommenheit oder Alter gefärbt noch von der Zeit verfälscht. Alles – und zwar genau, wie es geschehen ist. Ihr müsst mit einem einzelnen Haar bezahlen.»

«Was uns interessiert», sagte Ellie, «ist gar nicht unsere eigene Vergangenheit. Sie gehört jemand anderem.»

Das gesunde Auge des Platzanweisers zuckte von Ellie zu Daniel und wieder zurück.

«Habt ihr denn ein Haar dieser Person?»

Sie nickten.

«Dann ist das kein Problem», erwiderte er. «Nehmt doch bitte Platz.» Er führte sie in die vorderste Reihe direkt vor der Leinwand und wies sie mit einer Geste an, sich hinzusetzen. Dann streckte er die Hand aus: «Bitte bezahlen.»

Ellie holte Mr Silvers Haar aus der Tasche und legte es auf die Hand des Platzanweisers, der es dicht vor sein gesundes Auge hob. Als er den Hut abnahm, enthüllte er den sonderbarsten Haarschopf, den Daniel je gesehen hatte. Er war größtenteils kahl, doch hier und da sprossen unterschiedlich lange Haare in vielen verschiedenen Farben.

Der Platzanweiser nahm Mr Silvers Haar an sich und holte eine Nähnadel aus seiner Uniformtasche. Er fädelte das Haar durch das Nadelöhr, hob die Hand mit der Nadel, drückte die Spitze an seinen Kopf und nähte Mr Silvers Haar daran. Als er zufrieden feststellte, dass das Haar festsaß, setzte er den Hut wieder auf und nahm neben Daniel Platz, der ihn mit einer Mischung aus Entsetzen und Faszination beobachtet hatte.

«Jetzt kann es losgehen», sagte der Platzanweiser. «Was wollt ihr genau sehen?»

«Wir wollen wissen, was zwischen Mr Silver und Vindictus Sharpe vorgefallen ist», erklärte Daniel. «Und zwar alles aus dem Gedächtnis von Mr Silver, was uns helfen kann, Mr Sharpe besser zu verstehen. Und wenn wir etwas finden, das wir gegen ihn verwenden können, umso besser.»

Der Platzanweiser nickte nachdenklich.

«Gut, gut.»

Er lehnte sich in seinem Sitz neben Daniel zurück, hob die Hand und zog die Augenklappe ab.

Daniel musste einfach hinsehen. Er erhaschte gerade noch einen Blick in die leere Augenhöhle des Platzanweisers, als bereits das Kinolicht erlosch und alles in Dunkelheit hüllte. Dann richtete sich der Körper des Platzanweisers auf und wurde ganz steif. Ein heller weißer Lichtstrahl schoss aus seinem leeren Auge auf die Leinwand.

Ein Knistern, das Daniels Ohren kitzelte, hörte sich an wie eine zerkratzte Schallplatte. Weiße Blitze zuckten über die Leinwand, die kurz darauf ein körniges Bild zusammenfügte: eine verschneite Stadt mitten in der Nacht; eine einsame Gestalt, die die Treppe zu einem streng wirkenden Gebäude hochstieg, das mit zahlreichen Wasserspeiern verziert war …

… und dann sahen sie das ganze Bild: Lucien Silver, der verängstigte, von den anderen Kindern gehänselte kleine Junge, wurde in einer eisigen Nacht in Edinburgh von einem geheimnisvollen Fremden aus einem Leben der Einsamkeit und Quälerei gerettet. Die Lehrjahre, in denen er die Kunst der Magie meisterte, die Fehler und Fehltritte, für die er Prügel kassierte, und die regnerischen Tage, an denen er aus dem kleinen Fenster seines Mansardenzimmers blickte und sich wünschte, er hätte doch kein Talent und wäre ganz normal.

Der Schauplatz änderte sich. Lucien gab in dem prächtigen Salon eines Stadthauses seine erste Vorstellung, der nur Mr Sharpe und eine alte Frau namens Birdie beiwohnten.

Und dann wurde es ernst mit den Auftritten. Ein munteres Leben, das Reisen und Ruhm mit sich brachte.

Ausverkaufte Theater rund um den Globus, das Publikum gebannt von Sharpe und Silver. Doch man konnte auch bereits sehen, dass sich ein Schatten auf Mr Sharpes Herz legte, weil er neidisch auf die Begabung seines Schützlings war. Luciens Einfall, das *Buch der Wunder* zu schreiben, schien ihm den Rest zu geben, und nachdem Daniel und Ellie in dem Film Birdies Beerdigung gesehen hatten, verließ Mr Sharpe Lucien und überließ ihn der harten Wirklichkeit der Welt.

Eine Dampfwolke legte sich über das Kino, und als es wieder aufgeklart hatte, spielte die Handlung erneut in Edinburgh. Lucien Silver stieg aus einem Zug und ähnelte mit seinem Selbstbewusstsein und Stolz nun schon sehr dem Mr Silver, den Daniel kennengelernt hatte. Als er erstmals die Pforten des Wunderreichs öffnete, schenkte er den Besuchern einen Einblick in eine magische Welt, wie sie sie noch nie erlebt hatten.

Doch dann war auch Mr Sharpe wieder da, und Mr Silver schlenderte Arm in Arm mit Michelle durch das Wunderreich, glücklicher als Daniel ihn je gesehen hatte ...

Aber die guten Zeiten währten nicht lange.

Daniel schnappte nach Luft, als Michelle Mr Silver hinterging.

Ellie umklammerte seinen Arm, als sie Zeugin wurde, wie ihr Vater auf die Knie sank. Sein *Buch der Wunder* war für ihn verloren, weil die Liebe seines Lebens es gestohlen hatte. Ellie packte seinen Arm noch fester, als Mr Silver ein Jahr später in einer Regennacht an die Tür ging und ein Baby fand. In den Decken steckte eine Nachricht.

Die Kinder verfolgten gebannt, wie Lucien am nächsten Tag entschlossen durch eine Prachtallee schritt, die mit Ahornbäumen gesäumt war. Vor dem Tor der größten Villa blieb Lucien neben dem Namensschild von Vindictus Sharpe stehen. Er blickte forschend durch die Gitterstäbe. Nachdem er mit den Fingern über die Schlösser gestrichen hatte, schwang das Tor auf und Lucien eilte zur Haustür ...

In dem Moment ging der Film nicht weiter. Das Bild zog sich in die Länge, wurde verzerrt und riss. Dann erschien ein bekanntes Gesicht, ein höhnender Vindictus Sharpe, bei dessen Anblick Daniel und Ellie auf ihren Kinoplätzen zusammenzuckten. Doch danach konnten sie nichts mehr verstehen, es folgte das gedämpfte Geräusch von Stimmen, ein Schrei, dann blitzte es rot auf ...

Das Licht im Kino wurde langsam wieder hochgefahren und tauchte den Raum in einen warmen, bernsteinfarbenen Schein.

«Was ist passiert?», fragte Daniel. «Wir müssen unbedingt wissen, was als Nächstes geschehen ist!»

Neben ihm blinzelte der Platzanweiser, der vollkommen unbeteiligt der Vorführung gefolgt war, mit seinem gesunden Auge. Er richtete sich auf, schob die Augenklappe zurück und ließ den Blick durch den Kinosaal schweifen, als hätte er ihn nie zuvor gesehen. Als er Daniel ansah, runzelte er die Stirn.

«Also, so etwas ist noch nie vorgekommen», sagte er, nahm den Hut ab und kratzte sich die Kopfhaut mit dem Sammelsurium fremder Haare.

«Noch mal von vorne!», rief Ellie. «Reparieren Sie die Stelle!»

«Das kann ich nicht», sagte der Platzanweiser. «Ich kann die letzte Szene nicht noch einmal abspielen. Jemand hat sie manipuliert, weil er darauf nicht gesehen werden will, ganz klar. Ich fürchte, dass jenes Geheimnis ungeklärt bleibt, in das ihr Einblick erhalten wolltet.»

In Daniels Kopf nahm ein Gedanke Gestalt an …

Ein Geheimnis.

Er nahm seine Umgebung nur noch verschwommen wahr. In Gedanken war er nicht mehr in diesem Kino, sondern versetzte sich in die ersten Tage im Wunderreich zurück. Er dachte vor allem an den ersten Abend, an dem er etwas ins *Buch der Wunder* geschrieben hatte.

In seiner Erinnerung war er wieder in dem Raum voller Geheimnisse.

«Darf ich die Ehre haben, als Erster ein Geheimnis zu hinterlassen?», hatte Mr Silver gefragt.

Daniel sprang auf, nahm Ellies Arm und wollte sie durch die Reihe zum Ausgang zerren.

«Lass mich los, Daniel! Bist du so nett, mir zu sagen, was los ist?»

Als sie zur Tür hinausliefen, versank das alte Kino erneut in der gewohnten Stille.

Der Platzanweiser stand auf und sah ihnen nach. Dann kratzte er sich am Kinn.

«Was für ein merkwürdiges Pärchen», sagte er. Wieder einmal erloschen die Lichter und mit einem letzten Aufwallen der Dunkelheit war auch er verschwunden.

Mr. Silvers Geheimnis

32. Kapitel

Seit jener Nacht, als er erstmals ein Wunder in das Buch geschrieben hatte, war Daniel nicht mehr im Raum der Geheimnisse gewesen. Er hatte große Angst, dass auch der bereits eingestürzt sein könnte, und war entsprechend erleichtert, als er ihn unversehrt vorfand. Die meisten Schneekugeln waren immer noch leer, doch hier und da hatten die Kunden etwas hineingetan. Ihre Geheimnisse lagen unter den kleinen Glaskuppeln: eine weiße Blume, ein zerrissenes rotes Papierherz, der Kuckuck einer Schwarzwalduhr, die wie verlorene Schätze auf jemanden warteten.

«Und das sind alles Geheimnisse?», fragte Ellie, nahm eine Schneekugel von der Säule und legte sie sofort wieder zurück, als sie sah, dass sie einen winzigen Schädel enthielt.

Daniel stieg die Wendeltreppe hoch, immer um die Säule herum, und durchforstete die Geheimnisse mit Blicken.

«Tja», sagte er.

«Wonach suchen wir genau?»

«Das weiß ich auch nicht recht. Ich hoffe eigentlich, dass ich es erkenne, wenn ich es sehe.» Er hatte vergessen, wie viele Schneekugeln es gab. In dem schwach beleuchteten Raum funkelten Tausende von ihnen, und er betrachtete auf dem Weg nach oben jede einzeln, damit ihm auch ja nichts entging.

Und dann fand er sie, mitten zwischen Hunderten von leeren Kugeln. Als sein Blick darauf fiel, wusste er sofort, dass es die richtige war. Er holte das Geheimnis vorsichtig von seinem Platz und trug es nach unten, wo er es Ellie auf der ausgestreckten Hand präsentierte.

«Das haben wir gesucht», erklärte er. «Es gehört Mr Silver.» Er hielt die Schneekugel hoch. «Du hast den Film im Memorium gesehen. Mr Silver möchte nicht, dass irgendjemand erfährt, was in der Nacht geschehen ist, als er Mr Sharpe besucht hat. Und ich wette, das ist genau das Geheimnis, das er in der Kugel hinterlegt hat.»

Dann hob Daniel die Glaskugel hoch über den Kopf und schleuderte sie mit aller Kraft auf den Boden, wo sie noch einmal hochsprang und davonrollte. Er hob sie auf und untersuchte die Oberfläche Millimeter für Millimeter.

«Nicht einmal ein Kratzer», sagte er. Dann warf er Mr Silvers Schneekugel an die Wand, und als auch das vergeblich war, trat er auf das dünne Glas. Er versuchte sogar, zwei Geheimnisse aneinanderzuschlagen. Nichts funktionierte, die Kugel blieb heil. Daniel schrie enttäuscht auf und warf das Geheimnis fort.

«Daniel, hör auf!», sagte Ellie und stellte sich ihm in den Weg, bevor er noch etwas kaputt machen konnte. «Stopp!»

Daniel sackte in sich zusammen. Er schaute sich in dem Wunderraum um.

«Es tut mir leid. Ich dachte, wenn das Wunderreich seine Macht verliert, wären vielleicht auch die Geheimnisse nicht mehr sicher. Ich dachte, die Schneekugeln wären ebenfalls geschwächt.» Immer noch außer Atem, setzte er sich hin. «Wir müssen wirklich unbedingt herausfinden, was in jener Nacht passiert ist, Ellie. Es ist der Schlüssel zu allem, das spüre ich.»

Auf einmal riss Ellie ihre grauen Augen auf. «Natürlich!», rief sie.

«Natürlich was?», fragte Daniel.

«An eins haben wir überhaupt nicht gedacht», sagte Ellie. «Wir sind ganz falsch an Papas Geheimnis herangegangen, indem wir dachten, er wüsste als Einziger, was damals geschehen ist. Aber das stimmt doch gar nicht! Daran waren *zwei* Menschen beteiligt.»

Daniel sah forschend zu ihr hoch, dann strahlte er sie an. Sie hatte recht: Was auch immer es war, das Mr Silver verbarg – Vindictus Sharpe wusste es auch –, und das bedeutete, dass sie das Rätsel mit Hilfe seiner Erinnerungen lösen konnten.

«Weißt du was?», sagte er. «Was ich eben gesagt habe, war falsch. Du bist doch ein Genie.»

«Ich weiß», sagte Ellie. «Allerdings haben wir immer noch ein Problem. Wir brauchen ein Haar von Mr Sharpe, um weitermachen zu können.»

Daniel musste zugeben, dass dies der Knackpunkt war. Schließlich würde Mr Sharpe sich kaum ein Haar ausreißen und es ihnen lächelnd überreichen.

«Wir überlegen uns etwas», sagte er, als sie zur Tür gingen. «Übrigens wollte ich dich noch etwas fragen: Im Memorium haben wir doch gesehen, dass ein Baby vor der Tür des Wunderreichs abgelegt wurde. War das ... das warst doch nicht ... «

«Ich?», fragte Ellie. «Selbstverständlich war ich das.»

Daniel hielt verwirrt inne. «Aber ... aber das sah so aus, als wäre das alles wahnsinnig lange her.»

Ellie nickte. Sie lächelte, doch ein glückliches Lächeln sah anders aus.

«Du erinnerst dich an den Geburtstagsball, den Papa mir zu Ehren gegeben hat? Zu meinem zwölften Geburtstag?»

«Ja, und?»

«Tja, da bin ich zum hunderteinundzwanzigsten Mal zwölf geworden.»

Daniel blinzelte.

«So lange bist du schon hier?»

«Ja.»

«Und du bist nie ... es war nie so ... du bist nicht älter geworden? Keinen einzigen Tag?»

«Papa hat mich nur gerade so groß werden lassen, dass ich ihm nicht mehr andauernd zur Last gefallen bin. Aber er wollte auch nicht, dass ich selbstständig in die Welt hinausging. Jetzt kennen wir den Grund. Solange ich im Wunderreich blieb, konnte er mich vor Mr Sharpe beschützen. Deshalb hat er eine eigene kleine Blase für sein Geschäft gezaubert, mit eigenen Regeln und einer eigenen Zeit, vollkommen abgeschottet von der wahren Welt. Und genau deswegen bin ich lange gleich alt geblieben. Hier altert man nicht.»

«Soll das heißen ... ich auch nicht?», fragte Daniel. «Ich werde nicht älter, solange ich hier bleibe?»

«Die Zeit vergeht nur normal, wenn du rausgehst», erklärte Ellie. «So brauchst du eine Ewigkeit, um erwachsen zu werden.»

«Unfassbar, dass Mr Silver mir das nicht verraten hat!»

Daniel war empört. «Gut, er hat erwähnt, dass er selbst lange nicht gealtert ist, aber … *das* hätte er mir sagen müssen!»

Ellie runzelte die Stirn. «Hättest du dich dann anders entschieden? Wärest du auch bereit gewesen, hier zu arbeiten, wenn du es gewusst hättest?»

«Wenn ich gewusst hätte, dass ich ein zweiter Peter Pan werde?», fragte Daniel zurück. «Der Junge, der nie erwachsen wird? Keine Ahnung. Vielleicht schon.»

Ein tiefes Grollen hallte im Wunderreich wider wie das Magenknurren eines Riesen. Der Boden wackelte und die Schneekugeln schlugen klirrend aneinander. Als mehrere Geheimnisse von der Säule fielen, überlegte Daniel, wie viele Wunder sich bereits auf ähnliche Weise für immer in Luft aufgelöst hatten.

Während Ellie und Daniel davonhuschten, schloss sich die Tür zum Wunder der Geheimnisse mit einem leisen Klicken.

Haar-spalterei

33. Kapitel

Die Elster landete auf Daniels Schulter und schlug ihm mit der schwarzen Briefkarte, die sie im Schnabel hielt, auf die Wange. Auf der Rückseite standen vier Worte, hastig mit goldener Tinte hingekritzelt:

Er schläft. Beeil dich!

Daniel steckte die Karte ein und machte sich auf den kurzen Weg von seinem Wohnwagen durch die Treppenhalle zu dem roten Samtvorhang. Ihr Plan war einfach, wie Pläne so sind – genau genommen war es gar kein richtiger Plan. Für Mr Sharpe war Ellie ein Geist. Sie konnte ihn beobachten, ohne dass er es merkte. Doch im Gegenzug konnte sie ihn auch nicht berühren. Deshalb konnte sie ihm auch kein Haar ausreißen. Diese Aufgabe musste Daniel erledigen. Infolgedessen sollte Ellie Mr Sharpe beobachten, warten, bis er eingeschlafen war, und Daniel benachrichtigen. Er wiederum sollte sich dann anschleichen und ihm das Haar stehlen.

Als er durch den Vorhang trat, wartete Ellie auf ihn. Glücklich sah sie nicht aus. Ein seltsamer Ausdruck war in ihre grauen Augen getreten, sie starrte irgendwie ins Leere.

«Geht's?», fragte Daniel ganz leise.

Ellie zuckte zusammen. «Ja, schon. Er schläft, aber er hat den ganzen Abend an Papas Schreibtisch gesessen, Whisky getrunken und mit Messern auf den ausgestopften Eisbär geworfen. Pass auf, Daniel, er ist in einer schrecklichen Stimmung. Wenn er aufwacht, schneidet er dir die Kehle durch.»

Im vorderen Teil des Geschäfts war es warm und still. Die einzigen Geräusche, die Daniel hörte, während er zu Mr Silvers Schreibtisch schlich, waren sein rasender Herzschlag und das Knacken und Zischen des Feuers.

Mr Sharpe hing über der Tischplatte und hatte den Kopf auf dem linken Arm abgelegt. In der Hand des anderen, ausgestreckten Arms hielt er einen langen silbernen Dolch. Neben ihm stand eine Whiskyflasche, die er bis auf wenige bernsteinfarbene Tropfen ausgetrunken hatte. In der anderen Ecke des Geschäfts stand der ausgestopfte Eisbär. Drei Dolche steckten in seinem Körper, zwei in seiner Brust und einer zwischen den Augen.

Daniel hockte jetzt so am Schreibtisch, dass er einen sehr guten Blick auf Mr Sharpes Scheitel hatte. Mit großer Sorgfalt steckte er die Hand in die Tasche und holte langsam und vorsichtig eine Schere heraus. Er hielt den Atem an, als er sich über den Schreibtisch beugte und die Schere an Mr Sharpes kurze Strähnen anlegte. Mehrere silberne Haare fielen auf die Tischplatte und glänzten im Feuerschein.

Nachdem Daniel die Schere wieder eingesteckt hatte, griff er mit zitternden Fingern nach einem Haar.

Sein Arm streifte die Whiskyflasche. Ohnmächtig musste er zusehen, wie sie sich drehte und dann herunterfiel. Mit einem lauten Klirren landete sie seitlich auf dem Boden. Mr Sharpe schnaubte und schnaufte und öffnete eins seiner irisierend blauen Augen.

Daniel war so entsetzt, dass er sich nicht vom Fleck rühren konnte. Er konnte den Blick nicht von dem blauen Auge lösen und wartete nur darauf, dass Mr Sharpe auch das andere Auge aufschlug, aufsprang und ihm wie einem Fisch den Bauch aufschlitzte …

Doch nichts dergleichen geschah. Mr Sharpe verdrehte das blaue Auge, schloss es und begann zu schnarchen. Daniel steckte die Haare ein und schlich so leise wie möglich davon.

Auf der anderen Seite des Vorhangs warf Ellie ihm einen erwartungsvollen Blick zu, während die Elster auf ihrer Schulter auf und ab hüpfte.

«Und?»

Lächelnd streckte Daniel die Hand aus.

«Geschafft.»

Die Elster wusste offenbar genau, worum es ging, denn sie flog fröhliche Schleifen durch das Wunderreich und zwitscherte aufgeregt, als sie die Kinder zum Memorium zurückgeleitete.

Das Kino lag wieder still und ruhig vor ihnen, bis sich in der Dunkelheit etwas rührte und der Platzanweiser vor ihnen auftauchte.

«Ah, ihr seid zurückgekommen, ja? Aber ich habe euch schon gesagt, dass ich nichts an der Vergangenheit ändern kann, die ich euch gezeigt habe. Das betreffende Ereignis wird für immer ein Rätsel bleiben.»

«Da war noch jemand beteiligt», erwiderte Daniel. «Auch diese Person hat an dem vergangenen Ereignis teilgenommen.» Er streckte die Hand aus. «Hier haben wir noch ein Haar.»

Der Platzanweiser schnappte sich das Haar und prüfte es mit seinem gesunden Auge.

«Wieso habt ihr das nicht gleich gesagt?», fragte er, breitete die Arme aus und zeigte auf das Kino. «Nehmt doch bitte Platz.»

Sie setzten sich vor die Leinwand, während der Platzanweiser Mr Sharpes Haar an seine Kopfhaut nähte. Nachdem er sich neben sie gesetzt hatte, schnipste er die Augenklappe beiseite. Der Lichtstrahl schoss aus seiner leeren Augenhöhle Richtung Leinwand.

Knisternd entstand ein Bild. Daniel und Ellie lehnten sich zurück und sahen endlich, was sich wirklich zugetragen hatte.

Böses Blut

34. Kapitel

Vindictus Sharpe breitete die Arme aus und sog den Applaus der Zuschauer auf, die überwältigt von der Show pfiffen, jubelten und mit den Füßen trampelten.

Als der Vorhang gefallen war, ging Mr Sharpe schweigend zu seiner Garderobe. Dort schenkte er sich ein großes Glas Whisky ein und trank es aus. Und noch eins. Dann zog er Mantel, Schal und Handschuhe an und verließ das Theater durch den Bühneneingang. Die Herbstluft war kühl und frisch, und sein Atem dampfte auf dem kurzen Weg zu seiner prächtigen Villa, die er sein Zuhause nannte, wann immer er in Edinburgh auftrat – was zu der Zeit nicht mehr so oft der Fall war.

Als er ankam, war niemand da, um ihn zu begrüßen. Er zog es vor, kein Hauspersonal zu beschäftigen. Nachdem er den Mantel ausgezogen hatte, ging er zwei Etagen höher in sein Büro. Auf seinem Schreibtisch stand eine halb volle Flasche Whisky neben einem Kristallglas. Er schenkte sich ein und setzte sich. Dann holte er ein Buch mit abgegriffenem Ledereinband aus der Tasche und legte es vorsichtig auf die Tischplatte. Er schaltete die Schreibtischlampe an, spreizte die Finger und begann zu lesen. Aufmerksam nahm er jedes Detail in Augenschein.

«Es wird Ihnen niemals so entgegenkommen wie mir.»

Mr Sharpe kannte die Stimme. Er hob den Blick nicht vom *Buch der Wunder*.

«Lucien. Darf ich dir einen Drink anbieten?»

Lucien Silver stand an der Tür und fixierte mit seinen grauen Augen das Buch.

«Sie haben Michelle benutzt – ihre eigene Tochter –, um an mich heranzukommen. Um an das Buch zu kommen.»

Diesmal blickte Mr Sharpe auf.

«Ja», sagte er.

Mr Silver ging weiter in den Raum hinein.

«Wieso? Wieso stehlen Sie mein Buch? Sie wissen genau, dass es erst wirklich mit Ihnen zusammenarbeitet, wenn ich es hergeben würde oder wenn Sie mich herausfordern und es mir abringen. Und ich werde es Ihnen niemals freiwillig übergeben. In diesen Seiten steckt zu viel von meiner Seele. Das Buch gehört so zu mir wie mein Herz. Ich lebe darin.»

Mr Sharpe ließ die Frage in der Luft schweben. Er biss sich auf die Lippe, seine großen Hände zitterten vor Wut.

Mr Silver lächelte, als ihm etwas bewusst wurde.

«Sie haben es gestohlen, um es zu kopieren! Stimmt doch, oder? Sie wollen auch eins haben, aber Sie verstehen nicht, wie es funktioniert! Das Buch geht weit über Ihr Talent hinaus, und das macht Sie wahnsinnig. Ha! Der große Vindictus Sharpe, auf Nachahmung angewiesen!»

Nach einem weiteren Schritt stand nur noch der Schreibtisch zwischen ihm und Vindictus Sharpe. «Und, wo ist es? Wo ist Ihre Version von meinem *Buch der Wunder*? Haben Sie es etwa nicht geschafft, eins zu schreiben?»

Mr Sharpe betrachtete ihn mit seinen gefährlichen blauen Augen und verzog den Mund zu einem höhnischen Grinsen. «Ich habe keine Zeit für solche Spielchen.»

Mr Silver streckte die Hand aus. «Geben Sie mir das Buch, und Sie hören nie wieder von mir.»

Mr Sharpe schlug das Buch zu und legte die Hand auf den Umschlag.

«Raus.»

Mr Silver beugte sich über den Schreibtisch und brachte sein Gesicht dicht vor Mr Sharpes.

«Nicht ohne mein Buch. Ich will Ihnen nicht wehtun, obwohl es mir niemand vorwerfen könnte, wenn ich es doch täte.»

Mr Sharpe antwortete nicht. Das Buch bebte unter seinen Fingern. Als er die Hand hob, flog es vom Schreibtisch in die wartenden Hände von Mr Silver.

«Danke», sagte Mr Silver. «Sie werden mich nicht wiedersehen. Adieu. Und alles Gute.»

Er war bereits an der Tür, als Mr Sharpe ihn erneut ansprach.

«Ich fordere dich heraus.»

Mr Silver blieb stehen und ließ den Kopf hängen.

«Tun Sie das nicht, Vindictus.»

«Ich fordere dich heraus», wiederholte Mr Sharpe. «Keine Mätzchen. Keine Ausflüchte. Ein Duell bis zum Letzten – so wie die Dinge geregelt werden sollten –, bis sich einer von uns beiden ergibt oder im Zuge des Ganzen getötet wird. Wenn ich gewinne, gehört das Buch mir.»

Schweigen.

«Und wenn Sie verlieren?», fragte Mr Silver.

Mr Sharpe zuckte die Achseln.

«Das überlasse ich dir», sagte er. «So weit kommt es sowieso nicht.»

«Vor vielen Jahren, nach Birdies Beerdigung, habe ich

Sie gefragt, warum Sie nie älter werden. Ich hatte recht, oder? Sie stehlen anderen Menschen Jahre ihres Lebens? Sie nehmen ihnen eine gehörige Portion ihres Lebens weg. Sie vernichten ihre Zukunft.»

Mr Sharpe nickte.

«Es gibt gewisse Zweige der Magie, die ... nun ja, Opfer ... verlangen.»

«Und es ist unrecht», sagte Mr Silver. «Das ist Mord auf Raten. Wenn ich gewinne, hören Sie damit auf.»

Mr Sharpe richtete sich zu seiner vollen Größe auf – ein Bär von einem Mann.

«Was ist das Leben der anderen schon wert, im Vergleich zu meinem? Was haben sie denn vorzuweisen? Sie haben keine Ahnung von den Möglichkeiten, die uns diese Welt zu bieten hat. Es ist doch sicherlich nicht zu viel verlangt, dass einige ein oder zwei Jahre eher vor ihren Schöpfer treten, damit ich mein Werk vollenden kann?»

«Es gibt andere Methoden», erwiderte Mr Silver. «Man kann auch einen anderen Weg einschlagen, andere Energien anzapfen. Die Vorstellungskraft zum Beispiel bietet grenzenlose Möglichkeiten. Aber das sehen Sie gar nicht, weil sie ein Fanatiker sind.» Er schwieg kurz. «Ich nehme Ihre Herausforderung an.»

Kaum hatte er das gesagt, als Mr Sharpe sich bereits auf ihn stürzte. Schnell wie der Blitz zischte er durch den Raum und warf ihn gegen die Wand. Mr Sharpe hob Mr Silver mit einer Hand hoch, drückte ihn an die Mauer und versetzte ihm einen brutalen Faustschlag in den Magen. Mr Silver kippte vornüber und hielt sich den

Bauch. Daraufhin schleuderte Mr Sharpe mit einer knappen Handbewegung seinen Schreibtisch quer durch den Raum. Lucien konnte sich gerade noch ducken, bevor das Möbelstück an der Steinmauer zerbrach.

Als er hörte, wie Glas klirrte, wandte Lucien sich dem Fenster zu, wo eine Scheibe in tausend Splitter zerbrach, die auf ihn zuflogen. Er versuchte zwar, sie um seinen Körper herumzuleiten, aber es waren zu viele, und er trug mehrere tiefe Stichwunden im Bein davon.

Als er in den Hausflur humpelte und eine Treppe hinunter, stolzierte Mr Sharpe mit einem barbarischen Grinsen hinter ihm her. Lucien versuchte Zeit zu schinden, indem er Figuren von den Wandgemälden zum Leben erweckte. Doch als sie sich Mr Sharpe in den Weg stellten, schmetterte er sie ab, bis sie zu Farbkügelchen schrumpften und auf den Teppich fielen.

Dann wälzten sich die beiden Magier die Treppe hinab, eine wogende Kugel aus wedelnden Armen und gefletschten Zähnen. Mr Sharpe warf Mr Silver durch die Eingangshalle in einen prunkvollen Salon, wo Mr Silver rückwärts kroch und auf das Feuer zeigte. Züngelnde Flammen sprangen aus dem Kamin, schlangen sich um Mr Sharpe und schlossen ihn in eine lodernde Hülle. Er brüllte, und das Feuer verwandelte sich in Rauch.

«Du hättest heute Abend nicht kommen dürfen», sagte er. Er hielt drei Dolche in den Händen und warf den ersten auf Mr Silver, der ihn gerade noch zur Kommode ablenken konnte. Der Dolch bohrte sich tief ins Holz.

Als der zweite Mr Silver in die Schulter traf, warf er den

Kopf zurück und schrie vor Schmerz. Dann fiel er auf die Knie.

«Der Unterschied zwischen dir und mir», sagte Mr Sharpe, «besteht darin, dass ich kein Problem damit habe, diesen Kampf bis zum bitteren Ende zu kämpfen.» Er holte mit dem letzten Dolch aus. Die Klinge sauste los, er hatte gut gezielt. Das scharfe Messer flog durch die Luft, Griff über Klinge, wie er es so oft schon auf der Bühne geworfen hatte.

Lucien starrte auf den wirbelnden Dolch. Alles andere zerrann zu nichts. Vom Rand seiner Wahrnehmung glaubte er, eine Frauenstimme zu hören, sie war ihm vertraut, so süß ...

«Vater? Lucien? Nein!»

Mit einer allerletzten Kraftanstrengung konnte Lucien Silver dem Dolch eine andere Richtung geben. Er schwenkte glänzend und funkelnd nach rechts.

Lucien hatte nicht gesehen, dass Michelle Sharpe zur Tür hereingekommen war.

Der Dolch traf sie mitten ins Herz.

Als sie auf dem Boden auftraf, war sie bereits tot.

Die Welt blieb stehen.

Wie gelähmt starrte Mr Sharpe den leblosen Körper seiner Tochter an. Lucien Silver riss die Augen auf und schrie in seiner Qual und Verzweiflung. Er verdrängte den Schmerz seiner eigenen Stichwunden, schleppte sich zu Michelle und bettete ihren Kopf in seine Hände. Große rote Flecken erblühten auf ihrem weißen Nachthemd.

«Wenn du mir das Buch gibst, lasse ich die Polizei aus dem Spiel», sagte Mr Sharpe.

Tiefe Trauer stand in Luciens Augen, als er zu ihm hochsah.

«Wir haben sie umgebracht!», brüllte er. «Sie ist tot, und dennoch denken Sie nur an dieses Buch?»

Er zog den Dolch aus Michelles Brust, sprang auf und drückte Mr Sharpe an die Wand. Vor Wut sah er rot. Obwohl er im Vergleich zu Mr Sharpe der reinste Zwerg war, glich er in diesem Moment, in dem alle Fesseln von ihm abfielen und weder Selbstbeherrschung noch Angst ihm irgendwelche Beschränkungen auferlegten, einem Riesen.

Mr Sharpe riss die blauen Augen auf, als Lucien ihm die Messerspitze an den Hals drückte. «*Du* hast sie getötet, Lucien», flüsterte er. «Ich habe nicht auf sie gezielt. Es ist deine Schuld.»

Lucien schüttelte den Kopf. Sein Atem ging stockend, er keuchte.

«Nein ... nein, ich habe sie geliebt! Ich würde ihr nie etwas antun!»

Mr Sharpe fixierte ihn. Nur wenige Zentimeter trennten ihre Gesichter.

«Mörder», wisperte er.

Lucien Silver ließ den Dolch fallen. Er wich zurück, raufte sich die Haare und schlug mit der Hand auf seine Brust.

«Nein. Nein!»

«Mörder», sagte Mr Sharpe noch einmal mit einem abscheulichen Lächeln.

Lucien riss sich ein Haarbüschel aus. Er spürte das *Buch der Wunder* in seiner Jackentasche, drehte sich um und warf einen letzten Blick auf Michelles Leiche.

Dann ging er.

«Wir sind noch nicht fertig!», schrie Mr Sharpe in die Nacht hinaus. «Das Duell ist noch nicht beendet! Ich werde dich finden, wohin du dich auch wendest, und dann bringe ich dich um und nehme dir das Buch weg!»

Eiskalt und in aller Seelenruhe stieg er über seine tote Tochter hinweg, öffnete einen hölzernen Wandschrank und schenkte sich aus einer Kristallkaraffe ein Glas Whisky ein. Dann verließ er den Raum; Michelles Augen starrten blicklos ins tosende Feuer.

Die Herausforderung

35. Kapitel

Daniel saß da wie vom Donner gerührt, als das Licht im Kino wieder anging. Er war sprachlos und versuchte zu verarbeiten, was er gesehen hatte. Und wieder meldete sich etwas in seinem Hinterkopf, ein Gedanke, der danach schrie, beachtet zu werden. Eine Idee ... eine Möglichkeit ...

Neben ihm zuckten Ellies Schultern; Tränen liefen ihr über die Wangen.

«Ellie?»

«Es ist nicht zu fassen, Daniel. Nur wegen eines Buches musste sie sterben! Du hast es gesehen. Dabei wollte Papa sie gar nicht töten ... »

«Natürlich nicht!», rief Daniel, der bei der Vorstellung von Michelle, die tot auf dem Boden lag, heftig erschauerte. «Mr Silver wollte ja nicht einmal kämpfen! Michelle war zur falschen Zeit am falschen Ort. Das Ungeheuer heißt Sharpe.»

Ellie verzog angewidert das Gesicht. «Er ist einfach über sie drübergestiegen, als wäre sie ein Stück Dreck. Sie war meine Mum! Sie war sein kleines Mädchen, und wenn er ihr so etwas antun kann, was macht er dann mit uns?» Ihre aufgerissenen Augen waren Miniaturausgaben von Mr Silvers. «Daniel, der Mann ist ein Monster. Wir müssen ihn vertreiben und Papa retten. Daniel ... Daniel?»

Daniels fieberhafte Gedanken hatten eine Wendung genommen, ein Rädchen griff ins andere. Die Idee hatte in seinem Kopf Feuer gefangen.

«Ellie», sagte er. «Ich weiß, ich bin noch nicht lange bei

euch, aber ich glaube, mittlerweile weiß ich am besten, wie Mr Silver tickt. In dem Film, den wir gerade gesehen haben, hat er etwas gesagt ... das mich nachdenklich gemacht hat. Ganz sicher bin ich natürlich nicht, aber vielleicht weiß ich, wo dein Papa ist.»

Sie starrte ihn an. «Echt? Wo?»

«Das kann ich dir jetzt noch nicht sagen. Es ist besser, wenn ich dem zunächst allein nachgehe. Bitte vertrau mir einfach. Ich habe da so eine Idee. Und ich muss dich um etwas bitten. Es ist gefährlich, aber ich fürchte, das ist unsere letzte Chance.»

Ellie hielt seinem Blick entschlossen stand und schob das Kinn vor.

«Was du willst», sagte sie.

«Gut», sagte Daniel. «Als Allerserstes müssen wir dem Raum der Geheimnisse noch kurz einen zweiten Besuch abstatten.»

Grauer Regen peitschte in Manhattan gegen das sepiabraune Fenster des Wunderreichs von Nirgendwo. Vindictus Sharpe saß an Mr Silvers Schreibtisch und warf nacheinander drei silberne Dolche auf den ausgestopften Eisbären.

Als der Junge ihm eben am Springbrunnen das Buch entrissen hatte, war Mr Sharpe hinterhergerannt, wild entschlossen, ihn zu fangen und ihm die Luft aus der Lunge zu quetschen. Doch das teuflische Wunderreich hatte ihn im Kreis geführt, und er hatte in den vorderen Teil des

Geschäfts zurückkehren müssen. Dort wartete er darauf, dass der Junge wieder auftauchte.

Als der rote Samtvorhang leise rauschte, bemerkte er den Jungen, der mit durchgedrücktem Rücken dort stand und ihn trotzig ansah.

Daniel hatte sich noch nie vor jemandem so gefürchtet wie vor Mr Sharpe. Nichts, nicht einmal Spud und seine Bande, ließ sich auch nur ansatzweise mit dem kalten Blick aus diesen blauen Augen vergleichen. Er streckte sich so gut er konnte.

«Ich weiß, wo sich Mr Silver versteckt», sagte er.

Mr Sharpe stürzte sich blitzartig auf ihn, schleuderte ihn wie eine Stoffpuppe gegen die Wand und hielt ihm ein Messer an den Hals. Dann nahm er Daniel das *Buch der Wunder* weg und warf es auf den Schreibtisch.

«Bitte etwas genauer», forderte er.

Daniel musste schlucken und versuchte, genug Luft zu bekommen.

«Nein.»

Mr Sharpe drückte das Messer fester an seine Haut, aber immer noch nicht so tief, dass es blutete.

«Ich könnte dich foltern, weißt du das eigentlich?», sagte Mr Sharpe. «Ich kann dich zwingen, es mir zu verraten.»

Bedächtig griff Daniel in seine Jackentasche. Als er die Hand wieder herauszog, lag eine winzige Schneekugel darauf.

Mr Sharpe betrachtete sie.

«Soll ich etwa wissen, was das ist?»

«Das ist ein Geheimnis», erklärte Daniel. «Das Geheimnis, hinter dem Sie her sind. Nämlich, wo Sie Mr Silver finden können. Ich bin ihm auf die Spur gekommen.»

Mr Sharpe schnappte sich die Kugel. Daniel entspannte sich ein wenig, als er den Dolch von seinem Hals nahm. Mr Sharpe schüttelte die Schneekugel und hielt sie ans Ohr.

«So geht das nicht», sagte Daniel. «Das ist schließlich die Grundidee eines Geheimnisses, oder? Ich möchte nicht, dass Sie erfahren, wo Mr Silver ist. Und solange sein Geheimnis in dieser Kugel steckt, können Sie es mir auch nicht mit Gewalt entreißen.»

Der Blick aus irisierend blauen Augen zuckte von Daniel zu der Schneekugel. «Warum bist du hier?»

Daniel zuckte die Achseln. «Um Sie herauszufordern.»

«Wie bitte?»

«Ich weiß, wie es funktioniert. Ich weiß, wenn ich Sie herausfordere, müssen Sie entweder darauf eingehen oder aufgeben. Deshalb fordere ich Sie heraus. Ich schreibe ein Wunder in das Buch, das nur für Sie bestimmt ist. Darin ist Ihre Herausforderung enthalten. Und Sie schreiben eins für mich. Wir gehen gleichzeitig in die Wunderräume, und wer zuerst herauskommt, hat gewonnen.»

Mr Sharpe lächelte. «Und was ist, wenn ich gewinne?», fragte er.

Daniel zeigte auf die Schneekugel. «Dann helfe ich Ihnen, Mr Silver zu finden. Ich weiß, dass er sterben muss, damit Sie das Buch vollständig nutzen können. Aber er wird nicht zum Vorschein kommen, um sich mit Ihnen zu messen. Sie müssten schon warten, bis das Wunderreich über ihm einstürzt, bis es endgültig abgestorben ist – und das kann noch lange dauern. Wenn wir es so machen und Sie gewinnen, können Sie ihn umbringen und das Buch gehört Ihnen.»

Mr Sharpe nickte zustimmend.

«Aber wenn ich gewinne», fuhr Daniel fort, «lassen Sie uns ein für allemal in Ruhe und kommen niemals wieder.» Er streckte die Hand aus. «Einverstanden?»

Mr Sharpe kratzte sich an den silbernen Kinnstoppeln. Als er die kleine Hand des Jungen in seiner verschwinden ließ, lief ein elektrisierter Schauer durch das Geschäft. «Einverstanden.»

Daniel, der zum Schreibtisch ging, bemühte sich um eine selbstbewusste Ausstrahlung. Doch als er einen von Mr Silvers Füllfederhaltern in die Hand nahm, beschlichen ihn erhebliche Zweifel. Würde das Wunderreich zwei neue Wunder überhaupt verkraften? War seine Idee wirklich so gut, wie er anfangs gedacht hatte? Welche Herausforderung würde Mr Sharpe für ihn bereithalten? Und wenn er nun verlor? Er setzte unglaublich viel auf die Überzeugung, dass er gut genug war, diesen Mann zu schlagen, und darauf, dass das Wunderreich ihm zu Hilfe kommen würde.

Er schlug das Buch auf einer leeren Seite auf. «Ich werde die Türen miteinander verbinden, damit sie gleichzeitig erscheinen.»

«Schreib ruhig, Daniel Holmes», sagte Mr Sharpe. «Nur zu.»

Daniel umklammerte den Füller, damit seine Hand nicht zitterte, setzte den Federkiel aufs Papier und ließ die Tinte fließen.

Daniel gegen Vindictus

36. Kapitel

Wie Daniel es angekündigt hatte, tauchten die beiden Türen gleichzeitig auf.

Glücklicherweise war der Gang mit den beiden neuen Wunderräumen noch größtenteils unbeschädigt, obwohl auch hier erste Zeichen der vertrauten Risse zu sehen waren, die sich in die polierten Platten fraßen.

Die Türen glichen einander wie ein Ei dem anderen, sie waren gewölbt und glänzten schwarz mit einem goldenen Knauf. Der einzige Unterschied bestand in den verschiedenen Schildern, auf denen jeweils der Name des Herausforderers stand.

Als Daniel das *Buch der Wunder* zwischen den Türen auf den Boden legte, merkte er auf einmal, dass überall Menschen standen. Er richtete sich auf, schaute sich um und machte große Augen.

Es waren die Mitarbeiter des Wunderreichs – jedenfalls jene, die noch da sein konnten. Sie standen nebeneinander, Schulter an Schulter, ein bunt gemischter Haufen Sonderlinge, die sich die Tinte von ihren laufenden Nasen tupften oder auf ihre Nebenleute stützten. Caleb führte sie in kerzengerader Haltung an und nickte Daniel zu.

«Hau rein, Daniel!», rief er, von allen umjubelt.

«Zeig ihm, wo der Hammer hängt!», schrie jemand von hinten.

«Wir glauben an dich!»

Daniel warf einen Blick auf Mr Sharpe. Plötzlich kam er ihm nicht mehr ganz so riesig vor. Er hoffte auch wieder, dass es nicht unmöglich war, was er sich vorgenommen hatte. Dann nickte er den Zuschauern, seinen Freunden, zu. Er konnte gar nicht sagen, wie dankbar er war, dass sie hier waren und ihn unterstützten. Dann fragte er Vindictus Sharpe: «Sind Sie bereit?»

Mr Sharpe löste seine verschränkten Arme und gab sich gar nicht erst Mühe, sein gemeines Grinsen zu verbergen. «Aber immer.»

Sie wandten sich gleichzeitig den Türen zu, hinter denen ihre jeweilige Herausforderung lag. Dann traten sie vor und legten die Hände auf die Türknäufe. Schließlich öffneten sie die Türen und begaben sich in unbekannte Welten.

Daniel fiel. Seine Umgebung war schwarz und feucht. Mit einem lauten Platscher landete er in einer tiefen Pfütze, die so kalt war, dass er glaubte, sein Herz würde auf der Stelle erstarren. Salzwasser drang in seinen Mund und schoss aus seiner Nase, als er hustete und würgte. Alles schaukelte und wogte, hoch und runter, hoch und runter, bis ihm übel wurde. Ein Blitz erleuchtete die Welt und warf Licht auf etwas Langes, Enges mit Wänden und Kojen aus Metall sowie einer Kombüse. Er war in einem Boot. Es drehte Daniel den Magen um, als ihm langsam alles klar wurde. Obwohl seine Füße kaum den Boden der Pfütze berührten, schleppte er sich zu einem Bullauge und blickte in die dunkle Nacht.

Noch ein gezackter Blitz. Einen halben Herzschlag lang sah Daniel das Meer, aufgebracht und wogend mit berghohen Wellen, die sich in unmittelbarer Nähe brachen.

Er versuchte, in der pechschwarzen Umgebung ruhig zu bleiben, obwohl der Wasserspiegel im Boot langsam aber stetig anstieg und wie mit kalten Händen an ihm hochkroch.

Während er seine unmittelbare Umgebung ertastete, zwang Daniel seine Augen, die Dunkelheit zu durchdringen. Er versuchte, Bilder heraufzubeschwören, von einer Fackel, einer Taschenlampe ... was auch immer ihm beim Sehen helfen könnte. Er stellte sich vor, ein Streichholz anzuzünden, das tanzendes gelbes Licht ins Boot brächte. Während er das noch innerlich vor sich sah, fiel etwas in seine Tasche. Er griff hinein und holte eine durchweichte Streichholzschachtel hervor. Verzweifelt riss er ein Streichholz an und staunte, als es aufflammte, genau wie er es sich vorgestellt hatte, und ein flackerndes Licht in den engen Bootsbauch warf.

Als er versuchte, aus der Kombüse zu kommen, warfen ihn die Wellen, die das Boot hin und her schleuderten, gegen die Wände, doch er gelangte in einen schmalen, mit Stahl ausgekleideten Gang. Dort entdeckte er eine schwarze Tür mit einem goldenen Knauf. Vor Aufregung ließ er das Streichholz fallen, doch es erlosch nicht, als es auf die kalte Pfütze fiel. Es schenkte weiterhin Licht. Das Streichholz sank, als wäre es bleischwer, und erleuchtete das schwarze Wasser, während es langsam abwärts trieb.

Als er ein zweites Streichholz anzündete, blendete ihn das Licht geradezu in dem finsteren Gang. Er griff nach dem Türknauf.

Mr Sharpe hat mich unterschätzt, dachte er, als er ihn mit beiden Händen drehen wollte.

Doch dann ächzte etwas laut und metallisch und verrottet. Nach einem *Ping* erschauerte das Boot, es bebte und tanzte in den Wogen. Das Geräusch rauschenden Wassers toste durch Daniels Ohren, und er hielt sich krampfhaft an dem fest, was er zu fassen bekam, als das Boot kenterte und schäumend das Wasser hineinschwappte.

Der Boden wurde steiler und steiler und stieg so weit an, bis er senkrecht stand. Mit der Zeit sank die Tür, die zum Wunderreich, zu Ellie und Mr Silver zurückführte, immer tiefer in die Fluten. Überall schäumte die Gischt, schlug Daniel ins Gesicht, in Mund und Nase.

Dann fiel er taumelnd herab, verletzte sich den Ellbogen an den Metallwänden und landete mit einem lauten Platscher im ansteigenden Wasser. Und dieses Wasser würde bald den gesamten Gang und das ganze Boot überschwemmen.

Mr Sharpes Grausamkeit schimmerte hindurch, strahlend klar wie die Flamme eines seiner Streichhölzer. Die Idee war einfach, aber brillant. Wenn Daniel lebend entkommen wollte, musste er sich seiner größten Angst stellen und verhindern, dass er auf die gleiche Weise starb wie sein Vater, nämlich allein im Dunkeln ohne eine tröstende Hand.

Auch Mr Sharpes Tür führte in die Dunkelheit, doch es blieb nicht lange so stockfinster. Rundherum flackerten helle Lichter auf, grell und vertraut. Bühnenscheinwerfer.

Das Schloss am Ausgang klickte, er war eingesperrt.

Mr Sharpe stand auf einer breiten Bühne mit einem Vorhang aus schwarzem Samt und einem Boden aus poliertem Mahagoniparkett. Offenbar war es ein sehr großes Theater, wenn auch die Größe schwer zu schätzen war, weil die Scheinwerfer ihn aus dem Zuschauerraum so sehr blendeten, dass er das Publikum nicht sehen konnte. Doch es war eindeutig da, er spürte es, selbst wenn es sonderbar still und ruhig war.

«Das soll meine Herausforderung sein?», fragte er und zeigte seine strahlend weißen Zähne. «Ich soll auftreten? Die Leute zum Staunen bringen?» Er lachte und überlegte, was genau nötig war, um das Türschloss zu knacken. Vielleicht eine Art Billigung vonseiten der Zuschauer? Da der Junge demnächst sterben würde, war es eigentlich nicht wichtig, doch irgendwie gefiel es ihm auch, wieder auf der Bühne zu stehen und eine Vorstellung zu geben.

Er zog den Mantel aus und warf ihn in die Luft, wo er sich in schwarzen Rauch auflöste. Dann blickte er ins Publikum. Schweigen. Möglicherweise war es doch schwieriger als erwartet, diesem Publikum zu gefallen.

In einem zweiten Versuch feuerte er eine Kugel ab und fing sie am anderen Ende der Bühne wieder auf. Die Menge blieb still.

Mr Sharpe schüttelte den Kopf und fluchte.

«Was wollt ihr denn noch?», schrie er.

Die Stille wurde unterbrochen durch die Stimme eines Mädchens. «Lass es zu, dass er mich sieht», sagte die Stimme. «Er muss mich sehen können, damit es funktioniert, Papa. Bitte, er soll erfahren, dass es mich gibt. Schluss mit den Geistern, Schluss mit dem Versteckspiel. Es ist Zeit, damit aufzuhören.»

«Hallo?» Mr Sharpes Stimme strahlte ein gewisses Unwohlsein aus.

Auf der anderen Seite der Bühne, in der Nähe der Tür, erschien wie aus dem Nichts ein Mädchen. Ihre Augen waren grau wie Gewitterwolken, sehr vertraut, und ihre schwarzen Locken wild zerzaust.

«Wer bist du?», fragte Mr. Sharpe.

Sie stand ganz still und blickte durch ihn hindurch.

«Ich heiße Ellie Silver», erklärte sie. «Und ich bin Ihre Enkelin.»

Das Boot war fast bis oben voll Wasser. Daniel fror entsetzlich und war sehr erschöpft von seinen Tauchversuchen, um dort unten die Tür zu öffnen. Jedes Mal war das Wasser noch tiefer und das Tauchen zum Grund des überschwemmten Gangs wurde jedes Mal anstrengender.

Als er diesmal wieder zurückkam, hatte er kaum noch genug Platz, um den Kopf über Wasser zu halten.

Er weinte nicht, wie er befürchtet hatte, als er sich diesen Augenblick in seinen Albträumen vorgestellt hatte. Daniel dachte nur an das Wunderreich, an Ellie und Mr Silver; dass er alle im Stich lassen würde, wenn er hier scheiterte. Dann holte er erneut tief Luft, schwamm wieder mit beinahe platzender Lunge durch die Dunkelheit und konnte auch diesmal die Tür nicht öffnen oder verrücken. Als er an die Oberfläche zurückschwamm, stieß er mit dem Kopf an die Stahldecke. Seine Zeit war fast abgelaufen.

Wenn ich hier sterbe, dachte er, *dann habe ich wenigstens für etwas gekämpft. Zumindest habe ich mich nicht zurückgelehnt und gar nichts getan.*

Er dachte an seine Mutter und seinen Vater und fragte sich, was eigentlich geschah, wenn man starb. Ob er seine Eltern wiedersehen würde oder ob Sterben doch eher dem Ausknipsen eines Schalters glich und ob es damit sein Bewenden hätte, ob er dann gestorben wäre und in Vergessenheit geriete.

Jetzt drückte er schon die Nase an die Decke. Er schnappte nach Luft ...

In dem Augenblick, als ihn das Wasser umflutete, kam ihm ein Gedanke, eine Erinnerung ... und er hörte Mr Silvers Stimme so klar, als triebe er neben ihm im Wasser.

«Falls du aus irgendeinem unerfindlichen Grund doch einmal in Schwierigkeiten geraten solltest, eilt dir das Wunderreich zu Hilfe. Du musst nur darum bitten.»

Das Wasser drang in seinen Mund, in seine Ohren und Augen.

«Hilf mir», sagte er mit Eiswasser im Mund zum Wunderreich. «Bitte hilf mir zurückzufinden.»

Ein letzter Atemzug. Das Wasser schlug über Daniel zusammen. Er tauchte, weil ihm nichts Besseres einfiel, und schwamm zur Tür, um einen letzten Versuch zu wagen, sie zu öffnen. Seine Lunge brannte. Mit aller Kraft kämpfte er gegen den unwiderstehlichen Wunsch, einzuatmen, an und verdrängte das verzweifelte Bedürfnis seines Körpers nach Luft. Er verlor langsam das Bewusstsein ...

Doch dann nahm in der Dunkelheit jemand seine Hand, und eine andere Hand kramte in seiner Tasche nach den Streichhölzern. Ein greller Blitz zuckte durch die Schwärze und rüttelte Daniel wieder wach. Jemand packte ihn am Nacken, und plötzlich blickte er in ein Gesicht, das ihm vertraut und fremd zugleich war, umrahmt von einer Mähne im selben leuchtenden Orange wie sein eigenes Haar.

Der Mann zog Daniel am Handgelenk Richtung Tür. Daniel sah ihm in die Augen, nickte und ruckte mit aller Kraft an der Tür. Seine Lunge drohte zu platzen und der Schmerz dröhnte in seinen Ohren, bis er helle Blitze sah. Doch die Tür bewegte sich. Langsam, ganz langsam ließ sie sich öffnen!

Der Mann schenkte Daniel ein Lächeln und wies mit dem Kopf zur Tür. Wie im Traum erwiderte Daniel das Nicken. Mit bleiernen Händen riss er noch einmal am Türknauf ...

Die Tür ging auf. Daniel wurde durch die Öffnung gesaugt wie eine Spinne in den Abfluss. Die Landung war hart, keuchend sog er frische Luft in seine Lunge. Das Wasser rauschte in den Gang und davon. Er küsste die Streichholzschachtel, die neben ihm lag, und steckte sie in dem Moment ein, als sich die Mitarbeiter des Wunderreichs auf ihn stürzten. Sie hoben ihn hoch, schlugen ihm auf den Rücken und riefen seinen Namen. Jeder Atemzug war ein Geschenk. Er war wieder im Gang vor den Türen. Er hatte überlebt.

Und er war sich ziemlich sicher, dass der Geist seines toten Vaters ihm gerade das Leben gerettet hatte.

«Was redest du denn da?», fragte Mr Sharpe höhnisch, aber seine Stimme hatte einen zögerlichen Unterton.

Ellie ging einen Schritt auf ihn zu.

«Mein Papa hat mir erzählt, dass meine Mum mich in Edinburgh auf die Türschwelle des Wunderreichs gelegt hat. Er sagte, sie wäre eine Bedienstete gewesen, die sich ein besseres Leben für mich erträumte. Ich glaube, das mit der Bediensteten stimmt. So haben Sie sie doch behandelt, oder?»

Mr Sharpe ließ keine Regung erkennen.

«Du bist nicht echt», sagte er. «Das ist ein Trick.»

«Ach ja?», erwiderte Ellie. «Ich bin sehr echt, das kann ich Ihnen versichern. Und ich weiß alles über Sie. Sie sind ein Monster. Sie sind gefährlich. Papa hat mich die ganze Zeit vor Ihnen beschützt. Er hat gewusst, dass Sie mich einfach mitnehmen würden, um mich dann genauso zu behandeln wie sie.»

«Wie wen, um Himmels willen?»

Ellie zeigte ins Publikum. Die Scheinwerfer, die Mr Sharpe geblendet hatten, erloschen flackernd. Er holte tief

Luft und schreckte zurück. Das Theater hatte etwa tausend Plätze und auf allen saß ein- und dieselbe Person: eine junge Frau mit roten Locken und porzellanklarer Haut. Sie trug ein weißes Nachthemd, das vom Blut rot gefärbt war. Der Dolch steckte in ihrem Herzen.

«Michelle?», flüsterte Mr Sharpe. Seine Miene blieb ausdruckslos, doch seine Stimme bebte.

«Sie haben sie wie den letzten Dreck behandelt», sagte Ellie. «Sie war meine Mum, und Sie haben sie dazu benutzt, meinem Papa das Herz zu brechen und ihm sein Buch zu stehlen. Sie hat sich vor Ihnen versteckt, während Sie auf Reisen waren und ein Vermögen angehäuft haben, und Sie hat Ihnen nichts von mir erzählt, weil sie letztlich nicht so war wie Sie. Sie hatte einen guten Kern.»

«Und was soll ich dazu sagen?», fragte Mr Sharpe.

Ellie erwiderte seinen kalten Blick. «Sie sollen sagen, dass es Ihnen leidtut und dass sie es ernst meinen. Mehr müssen Sie nicht tun, um diese Tür zu öffnen. Um zu gewinnen.»

Schweigen. Mr Sharpe stand mitten auf der Bühne, so wie es ihm von jeher am besten gefallen hatte. Er lächelte.

«Ich muss gar nichts», sagte er und zeigte zur Tür. «Da draußen, nur eine Tür weiter, liegt Daniel Holmes im Sterben. Wenn sein Körper erschlafft und er seinen letzten Atemzug getan hat, entriegelt sich diese Tür hier von selbst. Dann geht das *Buch der Wunder* in meinen Besitz über.»

Kaum hatte er den Satz zu Ende gesprochen, als das Schloss klickte und die Tür aufschwang. Mr Sharpes

Mantel flog in seine Hände und er zog ihn mit einem grausamen Lächeln zu Ellie an.

«Siehst du?», sagte er. «Es war nur eine Frage der Zeit, bis Mr Holmes die Luft ausging.»

«Bisher ist sie mir zum Glück nicht ausgegangen.» Daniel war triefnass. Er stand an der Tür und hielt das *Buch der Wunder* in der Hand. Mr Sharpes selbstgefälliger Gesichtsausdruck löste sich in nichts auf.

«Unmöglich», sagte er.

Daniel hob den Finger, um ihm zu widersprechen. «Wir sind hier im Wunderreich von Nirgendwo, Mr Sharpe. Hier ist nichts unmöglich.» Er hielt das Buch hoch. «Sie haben verloren. Das Buch bleibt hier, wo es hingehört.»

Mr Sharpe schoss wütende Blicke auf Daniel ab.

«Aber ... es gab keinen Ausweg. Wie bist du entkommen?»

Daniel schlug an den Türrahmen.

«Ich weiß gewisse Dinge, die Sie nicht wissen», sagte er und beachtete den schnaubenden Mr Sharpe nicht. «Zum Beispiel, dass Sie und Mr Silver einander auch herausgefordert haben. Und dass diese Herausforderung noch kein Ende gefunden hat. Verstehen Sie denn nicht? Ellie und ich, wir gehören dazu, wir sind Spielfiguren in demselben Spiel. Dies war eine Herausforderung in der Herausforderung. Wir kämpfen für Mr Silver.

Und so stehen die Dinge nun: Alles, was wir besprochen haben, gilt. Sie müssen gehen und dürfen niemals wiederkommen. Ebenso gilt aber auch, was Sie vor vielen Jahren mit Mr Silver vereinbart haben. Sie müssen aufhören, unschuldigen Menschen ihr Leben, ihre Zeit und ihre Zukunft zu stehlen. Von nun an sind Sie gezwungen, alt zu werden. Und eines Tages müssen Sie sterben.»

Mr Sharpe spuckte auf den Bühnenboden. Sein Gesicht war dunkelrot angelaufen. «Wo hat er sich versteckt?»

Daniel hob erneut lächelnd das *Buch der Wunder* in die Höhe. «Im Buch. Er hat Ihnen früher schon mitgeteilt, dass dieses Buch ein Teil von ihm ist, ein Teil seiner Seele. Sie hatten das Buch in der Hand, Mr Sharpe. Sie hatten Mr Silver in der Hand und haben es doch nicht gewusst. Wären Sie nicht so arrogant gewesen ...»

Mr Sharpe bewegte sich so schnell, er war wie ein verschwommener Schatten.

Ellie schrie. Mr Sharpe stand hinter ihr, hielt sie fest und drückte ihr einen Dolch an den Hals.

Die Zuschauer, die hinter Daniel standen, holten erschrocken Luft.

«Du hast mir heute etwas gestohlen, Daniel Holmes. Und *mir nimmt niemand etwas weg*. Deshalb nehme ich dir jetzt auch etwas weg. Das Mädchen ist von meinem Blut, sie kommt mit. Mach den Weg frei oder ich schneide ihr die Kehle durch.»

Daniel schüttelte den Kopf. «Sie haben es immer noch nicht verstanden, oder? Das Wunderreich will, dass Sie gehen. Wenn ich Sie wäre, würde ich gehorchen.»

Im Zuschauerraum des Theaters standen die zahlreichen Ausgaben von Michelle Sharpe auf und stapften Richtung Bühne. Sie erklommen im langsamen Gleichschritt der Toten die Stufen und umringten Mr Sharpe.

«Aufhören!», brüllte er. «Stopp! Oder ich bringe das Mädchen um!»

Kalte Hände packten sein Handgelenk und lösten den Dolch aus seinen Fingern. Ellie trat ihn gegen das Schienbein, wand sich aus seinem Griff und flitzte durch die Zuschauer zu Daniel.

«Du hast dir Zeit gelassen», sagte sie. «Können wir das jetzt beenden?»

Sie wandten sich Mr Sharpe zu, der sich durch das Publikum zur Tür durchschlug.

«Mag sein, dass ich verloren habe», schrie er, während er eine der vielen Michelles abwehrte, «aber in unserer Vereinbarung steht nirgends, dass ich dich heil zurücklassen muss.»

Ein Griff in die Manteltasche, und die Klingen glänzten im Scheinwerferlicht. Die ersten beiden Dolche gingen am Ziel vorbei und bohrten sich in der Höhe von Daniels Kopf tief in die Wand neben der Tür. Doch Mr Sharpes dritter Wurf war gut gezielt, und das Messer sauste durch das dunkle Theater direkt auf Daniels Herz zu.

Ein silberner Blitz, ein lautes Zwitschern und schon kam die Elster im Sturzflug mit ausgebreiteten Schwingen angeflogen. Als der Dolch den Vogel in die Brust traf, zerplatzte er in einem Schauer von Rubinen, die wie Sternschnuppenregen zu Boden fielen.

Mr Sharpe brüllte vor Zorn laut auf, lief zu Daniel und schlug dabei zahlreiche Ausgaben seiner toten Tochter aus dem Weg. Er hatte die Zähne zusammengebissen und an Stirn und Hals traten die Adern hervor.

Daniel schlug das Buch auf. Er bemühte sich um innere Gelassenheit, als er die richtige Seite fand und herausriss. Auf der Stelle spaltete sich der Boden des Theaters, bröckelte und stürzte in die unendliche Schwärze.

Mr Sharpes wütende Miene war nackter Angst gewichen. Er lief schneller und sprang, wenn der Boden stückweise unter ihm verschwand. Das glänzende Mauerwerk des Wunderreichs drängte gegen die Tür und nahm der Tür den Raum. Mit einem letzten Schrei sprang Mr Sharpe zum Ausgang. Doch der Sprung war zu kurz, und er taumelte in dem Moment in den Abgrund, da die Tür endgültig verschwand und ihn bis in alle Ewigkeit in diesem Albtraum einschloss.

Im Wunderreich herrschte Stille. Dann brachen die Mitarbeiter in lauten Jubel aus und umringten Daniel und Ellie. Alle wollten sie umarmen, auf ihre Schultern nehmen und herumtragen.

«Macht Platz!», rief Caleb. «Sie sind noch nicht fertig!»

Daniel zerknüllte die herausgerissene Seite, reichte sie Ellie und holte die Streichholzschachtel aus der Tasche. Er zündete eins an und Ellie hielt das Blatt an die orangefarbene Flamme. Gemeinsam sahen sie zu, wie es verbrannte und nur noch ein Häufchen Asche übrig blieb.

Blätter im Wind

37. Kapitel

Im vorderen Teil des Geschäfts war es friedlich und still. An diesem Ort war alles unverändert und genauso wie damals, als Daniel zum ersten Mal durch die Tür gesprintet war – von den wackeligen Bücherstapeln über die interessante Anordnung der funkelnden Antiquitäten bis zu dem wärmenden Feuer im Kamin.

Er legte das *Buch der Wunder* auf Mr Silvers Schreibtisch neben Mr Sharpes leere Whiskyflasche.

Plötzlich war die Luft im Wunderreich aufgeladen wie kurz vor einem Gewitter. Das *Buch der Wunder* erzitterte. Der Umschlag öffnete sich knisternd und klopfte auf die hölzerne Tischplatte. Die Seiten blätterten sich flatternd um und irgendwoher ertönte ein Pfiff – das schrille Pfeifen eines kochenden Wasserkessels. Dann sprang das Buch hoch in die Luft.

Paff! Es landete auf dem Schreibtisch und blieb aufgeschlagen liegen.

Worte schrieben sich auf das versengte Papier, die Tinte krakelte winzige schwarze Buchstaben auf die Seite. Auf einmal befreiten sich die Worte vom Blatt und schwebten aufwärts. Sie schlossen sich zusammen, und die tintenschwarzen Schleifen und Schnörkel bildeten gefiederte Ranken, die sich in der Luft wie Rauch verwoben und kräuselten. Plötzlich waren Details zu erkennen, zum Beispiel eine winkende Hand. Oder ein Auge. Langsam aber sicher nahmen die Worte die Gestalt eines Mannes an – eines Mannes in einem verstaubten grauen Anzug. Dieser Mann hatte gewittergraue Augen und einen wild zerzausten braunen Schopf.

Er war ein lebendiger, atmender Mensch aus Fleisch und Blut.

Mr Silver blinzelte, rieb sich die Stirn und schüttelte die Spinnweben ab. Er sah viel älter aus, als Daniel ihn in Erinnerung hatte.

«Autsch», sagte er, «das hat doch mehr gebrannt, als ich dachte.»

Ellie sprang in seine Arme und wirbelte eine Staubwolke aus seinem Anzug auf.

«Papa! Oh Papa, Papa!»

Mr Silver drückte sie an sich. Er schmiegte seine Hände um das Gesicht seiner Tochter, wischte mit den Daumen ihre Tränen fort und sah ihr in die Augen, die seinen so ähnlich waren.

«Es tut mir schrecklich leid, dass ich dich allein gelassen habe. Ich schwöre, dass es nicht anders ging.» Nach einem Blick auf Daniel sagte er: «Aber du weißt das, oder? Du weißt alles.»

«Mr Sharpe hat mir erklärt», sagte Daniel, «das Wunderreich sei nach so langer Zeit eine zu schwere Bürde für Sie geworden.»

Als Mr Silver lächelte, war sein Blick traurig. «Vor fünf, sechs Jahren hat es angefangen. Erst habe ich es gar nicht richtig gemerkt. Doch mit der Zeit wurde ich immer erschöpfter und hatte das Wunderreich nicht mehr wirklich im Griff. Und bei jedem Umzug spürte ich, dass Vindictus Sharpe näher rückte. Einige Male sind wir nur knapp davongekommen. In Barcelona hätte er uns beinahe gehabt.»

«Deshalb brauchten Sie auch das Einhornblut, nicht wahr?», fragte Daniel.

«Anfangs wollte ich es nur dazu nutzen, mein Leben bis zu dem Zeitpunkt zu verlängern, bis ich einen passenden Ersatzmann gefunden hätte. Doch dann ging alles zu schnell und ich musste etwas unternehmen.»

«Ich habe Mr Sharpe ins Wunderreich eingeladen, Mr Silver. Wenn ich es nicht getan hätte, wäre das alles nicht passiert. Es tut mir leid.»

Mr Silver hob die Hand.

«Dir muss gar nichts leidtun, mein Junge. Mr Sharpe hätte uns auf jeden Fall gefunden. Er hatte uns beobachtet; er hat sich auf Ellies Geburtstagsball geschlichen. In dem Augenblick habe ich beschlossen unterzutauchen. Mr Sharpe hat seine Kraft bewahrt, indem er anderen Menschen die Zukunft stahl. In meinem geschwächten Zustand konnte ich ihm nicht entgegentreten. Er hätte mir das Buch weggenommen, und das Wunderreich wäre nicht mehr zu retten gewesen. Mithilfe des Einhornbluts und des letzten Restes meiner magischen Kräfte ist es mir gelungen, mich in das Buch zu begeben. Doch ich habe euch nicht verlassen, selbst wenn es vielleicht so ausgesehen hat. Ich habe die Verbindung zur Außenwelt aufrecht erhalten – durch etwas Kleines, das nicht so viel Kraftaufwand verlangte. Durch die Elstern.»

«Sie waren die Elstern?», fragte Daniel.

«Immer schon», antwortete Mr Silver. «Sie waren meine Augen und Ohren. So wie sich die Dinge entwickelten, wurde mir klar, dass ich euch die Wahrheit über

Mr Sharpe vor Augen führen musste – eine grausige Wahrheit, die ich lieber für immer begraben hätte.» Als Mr Silver in diesem Moment den Blick senkte, erschien er Daniel wie ein kleiner Junge, der sich vor einer Strafpredigt fürchtete.

«Es stimmt, dass wir das alles gesehen haben», sagte Ellie. «Wir wissen, was in der Nacht geschehen ist, in der du das Buch von Mr Sharpe zurückholen wolltest. Aber es war nicht deine Schuld. Du hast sie nicht umgebracht.»

Als Mr Silver aufblickte, hatte er Tränen in den Augen. «Seit über hundert Jahren laufe ich vor der Vergangenheit davon», sagte er. «Es ist eine große Erleichterung, dass du endlich die Wahrheit kennst. Ich wünschte, ich könnte zurückgehen, Ellie, und alles anders machen.»

«Das kannst du doch!», rief Ellie. «Du kannst doch alles, was du willst! Geh zurück und halte Mr Sharpe davon ab, den Dolch zu werfen! Töte ihn, bevor er dich tötet!»

Mr Silver sah sie gequält an.

«Ich bin kein Ungeheuer, Ellie. Und du weißt selbst, dass es so nicht funktioniert. Wenn ich in die Vergangenheit eingreife, verändere ich auch die Gegenwart. Wir wären alle andere Menschen, die von anderen Erfahrungen geprägt wären. Wir würden nicht so existieren, wie wir jetzt sind. Und ich will dich so, wie du jetzt bist, nicht verlieren.»

Ellie betupfte mit den Knöcheln ihre Augen. «Michelle war wirklich meine Mutter? Und sie hat mich wie einen Müllsack vor die Tür gelegt?»

«Deine Mutter war keine schlechte Frau», erwiderte

Mr Silver mit einem Kopfschütteln. «Ein wahrer Meister hat sie manipuliert. Doch als du geboren wurdest, wusste sie, dass sie dich fortgeben musste. Sie wollte verhindern, dass er dich genauso behandelte wie sie, oder, was noch schlimmer gewesen wäre, dass du ihr entrissen und von Mr Sharpe erzogen werden würdest. Deshalb hat sie dich zu mir gebracht.

Ich war ziemlich überrascht, als ich dich an der Tür gefunden habe. Und nur wegen Mr Sharpe habe ich stets darauf bestanden, dass du das Geschäft nicht verlässt. Nicht, weil ich einsam gewesen wäre. Auch nicht, weil ich dich nicht liebte. Ich liebe dich über alles, Ellie, mehr als du dir vorstellen kannst. Du bist das Einzige, was ich auf dieser Welt richtig gut gemacht habe. Solange du im Wunderreich geblieben bist, war ich in der Lage, dafür sorgen, dass Mr Sharpe dir nichts tun konnte, zumal du für ihn unsichtbar warst. Deine Sicherheit war stets gewährleistet.»

«Aber nicht, wenn das Wunderreich über mir eingestürzt wäre», sagte Ellie.

Mr Silver kratzte sich am Kopf.

«Dieser Gefahr hätte ich dich niemals ausgesetzt! Das stand doch alles in meinem Brief ... « Er hielt inne. «Ah. Ja. Der Brief. Hat doch nicht ganz so funktioniert, wie ich gehofft hatte.»

Ellie holte ihn aus der Tasche.

«Oh. Meinst du etwa das hier?» Sie schwenkte das Blatt Papier. «Den Brief, dem wir absolut nichts entnehmen konnten?»

Mr Silver betrachtete perplex die versengte Nachricht.

«Ja, eigentlich schon», sagte er, nahm ihn Ellie mit spitzen Fingern ab und roch an den verkohlten Rändern. «Das Papier hat wohl mit dem Buch Feuer gefangen. Kleiner Fehler ... Mein Plan sah ungefähr so aus wie der von Daniel, wie sich gezeigt hat, und in der Nachricht wollte ich dir auch mitteilen, dass du von nun an die Freiheit hast, vom Wunderreich aus hinzugehen, wohin es dir beliebt.» Er lächelte und wies mit dem Kopf zur Tür. «Es gibt keinen Grund mehr, dich zu verstecken. Die Welt gehört dir.»

Ellies Augen quollen hervor. Sie blickte zur Tür.

Hinter dem Vorhang dröhnte das vertraute Grollen. Das Geschäft erbebte, und die Flammen im Kamin brannten weniger feurig und zischten. Mr Silver taumelte rückwärts, fing sich wieder und rannte zum Schreibtisch. Er griff nach dem Buch.

«Uns bleibt nicht mehr viel Zeit. Wenn wir das Wunderreich retten wollen, muss ich es an jemand anderen weiterreichen. Dieser Jemand muss der Herausforderung gewachsen sein.» Er tätschelte den zerschlissenen Bucheinband. «Als ich mit meiner Suche nach einem Nachfolger noch am Anfang stand, hätte ich nie für möglich gehalten, dass das Buch jemanden auswählt, der so jung ist.» Er legte Daniel eine Hand auf die Schulter. «Und, was meinst du, Daniel Holmes?»

Die Frage war zu bedeutsam, als dass Daniel sie sofort verdauen konnte. Er nahm sich sehr viel Zeit für seine Antwort.

«Ich? Ich soll das Wunderreich übernehmen? Ich bin doch nur ein Junge! Wie soll das gehen?»

«Du warst reif und klug genug, um einen uralten und gefährlichen Mann zu besiegen. Außerdem wirst du nicht allein sein.»

Wieder grollte es aus den tiefsten Tiefen. Mr Silver sank in seinen Sessel und drückte eine Hand auf seine Brust.

«Wenn ich Nein sage», erwiderte Daniel, «wird das Wunderreich untergehen. Es ist nicht fair, so etwas zu verlangen.»

«Alles hat seine Zeit, Daniel», sagte Mr Silver. «Wenn das Wunderreich heute in die Geschichte einginge, wäre das sicherlich nicht deine Schuld. Ich allein bin für das alles hier verantwortlich.»

Unendlich viele Fragen schwirrten Daniel durch den Kopf, in einer wilden Mischung aus Gedanken, Ängsten und aufregenden Ideen.

«Ich ... ich glaube nicht, dass ich das schaffen könnte, was Sie vollbracht haben ... zum Beispiel, wie Sie gelebt haben», sagte er. «Ich möchte niemandem ein Stückchen seiner Vorstellungskraft rauben.»

Mr Silver hob die Hände. «Das müsstest du auch gar nicht. Wenn jemand genug Fantasie hat, das Wunderreich zu betreiben, dann bist du das. Mein lieber Junge, ich würde niemals verlangen, dass du die gleichen Fehler begehst wie ich – und das waren so einige. Ich würde reinen Tisch machen. Du könntest ganz neu anfangen. Mit deinem eigenen Wunderreich. Nach deinen Regeln. In deinem Leben.»

«Ich könnte normal sein?», fragte Daniel. «Ich könnte aufwachsen, alt werden und das Wunderreich an jemanden übergeben, wenn ich die Zeit für gekommen halte?»

Mr Silver lächelte.

«Aye. Ich glaube, das wäre eine sehr weise Art zu leben.»

Daniel sah Ellie in die Augen. Was ging ihr wohl durch den Kopf? Wie fühlte es sich für sie an, wenn ihr Vater den Stab nicht an sie, sondern an jemand anderen weiterreichte? Als könnte sie seine Gedanken lesen, lächelte sie ihn so breit an, dass er die Lücke zwischen ihren Schneidezähnen sehen konnte, und nickte.

Mr Silver streckte die Hand aus.

«Sind wir uns einig?»

«Geht es den Mitarbeitern dann auch wieder gut? Caleb und Anja und den anderen?»

«Diejenigen, die überlebt haben, werden bei dir bleiben», antwortete Mr Silver. Er rieb sich die Augen. «Aber leider kann man die Verstorbenen nicht zurückbringen. Sie sind meinen Gedanken entsprungen, meiner Fantasie. Du wirst dir ein paar neue Mitarbeiter ausdenken und ins Buch schreiben müssen.»

Daniel dachte über die ungeheuerliche Größe des Wunderreichs nach. Das Geschäft war eine Mischung aus vielem. Es war ein magischer Ort. Ein Ort, an dem alles möglich war. Ein Ort, der die Macht hatte, Glück in die Herzen der Besucher zu pflanzen, die daran glaubten. Doch vor allem war es sein Zuhause. Endlich hatte er in dem Wunderreich seinen Platz gefunden.

Er schüttelte Mr Silver die Hand.

Als sich ihre Finger berührten, lief Daniel ein Schauer über den Rücken. Etwas schien ihn einzuhüllen wie eine unsichtbare Decke, und dann war es wieder vorbei und sie lösten den Handschlag. Zwischen ihnen knisterte die Luft. Mr Silver reichte Daniel das *Buch der Wunder*, und als der es entgegennahm, stellte sich der gerissene und verkohlte Einband ganz allmählich auf wundersame Weise wieder her, bis das Leder glatt und glänzend war. Die goldenen Buchstaben funkelten, doch diesmal stand nicht Mr Silvers Name auf dem Titel. Daniel betrachtete die Inschrift mit großen Augen:

DIE WUNDER VON DANIEL HOLMES

«Es ist vollbracht», sagte Mr Silver.

Daniel spürte es. Es war das gleiche Gefühl, wie wenn einen jemand beobachtete oder wenn ein Sturm aufzog. Er fühlte das Wunderreich in seiner Brust und seinem Kopf und seinem Blut. Es war ein Teil von ihm und er war ein Teil des Wunderreichs.

Mr Silver strahlte ihn an, doch gleichzeitig war sein Blick voller Trauer. Er streckte die Hand nach Ellie aus.

«Hast du Lust, ein wenig spazieren zu gehen?», fragte er und zeigte auf die Ladentür.

Ellie blickte eindringlich auf die Tür und dann zu ihrem Vater. Sie nickte. Mr Silver nahm ihre Hand.

«Kommen Sie zurück?», fragte Daniel.

Mr Silver musste kein Wort sagen; sein Blick war Antwort genug.

«Wir ... wir kehren nicht zurück?», fragte Ellie.

Mr Silver küsste die Hand seiner Tochter. «Wenn du möchtest, kannst du gerne umkehren», sagte er. «Du hast das Leben noch vor dir und kannst ihm deinen Stempel aufdrücken. Aber du bestimmst, was du tust. Werde alt, Ellie. Verliebe dich – und nicht nur einmal – und reise um die Welt. Du stehst am Anfang deines Weges. Aber für mich ist dies der letzte Spaziergang.»

Ellie löste sich von ihm. «Was meinst du damit?»

«Ich bin erschöpft, Ellie. Wie sehr, kannst du dir gar nicht vorstellen. Mein letztes bisschen Energie ist bald erloschen. Wenn ich das Wunderreich verlasse und mich von der Magie entferne, kann ich mich nicht länger halten. Dagegen ist nichts mehr zu machen.»

«Du darfst nicht gehen!», rief Ellie mit bebender Stimme. «Ich lerne dich doch gerade erst richtig kennen!»

Mr Silver legte ihr sanft die Hand auf die Schulter. «Ellie, ich möchte sehr gerne mit meiner Tochter an der frischen Luft spazieren, bevor meine Zeit abgelaufen ist. Bitte.»

«Wird es wehtun?», fragte Ellie. «Wenn du gehst?»

«Das glaube ich nicht. Ich stelle es mir gern so vor, dass es so angenehm wird, wie wenn man aus dem Schatten in den warmen Sonnenschein tritt.» Er lächelte und zwinkerte ihr mit seinen gewittergrauen Augen zu. «Bist du bereit?»

«Nein. Aber ich komme trotzdem mit.»

«Und Daniel», sagte Mr Silver, «du kannst dir Hilfe im *Buch der Wunder* holen. Ich habe ein Echo meiner Kenntnisse auf den Seiten hinterlassen. Es wird dich leiten, falls du es brauchst.»

Daniel nickte. «Danke», sagte er und meinte es ernster als alles, was er je in seinem Leben gesagt hatte. «Vielen Dank für alles.»

Mr Silver nahm seinen Hut vom Garderobenständer neben der Tür, setzte ihn auf und tippte an die Krempe.

«Ich danke dir, Daniel Holmes. Und ich wünsche dir das Abenteuer deines Lebens.»

Das Glöckchen läutete, als Mr Silver die Tür zu einem perfekten Herbsttag öffnete, an dem die Sonne hoch am puderblauen Himmel stand. Daniel sah den beiden nach, als sie hinausgingen, und musste lächeln, als Ellie ihre ersten Schritte in die wahre Welt wagte.

Vater und Tochter liefen Hand in Hand die Straße hoch bis zur nächsten Ecke, wo die Sonne grell auf den Bürgersteig strahlte.

Im geschäftigen Manhattan schien die Zeit langsamer zu vergehen, als Mr Silver Ellie auf die Stirn küsste. Er sagte etwas und sie nickte. Sie fielen sich in die Arme.

Dann wehte der Hauch einer Brise um die Häuser, und im nächsten Augenblick war Mr Silver verschwunden. Er hinterließ Hunderte von leeren Buchseiten, die um Ellie herumsausten und -wirbelten, hell leuchtend im weichen Licht der Herbstsonne.

Lange, lange betrachtete sie die Blätter und wischte sich die Augen, bis auch das letzte nur noch als Pünktchen am Himmel zu erkennen war. Dann kehrte sie um und ging langsam zum Wunderreich zurück, wo Daniel ihr die Tür aufhielt. Sie sank im Sessel ihres Vaters zusammen.

«Geht es?» Daniel wünschte, ihm würde etwas Besseres einfallen. Vieles hatte sich verändert, doch weinende Mädchen überforderten ihn immer noch.

Sie hatte die Hände vors Gesicht geschlagen und blickte durch die Finger zu ihm hoch.

«Nein, überhaupt nicht.»

Schweigen.

«Ich habe meinen Dad gesehen», sagte Daniel. «Bei dem Duell mit Mr Sharpe. Er hat mir geholfen. Ich weiß, dass er es nicht wirklich war … also, nicht mein echter Dad … das Geschäft hat ein Echo aus meinen Erinnerungen heraufbeschworen. Ich dachte immer, ich könnte mich gar nicht mehr an ihn erinnern, dabei war er offenbar die ganze Zeit bei mir. Das wird er auch immer sein. Ich glaube, mit den Albträumen ist es vorbei.»

Ellie lächelte ihn an. Sie wischte sich die Augen und stand auf. Dann ging sie durch den Laden zu der Maschine, die den Lauf des Wunderreichs steuerte – zu dem Gerät mit den vielen Skalen und Zifferblättern.

«Wo wollen wir hin?»

Daniel kniff die Augen zusammen. «Wir?»

«Du hast gehört, was Papa gesagt hat. Er meinte, du solltest dich auf ein Abenteuer einlassen. Dann los! Da draußen wartet die weite Welt auf uns, und sie gehört uns – von vorne bis hinten.»

«Du bleibst?»

«Daniel, ich habe heute die Sonne im Gesicht gespürt.

Die echte Sonne! Und nun kann ich sie fühlen, wann immer ich will. Zu wissen, dass ich fortgehen kann – allein das Bewusstsein –, reicht mir im Moment.»

Daniel konnte sich vor Freude nicht lassen. Ellie konnte wirklich nerven. Sie machte ihn wütend und wahnsinnig. Aber sie war auch treu und mutig. Sie war seine Freundin – seine Schwester – und eine bessere konnte er sich nicht vorstellen. Er lief zu ihr und schloss sie in die Arme.

«Alles in Ordnung?», fragte sie.

Daniel dachte darüber nach. Er war nervös und hatte schreckliche Angst, aber er war auch aufgeregt und stolz. Er fühlte die Last des Wunderreichs auf seinen Schultern und den Sog der Welt an seinen Füßen. Er war bereit.

Aber vor allem fühlte er sich ungeheuer lebendig. Hier war er zu Hause.

Ein Lächeln tanzte um seine Mundwinkel, als er nach dem staubigen alten Atlas griff und ihn aufschlug.

Und dann fingen Daniel Holmes und Ellie Silver an, sich zu streiten, wie es nur die besten Freunde können. Es ging um entlegene Küsten und exotisch anmutende Orte und darum, wo sie am besten in ihr nächstes Abenteuer starteten.

Vielleicht kommen sie eines Tages dorthin, wo du wohnst.

Vielleicht hörst du, wie die Leute flüsternd von einem sonderbaren Geschäft berichten, das plötzlich aufgetaucht ist – mit einem Mauerwerk schwarz wie die Nacht. Vielleicht siehst du mit eigenen Augen, wie das schimmernde goldene Tor zu Staub zerfällt und das Feuerwerk den Schriftzug an den Himmel malt. Und ganz vielleicht, wenn du fest daran glaubst, wirst auch du durch den roten Vorhang gehen und die Wunder und Geheimnisse des Wunderreichs von Nirgendwo erleben.

Andererseits ...

Ist das ja vielleicht sogar schon geschehen.